[N]ouvelle Collection illustrée. L'ouvrage complet **95** centimes.

André Theuriet

DE L'ACADÉMIE FRANÇAISE

L'Oncle Scipion

Calmann-Lévy, éditeurs

L'Oncle Scipion

ANDRÉ THEURIET

DE L'ACADÉMIE FRANÇAISE

L'Oncle Scipion

ILLUSTRATIONS

DE

LOBEL - RICHE

PARIS

CALMANN-LÉVY, ÉDITEURS

3, RUE AUBER, 3

I

Jusqu'à l'âge de dix ans, je n'ai possédé que de confuses notions sur mon oncle Scipion Mouginot. Son image indécise ne se présentait à mon esprit que comme celle d'un parent ignoré, qui vivait bien loin, à Paris, et dont le nom n'était prononcé qu'avec de dédaigneux hochements de tête. Ce fut, je me le rappelle, un dimanche soir de juin 1850 que je me formai pour la première fois une idée plus précise de ce mystérieux membre de notre famille. — La date de cette notable soirée s'est d'autant mieux gravée dans ma mémoire qu'elle marque aussi une fâcheuse aventure qui m'arriva dans la journée. — Ce dimanche-là, le temps était très beau : ciel clair, grand soleil, avec un léger vent d'est qui soulevait des nuages de poussière dans la rue du Bourg. Après le repas de midi, j'étais sorti en compagnie de mon cousin Aristide Mouginot-Péchoin, fils de mon tuteur — un enfant sage, aussi paisible que j'étais turbulent. La grand'maman Péchoin nous avait remis à chacun dix sous pour notre semaine, et ma tante nous avait itérativement recommandé de ne pas manquer les vêpres.

Je nous vois encore dans l'ensoleillement de la rue, cheminant côte à côte, habillés pareillement tous deux d'un pantalon noir, d'un gilet blanc et d'une de ces courtes vestes anglaises qu'on nommait des *culs-ronds*. Seulement le costume d'Aristide est neuf, tandis que le mien est défraîchi et râpé. Comme il n'est qu'une heure nous prenons le plus long pour nous rendre à l'église. Arrivés sur le bord du canal de la Marne au Rhin récemment inauguré, nous tombons au milieu d'une foule endimanchée qui se bouscule au milieu d'un grand bateau tout frais goudronné, pavoisé de drapeaux et de feuillages. J'entraîne Aristide au plus épais et, jouant des coudes, j'apprends que le maître batelier se propose de promener les amateurs sur le canal, moyennant la somme de cinquante centimes.

Le luisant soleil et la fraîcheur de l'eau me suggèrent des velléités d'école buissonnière ; mon imagination de dix ans flambe à l'idée de ce voyage au long cours. Je regarde Aristide avec des yeux pétillants de désir :

— Dix sous! lui dis-je; en es-tu?

Mais le cousin, très ménager de son argent, ouvre des yeux ronds scandalisés et me répond avec son exaspérante sagesse moutonnière :

— Y penses-tu? Et les vêpres?...

— Tant pis pour les vêpres!... Le bateau est bien plus amusant... Viens donc!

Aristide résiste à toutes les exhortations, et cette résistance opiniâtre ne fait que m'entêter dans mon envie. Je tends ma pièce de dix sous à l'homme préposé à la recette, et je saute dans le bateau en criant à mon cousin :

— Je te rejoindrai à la sortie de l'église... Attends-moi et surtout ne me vends pas!

Le lourd chaland, traîné par des chevaux de halage, glisse lentement sur l'eau verte du canal; les drapeaux claquent au vent, et c'est délicieux de se sentir filer entre les deux rives bordées de platanes, tandis que les hirondelles caracolent dans l'air bleu et que les cloches, sonnant le second coup des vêpres, ajoutent l'amer assaisonnement du remords aux douceurs du plaisir défendu. Aux écluses, le bateau s'arrête un moment, enserré dans de hauts murs; les vannes s'ouvrent, un frais bouillonnement d'eau jaillissante fait danser des reflets de soleil sur les murailles humides.

JE PORTE LA MAIN A L'ENDROIT OÙ LE PANTALON A CRAQUÉ.

Pendant la halte, les passagers descendent et s'ébattent sur l'herbe des talus. Je suis leur exemple; mais, quand le pilote nous rappelle, il se trouve que, sous la montée de l'eau dans l'écluse, le niveau du bateau s'est élevé. Je ne puis plus y entrer de plain-pied. Pour m'aider à y grimper, un batelier m'empoigne par le bras, et, tandis qu'il m'enlève, — ô guignon! — je sens la mince étoffe du fond de mon pantalon craquer sous l'effort que je fais pour enjamber le bastingage. Je pousse un cri de détresse; l'homme impatienté me lâche, et je reste pantelant sur le pierré de l'écluse, tandis que le bateau, plein d'éclats de rire, fuit entre les berges fleuries de coquelicots.

Me voilà seul et penaud sur la chaussée aveuglante de soleil. Je porte la main à l'endroit où le pantalon a craqué, et je constate avec effroi l'étendue du dommage. La déchirure est large et, avec cette malencontreuse veste courte, pas moyen de dissimuler le corps du délit. — Il est certain que ça se voit! — Et Aristide qui m'attend à la sortie de l'église!... Comment l'aller rejoindre et m'exhiber aux yeux des paroissiens en un pareil désordre de toilette?... J'essaye de rafistoler la déchirure avec des épingles que me donne la femme de l'éclusier; mais l'étoffe est décidément trop mûre : au moindre mouvement des jambes, les épingles partent, agrandissant encore l'ouverture de la plaie. Il ne me reste plus qu'un parti qui soit sûr : rentrer au logis le plus tôt possible. Et me voilà marchant mélancoliquement vers la ville, sous les platanes de la chaussée. Tant que je longe le canal, l'épreuve est supportable : les berges sont solitaires, et personne n'est là pour contempler ma honte. Mais voici Villotte, dont les toits fument là-bas derrière les arbres et où les trottoirs fourmillent de promeneurs. Rien que d'y penser, j'ai un pied de rouge à la figure... Je me faufile piteusement dans les venelles les moins fréquentées; en rasant les murs, je gagne enfin la rue sur laquelle donne la remise de la maison Mouginot-Péchoin. Je m'y insinue sans souffler mot et, cachant mon désastre dans l'ombre, j'attends au fond d'un magasin obscur l'heure crépusculaire où j'entendrai la vieille Adèle appeler pour le souper le pensionnaire de mon oncle, l'avocat Dieudonné Jacobi.

L'avocat Jacobi est myope et, de plus, je le sais peu observateur Comme dit la grand'mère Péchoin : « Il regarde en dedans ». Il est toujours le premier dans la salle à manger. J'y entrerai avec lui, et je serai installé sur mon siège, le dos au mur, quand le reste de la famille arrivera...

Ouf! les choses se sont heureusement passées comme je l'avais espéré, et me voici perché sur mon tabouret, dans une posture qui ne permet à personne de soupçonner le dommage causé à la partie postérieure de mon pantalon. — La salle à manger, étroite et triangulaire, est située derrière l'officine de l'oncle Mouginot-Péchoin, qui est le plus notable pharmacien de Villotte; elle n'est éclairée que par un vitrail en verre cannelé, dont la vitre inférieure joue en forme de judas et permet de voir ce qui se passe dans la pharmacie. Comme il fait étouffant, ce judas est ouvert; par la baie, on aperçoit l'officine aux cuivres polis, aux vieilles faïences soigneusement frottées, et, derrière les grands bocaux bleus et rouges de la devanture, on devine les silhouettes des promeneurs qui prennent le frais sur le trottoir. Une lampe au globe mat répand une égale lumière blonde sur la salle et sur la nappe où le couvert est dressé.

Nous sommes sept autour de la table, y compris l'élève en pharmacie, *Arsène Camus*, qui s'esquive dès qu'apparaît le dessert. — C'est la règle, depuis que la pharmacie Mouginot existe et depuis qu'elle reçoit des élèves. — Face au vasistas de l'officine, il y a d'abord mon oncle et tuteur, Victor Mouginot, un homme de quarante-huit ans, froid, compassé, flegmatique, fermé comme l'armoire où il met sous clef ses substances vénéneuses, et ne parlant que par sentences brèves; un visage rigide et glabre, impénétrable, dont les petits yeux gris eux-mêmes semblent figés dans une glaciale immobilité; un corps sans souplesse, boutonné dans une redingote olive dont les manches trop longues tombent sur des poings ronds et durs comme des pilons. A sa droite siège la grand'mère Péchoin, une imposante et robuste septuagénaire, qui a eu des succès de beauté au temps du premier Empire. Sous les coques de son tour de cheveux poudrés sa figure a conservé des traits charmants, et, dans le cadre de boucles blanches, ses yeux spirituels d'un bleu lilas font penser à la fraîcheur de violettes fleurissant sous la neige. — Signe particulier, elle ne peut souffrir son gendre, dont la froideur automatique l'agace, et elle a coutume de dire que lorsque Victor Mouginot s'approche d'une cheminée, il éteint le feu. — A gauche, posé et compassé à l'égal de son père, se tient mon cousin Aristide Mouginot, fils unique, enfant modèle dont on me jette constamment la sagesse au nez. Il se carre droit et tranquille sur son tabouret, la serviette correctement nouée sous le menton; il ne tache point « ses effets », il est discret à table et *ne demande jamais rien* — je le crois parbleu bien! on lui donne de tout, — il ne polissonne pas dans les rues, il ne réplique jamais — bref, une perfection. — Seulement, s'il est sage, il n'est point beau, mon *cousin Aristide*. Ses oreilles décollées s'ouvrent de chaque côté de sa tête blonde, comme des nageoires de poisson. Ses sourcils sont clairsemés, il a des cils blancs, un teint blafard et le nez des Mouginot — le nez caractéristique de la famille qui, chez lui, s'est exagéré en forme de pomme de terre.

ARSÈNE CAMUS.

De l'autre côté de la table, vis-à-vis de mon tuteur, trône ma tante Mouginot.

Elle a la taille et l'air imposant de sa mère, sans en avoir le charme et l'affabilité. Sujette à des névralgies, elle enveloppe sa tête d'un capuchon noir d'où l'on voit émerger une longue figure bilieuse, aux yeux jaunes, au nez pointu et aux lèvres sèches. Sa mauvaise santé lui a donné la mine et l'acidité d'un citron. Avec cela, elle est ironique et peu charitable. Elle a de grands gestes autoritaires, et, à chaque mouvement qu'elle fait, on entend grincer le trousseau de clefs attaché à sa ceinture. Cet aigre cliquetis d'acier semble inhérent à sa personne, comme le crécellement de la sauterelle ou le bourdonnement aigu du moustique, et je ne puis jamais l'entendre sans éprouver une sensation désagréable. Je suis placé à sa gauche, sous son immédiate et impitoyable surveillance; elle ne m'épargne guère, et ses sarcastiques remontrances assaisonnent comme verjus tout ce que je mange. — A la droite de la tante Mouginot s'empresse, avec une obséquieuse loquacité, le locataire et le pensionnaire de mon oncle, l'avocat Dieudonné Jacobi, un célibataire de cinquante ans, ami et commensal de la maison depuis une quinzaine d'années.

M. Dieudonné est grand, blond et rose, avec une barbe poivre et sel et de petits yeux bleu faïence. Malgré la maturité, il a gardé des mines et un son de voix enfantins, qui contrastent avec sa barbe grise. Il est vêtu de couleurs sombres et économiques, mais il a encore des prétentions à la jeunesse, porte des cols rabattus à la Colin et des cravates bleues à bouts flottants. Ayant l'élocution facile et fleurie, il est grand discoureur; il aime les phrases à effet, sonores, obscures et creuses comme un puits sans eau. Peu lui importe qu'elles n'aient pas de sens, pourvu qu'elles soient empanachées d'images. Esprit nuageux et sentimental, il parle volontiers de son âme et des étoiles, mais il a très soin de son corps et s'en occupe d'une façon méticuleuse. Comme il ne possède qu'un médiocre revenu, il a toujours peur de manquer de pain dans ses vieux jours, et la perspective de la vieillesse approchante le rend fort serré. Il ne prend chez nous que le dîner et le souper. Adèle, notre servante, prétend que le petit pain de son premier déjeuner lui dure quatre jours. Très pieux, il va entendre une basse messe tous les matins et se place sous les orgues, au banc des pauvres — « par humilité », dit-il, mais en réalité parce que le vicaire chargé de la quête ne pousse jamais jusque-là. Bien qu'avocat, il plaide fort peu; son éloquence n'a pas eu de succès au tribunal, et les gens d'affaires ont trouvé que ses arguments étaient plus imagés que substantiels. En revanche, il est la cheville ouvrière de la *Société des beaux-arts, belles-lettres et horticulture* de Villotte. De temps en temps, il y lit un mémoire sur un pot ou un tumulus gallo-romain, trouvé dans les fouilles du mont de Fains;

ARISTIDE.

M. DIEUDONNÉ.

il tire cinquante exemplaires de sa notice — aux frais de la Société — et les distribue dans les maisons où il a reçu des politesses. Il a inventé quantité de trucs, fort honorables du reste, pour s'acquitter à bon marché des obligations qu'il contracte. C'est ainsi que, pour payer en partie sa pension à l'oncle Mouginot, il s'est chargé de nous inculquer, à Aristide et à moi, les éléments du français et du latin. Chaque matin, nous montons dans la chambre qu'il occupe au second, sur la rue, et il nous fait décliner *rosa, la rose*, ou nous inflige une dictée choisie dans les plus ronflants passages de ses opuscules. — Aristide n'est pas un sujet brillant, mais il s'applique, tandis que moi je regarde les moineaux qui pépient à la fenêtre, j'écoute les cris des jardiniers qui brouettent leurs légumes sur la chaussée, et je passe des mots, ce qui détruit notablement l'harmonie du beau style de M. Dieudonné et me vaut, à l'heure du dîner, une aigre réprimande de ma tante Mouginot.

Ce soir, à souper, c'est M. Dieudonné qui parle tout le temps. Mon oncle est peu causeur, ma tante est en proie à sa névralgie, de sorte que le repas serait fort taciturne sans l'avocat Jacobi. Mais il se fait un devoir de toujours soutenir la conversation. Plutôt que de laisser s'établir un de ces silences pendant lesquels on dit « qu'un ange vient de passer », M. Dieudonné aime mieux causer à tort et à travers, sauf à dire une bêtise. Il va, il va, entassant métaphores sur métaphores, jusqu'à ce qu'il soit rappelé à l'ordre par une plaisanterie de la maman Péchoin. Celle-ci est très sensée et n'entend rien au galimatias; elle prise avant tout la clarté, et elle le déclare sans phrase au sentimental avocat.

— Ah! madame, vous m'avez coupé les ailes! s'écrie-t-il alors de sa voix d'enfant de chœur.

On vient de finir le second plat, une vinaigrette confectionnée avec le bouilli du pot-au-feu, Adèle apporte le fromage au milieu d'un de ces silences qui désolent M. Jacobi. Immédiatement il repart :

— Je suis allé aux vêpres à Notre-Dame afin d'y entendre le *Magnificat*, qu'on chante là avec une ampleur qui me soulève toujours et m'emporte dans un mystique tourbillon d'âme...

— Plaît-il? demande malicieusement la maman Péchoin, je ne comprends pas!... J'ai vu des tourbillons de poussière : des tourbillons d'âme, jamais!

— Vous savez bien, ma mère, observe ironiquement la tante Mouginot, que monsieur Jacobi ne parle pas comme tout le monde.

— Oh! madame, reprend l'avocat piqué, si vous me chipotez pour une image un peu hardie, je ne soufflerai plus mot!

Il s'arrête, regarde autour de lui et surprend sur mes lèvres un irrévérencieux sourire.

— A propos, ajoute-t-il en me lançant une œillade courroucée, je t'ai cherché aux vêpres, Jacques, et je n'ai vu qu'Aristide à son banc... Où t'étais-tu fourré?

Je me sens une chair de poule dans le dos et je commence à rougir.

— Pourquoi n'étiez-vous pas avec Aristide, polisson? interroge sévèrement ma tante.

Mon sage cousin m'étudie sournoisement du coin de l'œil; je perds contenance en songeant que mon méfait va être découvert. Déjà mon oncle tourne vers moi ses yeux froids, déjà le nez de ma tante s'allonge, menaçant, quand un bienheureux incident vient faire diversion. La porte de la pharmacie s'ouvre brusquement, la sonnette tinte, et une voix de rogomme crie :

— Le facteur!

En même temps, à travers le vasistas, je distingue la silhouette de l'homme de la poste qui fouille dans sa boîte de ferblanc et en tire un pli cacheté.

— Une lettre pour vous, monsieur Mouginot!... C'est dix sous de port.

Une grosse main rouge passe la lettre par le judas et attend la monnaie, que mon oncle compte en maugréant, puis l'homme de la poste s'éloigne et la porte se referme. Tous les yeux sont fixés sur Victor Mouginot, qui a mis ses lunettes et examine l'enveloppe. Personne ne songe plus à me questionner, et je respire

— Hum! dit l'oncle, ça vient de Paris... C'est de mon frère Scipion.

— Oh! oh! insinue malignement ma tante, s'il écrit, celui-là, c'est qu'il a quelque chose à quémander.

Mon oncle décachète et lit. Pas un de ses traits ne bouge, et il est impossible de deviner sur sa figure si le contenu de la lettre lui est agréable ou fâcheux.

— Arsène! ordonne-t-il à l'élève avec un coup d'œil significatif, il est temps d'aller à la pharmacie.

Arsène Camus obéit; puis mon oncle, qui tient toujours la lettre dépliée, ferme prudemment le judas et, s'adressant à l'assistance, continue, de son ton flegmatique, avec néanmoins une pointe d'ironie :

— Ça vaut les dix sous... Écoutez!

HUM! DIT L'ONCLE, ÇA VIENT DE PARIS...

De sa même voix blanche, il commence la lecture :

« Mon cher Victor,

» Voici longtemps que je n'ai reçu des nouvelles de la famille et du pays. Je me décide donc à t'en demander. Malgré la distance qui nous sépare, il ne faut point que l'herbe d'oubli pousse sur le chemin de l'amitié fraternelle... »

— Voilà une belle image, s'exclame M. Dieudonné; il écrit bien, l'animal!

— Si c'est un effet de votre bonté, grogne l'oncle Victor, n'interrompez pas, Jacobi... Je continue :

« ... l'amitié fraternelle. Depuis que nous ne nous sommes vus, j'ai beaucoup fouillé, beaucoup remué d'idées. J'en avais récemment trouvé une qui devait nous rapporter à tous une fortune; mais j'ai commis l'imprudence de la confier à un maladroit qui l'a escomptée, défraîchie et gâchée, de sorte qu'elle n'a pas rendu ce que j'en attendais. J'ai donc été obligé de changer mon fusil d'épaule. A quelque chose malheur est bon... Je suis maintenant sur la piste d'une affaire colossale. Je la creuse, et, dès que j'aurai trouvé le filon, ce ne sera plus par mille francs, mais par millions qu'il faudra compter. Tout ce fleuve d'or coulera vers vous autres, ai-je besoin de vous le répéter? Pour moi, la gloire d'avoir mené à bonne fin une patriotique entreprise sera une récompense suffisante. Le reste ira à mes neveux. C'est à eux seuls que je pense dans le laborieux effort de mes veilles prolongées, et surtout à Jacques, à cet intéressant orphelin qui nous est confié et pour lequel je rêve un brillant avenir, en rapport avec sa précoce intelligence. Que ne suis-je auprès de lui, auprès de vous tous! j'unirais mon expérience à vos lumières pour faire de notre pupille un homme dans la solide acception du mot!... Malheureusement, j'ai un fil à la patte; les affaires me retiennent sur la brèche, et je ne puis contribuer à son éducation que par des vœux, hélas! stériles. En ces temps agités, les capitaux se resserrent et les rentrées deviennent difficiles. Aussi, pour le semestre qui va échoir, me vois-je encore forcé, mon cher Victor, de te prier de me faire crédit de ma quote-part dans les frais d'entretien de cet aimable enfant. Ce ne sera d'ailleurs qu'une avance. Je franchis une passe difficile, mais dès que j'aurai trouvé le *filon*, je rendrai à la famille ce qu'elle aura déboursé. Tout ce que je puis t'affirmer, c'est que j'entends près de moi le froufrou des ailes de la Fortune, et que je ne la manquerai pas, dès qu'elle sera à portée. Crois-en la parole d'un frère dévoué et persévérant, qui vous embrasse tous.

» SCIPION MOUGINOT. »

— Qu'en dites-vous? demande mon oncle Victor entre ses dents serrées.

— Encore une *cacade*! siffle dédaigneusement ma tante. Quel charlatan!

— C'est égal, répète l'avocat Jacobi, il a une jolie plume!

— Des phrases! réplique la maman

Péchoin. J'appelle ça : promettre plus de beurre que de pain..

Moi, je ne suis pas éloigné de partager l'admiration de M. Dieudonné. Les millions évoqués par la plume dorée de Scipion Mouginot m'éblouissent. J'estime qu'on calomnie cet oncle qui pense à m'enrichir et qui a une si flatteuse opinion de mon avenir.

— Ce que je vois de plus clair là dedans, reprend durement mon oncle, c'est que Jacques retombe complètement à notre charge...

— Oui, continue ma tante en se tournant vers moi, ce sont de nouveaux sacrifices que cet enfant nous impose... Espérons que nous n'aurons pas affaire à un ingrat et qu'il s'efforcera de reconnaître nos bienfaits par sa soumission et sa bonne conduite...

Chacune de ces paroles, coulant comme un filet de vinaigre, me mortifie cruellement. Je trouve qu'on me fait sentir un peu trop souvent les sacrifices qu'on s'impose pour moi, et ma pensée se trahit par une moue boudeuse qui déplaît à mon irascible tante.

— Eh bien ! répondez donc, monsieur ! s'écrie-t-elle en me hochant comme un prunier.

Elle me secoue si fort que je perds l'équilibre. Je glisse de mon tabouret si maladroitement que je tourne le dos à ma tante et que le bas de mes reins, éclairé par la lampe, montre à plein l'accroc béant de mon fond de pantalon.

— Sainte Vierge ! qu'est-ce que j'aperçois ? s'exclame madame Mouginot d'une voix courroucée. Où avez-vous été vagabonder pour mettre en loques un pantalon presque neuf ?... Répondez, *brisacque !*

Elle me colle au mur et me plonge un regard inquisiteur au fond des yeux. Je ne sais pas mentir, et, les paupières baissées, j'avoue tout : la tentation du bateau, les vêpres manquées, le voyage sur le canal et le reste...

— Voilà où conduit la désobéissance, réplique ma tante. si vous aviez été sagement aux vêpres avec Aristide, vous n'auriez pas massacré votre culotte... Demain, vous serez enfermé et au pain sec... Nous n'avons pas le moyen de vous donner des vêtements neufs tous les jours !

— Puisqu'il aime l'eau, ajoute sentencieusement l'oncle Victor, quand il aura quinze ans, je l'engagerai comme mousse, voilà tout... Qu'il aille se coucher !

On sort de table, et tandis que dans le corridor très noir je me dirige à tâtons vers le cabinet où je couche avec Aristide, je sens une main caressante se poser sur mes cheveux :

— Ne pleure pas, petit, murmure la maman Péchoin ; demain, quand ils seront en bas, tu viendras chez moi. Je te donnerai du chocolat pour assaisonner ton pain sec... et je te raccommoderai ta culotte.

II

La bonne maman Péchoin a tenu sa promesse. Le lendemain, vers une heure. tandis qu'attablé devant une assiette blanche et un verre d'eau, je grignotte mon pain sec, tout en écoutant tristement les bruits de vaisselle et de casseroles qui montent de la cuisine, ma porte s'ouvre discrètement et je vois l'aimable vieille aux boucles blanches qui, un doigt sur les lèvres, me fait signe de la suivre. A pas de velours nous gagnons sa chambre située sur la cour, en plein midi, et d'où l'on aperçoit la silhouette accidentée des hauts quartiers de Villotte.

Cette chambre, tapissée d'un papier gris à ramages, est garnie de meubles datant du premier Empire ; — chaises au dossier en forme de lyre, fauteuils à têtes de sphinx, pendule d'albâtre flanquée de deux groupes en faïence de Lunéville, représentant *les Quatre Éléments* et *les Quatre Saisons*. — Aux murs sont accrochées des gravures du temps : *L'Amour et Pysché*, *Diane et Endymion*, et de chaque côté de la glace de la cheminée, des miniatures de parents ou d'amis disparus : — dames en robe collante à taille courte, militaires en grand uniforme. — Cet ameublement vieillot et coquet forme un cadre en harmonie avec l'affable figure de la vieille dame.

Elle tire de son armoire une tablette de chocolat, quelques biscuits et un verre à patte qu'elle emplit de deux doigts de muscat. Puis elle m'installe près d'un guéridon de marqueterie où je puis me dédommager tout à mon aise de mon dîner d'anachorète.

— Ne te bourre pas, petiot, dit la grand'mère ; tu as le temps... Tu t'en iras

quand ces dames viendront faire leur loto
Trois fois la semaine, depuis de longues

ON APERÇOIT LES HAUTS QUARTIERS DE VILLOTTE...

années, quatre ou cinq dames, contemporaines de la maman Péchoin, viennent passer l'après-midi à jouer au loto chez la belle-mère de mon tuteur. Ce sont de curieux types de l'ancienne société de Villotte; — veuves d'anciens militaires, vieilles filles tirées à quatre épingles, recroquevillées comm des feuilles sèches. Elles s'appellent fam lièrement par leurs petits noms — des noms à la mode d'autrefois, qui vont bien avec leurs toilettes démodées — Minette, Lénette, Bastienne, Mimi... Assez souvent, quand sa société lui laisse des loisirs, M. Dieudonné Jacobi se joint à ces enragées joueuses, et il n'est pas le moins âpre au gain. Parfois, les jours de pluie, j'assiste à ces réunions, blotti dans un coin et on passe en revue les menus scandales de la ville, puis on tombe d'accord pour déclarer que la société de Villotte dégénère et que tout allait bien mieux au temps passé...

Mais, avant de poursuivre cette histoire, il est bon que je vous fasse connaître

MINETTE, LÉNETTE, BASTIENNE, MIMI...

penché sur un livre d'images. L'enjeu est d'un sou par personne, d'ordinaire, c'est l'avocat Jacobi qui fouille dans le sac et de sa voix de chantre appelle les numéros; régulièrement, on l'accuse d'escamoter ceux qui ne sont pas marqués sur son carton. Ces parties se terminent rarement sans orages. Lorsqu'une des joueuses annonce un *quine*, immédiatement tout le demeurant de la compagnie lui lance des regards soupçonneux et réclame un contre-appel. Des discussions violentes s'élèvent, des mots aigres s'échangent, puis peu à peu tout s'apaise, et l'on recommence une partie qui s'achève au milieu de nouvelles tempêtes. Dans les intermèdes, on se communique les nouvelles, Villotte et la situation qu'y occupe la dynastie des Mouginot.

La petite ville de Villotte, située aux confins de la Lorraine et de la Champagne, n'a jamais fait beaucoup parler d'elle et n'est guère connue que par l'exquise qualité de ses mirabelles. La culture de ce fruit est la seule qui y soit sérieusement développée ; quant à la culture intellectuelle, elle ne donne que des produits médiocres. Non qu'on manque d'intelligence à Villotte; les habitants ont l'esprit vif, narquois et prompt à la riposte, mais c'est un esprit terre à terre, plus porté au dénigrement qu'à l'enthousiasme. De même que le sol y est sans profondeur et que les arbres à racines pivotantes s'y étiolent vite, le milieu est peu favorable à la croissance des artistes et des poètes. Le terroir nourrit d'honnêtes négociants, de braves militaires, mais de gens à imagination — néant. — Détail curieux à noter : lorsque, par hasard, la faculté imaginative se manifeste dans le cerveau d'un indigène, elle subit tout à coup, grâce à l'air ambiant, une singulière déviation et dégénère vite en excentricité. C'est ce qui explique le style amphigourique des rares Villottiens qui se sont mêlés d'écrire. Ils ont une langue à eux, pleine d'inconscientes drôleries et de sérieux galimatias, dont on trouve de réjouissants échantillons dans certains mémoires archéologiques du cru.

Autant que je puis m'en rendre compte maintenant à travers mes souvenirs, la famille Mouginot résumait d'une façon caractéristique les qualités et les défauts des Villottiens. — Elle se composait de quatre frères, au nom desquels le public avait accolé celui de leur femme, afin de les distinguer. Il y avait Mouginot-Tupin, Mouginot-Péchoin, Mouginot-Brisetuile et Mouginot-Grodard.

En Mouginot-Tupin s'incarnait l'esprit ambitieux et vaniteux des gens du pays. Il avait épousé mademoiselle Tupin, des Anglecourts, une grande femme rogue et solennelle, à longue figure chevaline, qui prétendait descendre d'une famille de robe. Les Mouginot-Tupin habitaient à la ville haute une vieille maison qui avait appartenu, au XVIIIe siècle, à un conseiller de la Chambre des comptes. Ayant gardé les portraits des aïeux de ce précédent propriétaire, ils les faisaient passer pour leurs propres ancêtres. Ils recevaient tous les dimanches, frayaient avec les nobles ruinés qui pullulaient dans la haute ville, étaient invités à la préfecture et affectaient des airs de protection à l'égard des autres membres de la famille qu'ils ne visitaient qu'aux fêtes carillonnées.

Victor Mouginot ou Mouginot-Péchoin représentait l'esprit commercial et froidement positif des indigènes. Il s'était marié sur le tard avec la fille du riche pharmacien Péchoin, dont il avait repris l'officine. Il vivait casanièrement, austèrement dans sa boutique, où il économisait sou sur sou pour son fils unique Aristide. A l'exception du *Codex* et du journal de la localité, il ne lisait jamais et professait un souverain mépris pour ce qu'il appelait « les écarts d'imagination ». Il n'estimait que les gens d'affaires dont la vie était méthodiquement rangée et étiquetée comme les bocaux de sa pharmacie. Il mangeait, se promenait et se couchait à des heures invariables, et, par principe, ne s'émouvait jamais. Seules, les prétentions aristocratiques de son frère Mouginot-Tupin avaient le don de le tirer de sa flegmatique taciturnité. Il ne supportait pas la morgue et les airs de condescendance avec lesquels sa belle-sœur traitait la famille; mais, par un illogisme qui lui paraissait tout naturel, il affectait les mêmes dédains et le même ton de supériorité à l'égard de son frère Scipion Mouginot.

Ce dernier s'était marié de bonne heure avec une demoiselle Brisetuile, qui, au bout de deux ans de mariage, l'avait laissé veuf sans enfants. Alors il était parti pour Paris, dans l'espoir d'y faire fortune. L'oncle Scipion avait dans le cerveau ce grain d'imagination villottienne dont j'ai

MADEMOISELLE TUPIN.

parlé plus haut; seulement la graine avait germé tout de travers : il avait l'humeur enthousiaste et vagabonde, sa tête fumeuse était pleine de mirifiques projets qui avortaient toujours. Victor Mouginot, avec son cruel sens pratique, l'avait défini : « Un homme qui s'éveille tous les matins en rêvant de gagner un million et qui se couche tous les soirs avec cent francs de perte. » Il s'éprenait avec passion des entreprises les plus chimériques, et les plus incohérentes, et les lâchait avec la même impétuosité, dès qu'elles avaient cessé de plaire. Aucun insuccès ne le fatiguait ni ne le rebutait. Dès qu'un de ses dadas l'avait jeté à terre, il en chevauchait un autre et repartait avec le même sourire satisfait sur les lèvres. C'était un fou, disait-on, mais un fou à la façon de Villotte; il y avait dans sa folie un alliage de positivisme et de roublardise qui l'empêchait de se casser les reins et lui donnait assez de souplesse pour remonter gaillardement sur sa bête. Aussi, bien qu'il se plaignît fréquemment de « la mauvaise chance », il n'en souffrait pas trop personnellement. La maman Péchoin, qui ne l'aimait point et le traitait de dangereux égoïste, prétendait qu'il s'était toujours arrangé pour que ses sottises ne nuisissent jamais qu'à autrui. — Je juge toutes ces choses à mon point de vue d'homme mûri par l'expérience, mais au temps de mon enfance je pensais tout autrement. Je croyais que la famille calomniait l'oncle Scipion, et n'ayant reçu que des coups de boutoir de la part des Mouginot-Tupin et des Mouginot-Péchoin, je nourrissais en mon par-dedans une secrète admiration pour ce Scipion Mouginot, qui ne ressemblait pas à ses frères et dont le caractère romanesque séduisait mon imagination enfantine.

Pour en revenir à moi, je suis l'unique représentant des Mouginot-Grodard. Ma mère, une campagnarde née aux environs de Villotte, est morte en me mettant au monde. Mon père, le capitaine Mouginot, avait la passion de la vie militaire. — C'est un goût assez fréquent dans cette province de l'Est, qui a été de tout temps une pépinière de soldats. — Il s'est marié par inclination et contre le gré de la famille avec une demoiselle Grodard, de Trémont, et, peu de temps après la mort de ma mère, il a disparu lui-même, tué à l'ennemi, au combat de Sidi-Ibrahim, et ne me laissant pour héritage que sa croix et ses épaulettes. — Je suis retombé sur les bras de mes oncles, qui n'ont été que médiocrement enchantés de cette charge de la succession. Mais comme, malgré leurs dissensions intimes, l'esprit de famille est très développé chez les Mouginot, ils se sont fait un point d'honneur d'accepter avec résignation le legs du capitaine. Il a été convenu que l'oncle Victor, mon tuteur, se chargerait de mon éducation, et que chaque frère contribuerait pour un tiers aux frais de mon entretien. J'ai donc été installé chez les Mouginot-Péchoin, où je reçois le vivre et le couvert sans compter les leçons de français et de latin de M. Dieudonné Jacobi. — Les Mouginot-Tupin payent avec une scrupuleuse exactitude leur part contributive. Il n'en est pas de même de l'oncle Scipion, qui, à l'échéance du semestre, trouve toujours un ingénieux prétexte pour différer de fournir son contingent, ce qui donne naissance à des scènes désagréables et me vaut un humiliant sermon de madame Mouginot-Péchoin. La femme du pharmacien ne m'aime pas. Elle m'en veut d'abord d'être une bouche coûteuse et inutile, puis d'avoir plus de vivacité d'esprit et meilleure tournure que son fils Aristide.

JE RESSEMBLE A MA MÈRE.

De fait, je ne ressemble en rien à ce parangon des enfants sages. Je suis aussi remuant qu'il est endormi, aussi déluré et souple qu'il est gauche. De plus, seul de la famille, j'ai les cheveux bruns et les yeux noirs. Tous les Mouginot sont blonds, avec un teint blafard et de petits yeux d'un bleu gris. Je ressemble, dit-on, à ma mère, qui était jolie, et je lis dans le regard des gens que ma physionomie éveillée fait plaisir à voir. Lorsque ma tante nous emmène à la promenade, j'entends des passants s'exclamer sur la gentillesse de ma frimousse expressive, ce qui me comble d'aise, mais ce qui irrite madame Mouginot. Elle prend sa revanche en exerçant à mes dépens son humeur dénigrante; elle s'écrie avec amertume que je n'ai rien des Mouginot et que je tiens des Grodard, qui sont tous noirs comme des taupes. Cela m'est bien égal. Ce qui me vexe, c'est que, sous prétexte de corriger ma vanité, on m'affuble de nippes minables et ridicules. Tandis qu'Aristide se prélasse en des vêtements neufs, commandés au tailleur de la place de la Préfecture, je suis habillé, moi, des mises-bas de l'oncle Victor. Une couturière à la journée me taille des vestes dans les vieilles redingotes du pharmacien, et ces vêtements, outre qu'ils vont très mal, sont déjà usés jusqu'à la corde quand je les étrenne. C'est à la déplorable minceur de ces habits élimés par un long usage que j'attribue la mésaventure du bateau et l'accroc à ma culotte. Aussi, depuis l'injuste punition infligée par ma tante, ma rancune contre cette acariâtre personne et contre mon cousin va toujours croissant.

La maman Péchoin a raccommodé soigneusement mon fond de pantalon; mais, si industrieuses que soient ses reprises perdues, les traces de l'accroc n'en sautent pas moins aux yeux, et je serai condamné à exhiber tout l'été mon pantalon rapiécé au plus bel endroit. Le pain sec et la réclusion ne me sont pas particulièrement pénibles; cela me donne même un petit air de victime qui ne me déplaît point; ce qui me blesse par-dessus tout, c'est d'être ridiculement accoutré. J'ai un faible pour la toilette; tout ce qui est brillant et coquet m'attire. J'aimerais à être chaussé de bottines vernies bien luisantes, à avoir la taille prise dans une veste neuve, à être coiffé d'une élégante casquette de velours, comme les garçons riches que je rencontre à la promenade. Au contraire, j'ai conscience d'être fagoté comme un singe savant, et mon amour pour la gloriole en souffre. Le dimanche, je me rencoigne honteusement au fond de mon banc et, à la sortie de l'église, je me dissimule le plus que je puis, je rase les murs; je me figure que tous les yeux sont fixés sur la chute de mes reins, et que tous les passants se disent : « Il a une pièce à son fond de pantalon! »

Cette criante inégalité entre mon cousin et moi ne s'arrête pas au chapitre du costume; elle se manifeste pareillement à l'heure des repas. Les bons morceaux sont pour Aristide, les mauvais pour moi. Sa mère lui sert tendrement les blancs de volaille et me réserve invariablement le pilon. Au dessert, s'il y a un beau fruit, il passe dans l'assiette d'Aristide, et je dois me contenter des cerises tournées ou des poires noueuses. Je ne suis pas gourmand, mais cela me révolte de le voir se gaver à mon nez de toutes ces bonnes choses. Je me sens devenir haineux comme Caïn à l'encontre d'Abel. Encore Abel était-il beau, tandis qu'Aristide est fort peu séduisant. Un sourd désir de vengeance germe dans l'arrière-fond de mon cœur. Je cherche un moyen ingénieux de faire payer au cousin les mortifications causées à mon amour-propre par les iniques préférences dont on le comble. Le rosser serait vite fait, mais il crierait comme une poule qui a vu le putois, et cette exécution m'attirerait un châtiment exemplaire. Non, il faudrait trouver une vexation sourde, inapparente, qui m'assurerait l'impunité et ne serait sentie que par lui. La difficulté est que le cousin Aristide a l'enveloppe épaisse d'un pachyderme et qu'on ne sait par où l'entamer. Pourtant, à force de l'étudier, j'ai fini par découvrir son côté vulnérable.

Mon cousin est vaniteux comme un paon. Précisément parce qu'il a déjà conscience de l'irrégularité de ses traits, il ne supporte pas qu'on y fasse allusion Certaines plaisanteries qu'on permet sur son nez prolongé en forme de trompe le mettent particulièrement en rage. J'ai noté ce détail et je me promets d'en tirer sournoisement avantage pour vexer le Benjamin de la famille.

On est à table pour le dîner de midi. Après le potage, Adèle apporte un plat dont je suis très friand : de petits oiseaux cuits dans la *coquotte* de fonte, bardés de lard et reposant sur un lit de rôties dont le savoureux fumet, s'évaporant dans l'étroite salle à manger, me fait venir l'eau à la bouche. Ma tante Mouginot sert les convives à la ronde et dépose sur l'assiette d'Aristide deux oiseaux et deux rôties. Je suis le dernier servi, et il ne reste plus pour moi que deux minuscules oiseaux *sans rôties*. Aristide, ravi, me reluque à travers ses cils blancs, tout en croquant avec affectation le pain grillé dont on l'a gorgé à mes dépens. Indigné de ce passe-droit, je le dévisage à mon tour, puis, prenant mon nez entre le pouce et l'index, je fais le geste de caresser ironiquement un appendice indéfiniment prolongé. Aristide saisit l'allusion et se mord les lèvres, mais son amour-propre même l'empêche de se plaindre, parce qu'il a honte d'attirer l'attention sur son nez démesuré. Je triomphe de son mutisme, enhardi par l'impunité, je multiplie mes pantomimes ironiques et désobligeantes Je joue la comédie de quelqu'un que l'énormité de son nez empêche de voir le fond de son assiette, et je fais le geste d'écarter avec la main cette trompe imaginaire. Le cousin suit rageusement tous mes mouvements; il en devient vert, il en étrangle. Mon succès me met en verve. Justement Adèle vient de poser sur la table le second service : des pommes de terre en robe de chambre. Il y a une corbeille pleine de ces *hollandaises* longues et roses qu'on nomme chez nous des *becs de cane*. Dès que mon assiette est garnie, je pousse dans la direction d'Aristide. Il a l'ingénuité de lever les yeux, et m'aperçoit portant à mon nez la plus biscornue des pommes de terre. Cette fois il n'y tient plus et son dépit éclate.

— Maman! s'écrie-t-il, Jacques se moque de moi!

Ma tante me jette un regard sévère :

— Qu'est-ce encore? gronde-t-elle.

Je proteste en ouvrant de grands yeux étonnés :

— Peut-on dire?... J'épluche ma pomme de terre...

— Allons, flanquez-nous la paix! grogne à son tour l'oncle Victor.

Le calme se rétablit. Mais, deux minutes après, je saisis derechef un *bec de cane* et, clignant des yeux vers Aristide, je l'applique à l'extrémité de mon nez.

— Maman! glapit de nouveau mon cousin exaspéré.

Cette fois, la tante Mouginot, qui me surveillait du fond de son capuchon en capote de cabriolet, a surpris et deviné ma pantomime. Sa main sèche me gifle d'importance.

— Tenez, polisson, s'exclame-t-elle, voilà pour vous apprendre à molester votre cousin!

— Qu'a-t-il donc fait? demande la maman Péchoin ébaubie.

Je n'ai pas volé ma claque, mais tout de même j'essaie de réclamer :

— Moi?... je n'ai rien fait... Je mangeais ma pomme de terre.

— Menteur... Je vous ai vu; il y a un quart d'heure que vous m'énervez... Cet enfant a toutes les perversités et tous les mauvais instincts... Il tourne en dérision le nez de ce pauvre Aristide.

— C'est mal, cela! dit la bonne maman Péchoin en me lançant un regard réprobateur.

— Oui, cela part d'un méchant naturel, reprend l'avocat Jacobi, enchanté de trouver l'occasion de placer une harangue; cela décèle un manque de charité et une basse propension à la caricature... D'ailleurs, un enfant sérieux ne doit pas s'attacher aux désavantages passagers de la physionomie. L'essentiel n'est pas d'avoir un beau nez, mais une belle âme. Qu'importe que la coque soit rugueuse, pourvu que l'amande qui est dedans soit bonne et saine!...

Tout le monde me donne tort. Aristide, réconforté par la satisfaction intime que lui procure la gifle appliquée sur ma joue, et aussi par une double ration de dessert — la mienne étant ajoutée à la sienne par madame Mouginot, — reprend sa sérénité et me nargue à son tour, en tartinant lentement sous mon nez une onctueuse marmelade d'abricot.

— La morale de ceci, résume sentencieusement Victor Mouginot en vidant à petits coups son verre de vin pur, c'est que les chiens hargneux doivent être tenus à l'attache... Quand les gamins courent sur leurs onze ans, l'éducation de la famille est trop douce pour eux... Il faut qu'ils goûtent de la vache enragée. A la rentrée, je fourrerai ce drôle-là à la pension Pestel... Du reste, le régime conviendra aussi à Aristide, qui devient trop poule mouillée.

— Comment? interrompit madame Mouginot alarmée, tu veux confier notre enfant à des mains étrangères!...

— Avant tout, repart autoritairement le pharmacien, je veux dîner tranquillement... Dans quinze jours, ils entreront tous deux chez Pestel.. J'ai dit!

III

La maison où était installée la pension Pestel a disparu depuis longtemps pour faire place à des bâtisses neuves, mais j'en retrouve nettement la topographie au fond de ma mémoire. Elle y reste gravée comme un plan en relief. Je revois, en façade sur la rue, les murs rongés du corps de logis occupé par le réfectoire, les dortoirs et l'appartement du maître de pension; — puis la cour caillouteuse en équerre, le jardinet avec sa grille, et, dans l'angle, un vieux sapin dont nous grattions l'écorce pour y recueillir des larmes de résine qui répandaient en brûlant une aromatique odeur d'encens. — A gauche, quelques marches conduisent à une vaste salle blanchie à la chaux et éclairée sur la cour. C'est là que se tient la classe et que j'entre, un matin d'octobre, en compagnie de mon cousin Aristide. La salle est divisée en deux par le poêle et l'estrade où siège M. Pestel, un grand sec à favoris gris, avec une tête pointue et une féroce balafre à la lèvre supérieure. Il est originaire du Limousin et s'est marié à Villotte avec une femme maigriote, remuante et rageuse, qui est chargée de diriger la petite classe, où l'on a colloqué Aristide, plus jeune que moi d'un an. Grâce à mes onze ans on m'a placé dans la seconde division, où je me trouve avec de grands garçons de quatorze à quinze ans. Le personnel est surtout composé d'enfants de petits commerçants et de jeunes campagnards, que leurs parents ont envoyés chez Pestel parce que la pension y est moins chère qu'au collège. Bien que le prospectus de la maison annonce qu'on y prépare les élèves aux études classiques, on y enseigne principalement le français, l'histoire et les mathématiques. Dès le matin, une dictée; puis M. Pestel, perché sur son estrade, devant un tableau noir, nous démontre, craie en main, la théorie de l'addition. Accompagnée par le ron-ron du poêle, sa voix gasconnante débite solennellement :

M. PESTEL, UN GRAND SEC.

— J'additionne d'abord la colonne des unités; j'emprunte à cette colonne un qui vaut dix et je le reporte à la colonne des dizaines...

Je ne comprends pas bien l'ingéniosité de ces emprunts successifs; à partir de la colonne des centaines, je ne suis plus le raisonnement de M. Pestel et je pense à autre chose.

A midi, la cloche sonne le dîner que nous prenons au réfectoire, car nous sommes demi-pensionnaires; puis récréation jusqu'à deux heures dans la cour, où l'on taille des *glissoires* sur la neige durcie. Ensuite les exercices de grammaire et d'arithmétique recommencent jusqu'à quatre heures, pour reprendre de cinq à sept. Alors nous sortons. Il fait nuit serrée, le froid pince et le vent du nord balance les réverbères au coin des rues. C'est presque avec bonheur que je rentre à la pharmacie et que je m'assieds à la table du souper, à côté de la sévère madame Mouginot. Mais le lendemain, dès sept heures et demie, après avoir avalé dans la cuisine une tasse de lait chaud, il faut retourner par la pluie ou la neige à la pension Pestel et consommer d'ennuyeuses démonstrations d'arithmétique.

Les opérations compliquées de la multiplication et de la division me cassent la tête. Ce n'est rien encore auprès des problèmes! « Deux fontaines coulent ensemble dans un bassin d'une contenance de vingt litres; la première a un débit d'un litre, la seconde de deux litres par heure; on demande dans combien de temps le bassin sera complètement plein. » — Cela me semble d'une difficulté inextricable, et j'ai beau me creuser le cerveau, je n'arrive jamais à remplir ce maudit bassin. J'ai pour voisin un garçon de quatorze ans, aux cheveux roux et embroussaillés, à la bouche malicieuse et aux yeux légèrement louches, ce qui lui a valu le surnom de *Guigne-à-gauche*. De son vrai nom il s'appelle Léchaudel, et il est le fils d'un menuisier de la rue du Coq. Léchaudel, dit *Guigne-à-gauche*, ne me paraît nullement tracassé par le mystère du bassin. En revanche, il est doué de quantité de talents qui me plongent en une béate admiration. — Avec une ficelle dont il noue les deux bouts et qu'il passe dans ses deux mains, il exécute dextrement une série de figures géométriques très amusantes : la *scie*, le *berceau*, les *poissons*, etc. De plus, à l'aide d'un canif et d'une feuille d'épais papier à dessin, il confectionne des boîtes à mouches, avec portes et fenêtres à jour, ce qui me donne une haute opinion de sa valeur. Je le flatte et lui abandonne les friandises de mon goûter pour qu'il m'initie aux secrètes combinaisons de la ficelle et à la fabrication des boîtes à mouches. Sous sa haute direction, j'emploie à me perfectionner dans cet art les heures destinées chaque semaine à la composition des trois divisions. Je finis par devenir très fort, mais ma copie s'en ressent et, à la fin de la semaine, j'obtiens des notes et des places détestables.

Oh! les transes de ces samedis soirs, quand il faut rentrer à la pharmacie Mouginot, avec un bulletin portant invariablement . « Conduite dissipée, application médiocre, arithmétique très mal!... » Aristide, lui, en revanche, a des notes excellentes. Il ne bouge pas de son banc, moule sa page d'écriture et calcule comme un petit prodige. — Dès que nous sommes à table, l'oncle Victor demande nos bulletins : quand il arrive au mien, il le lit à haute voix en articulant sèchement chaque mot, puis il replie le papier et conclut flegmatiquement :

— Je l'ai toujours prédit..., ce sera un cancre!

— Oh! petit, gronde doucement la maman Péchoin, tu ne peux donc pas t'appliquer?... Prends exemple sur Aristide, qui est plus jeune que toi!

— Cet enfant, observe l'avocat Dieudonné d'un air d'oracle, cet enfant est la légèreté même... Son esprit a des ailes de papillon.

— Laissez donc, réplique méchamment ma tante, il le fait exprès pour nous narguer... C'est une mauvaise nature... Vous serez privé de dessert, monsieur!...

Ces notes du samedi me gâtent tous les plaisirs du dimanche. Parfois, saisi d'un beau mouvement, je prends d'héroïques résolutions, je me promets de m'appliquer ainsi que le recommande la maman Péchoin. Mais le guignon s'en mêle. Ce jour-là, précisément, le problème est plus hérissé de difficultés que d'ordinaire; pendant la dictée, les grimaces et les drôleries de *Guigne-à-gauche* me font sauter des mots et, quand revient le samedi, je suis encore plus mal noté et placé. Alors je n'ose plus rentrer chez nous et je laisse Aristide revenir seul. Je rôde par les rues où souffle un cruel vent de bise : je m'arrête machinalement à tous les étalages. Je passe dix fois devant la pharmacie avant de me décider à en franchir le seuil. A travers les glaces de la devanture, j'aperçois la salle à manger illuminée, je distingue les silhouettes affairées à vider le contenu des assiettes fumantes. Enfin, transi et mourant de faim, je me décide à pousser timidement la porte. La sonnette tinte, et ce tintement me répond dans le cerveau et dans l'estomac. Une tête se penche au vasistas et dit : « Le voici! » tandis que je me glisse tout penaud à ma place. — Aristide a déjà parlé et on sait déjà ma déconvenue.

— D'où venez-vous, vagabond? demande la tante Mouginot.

— Où est ton bulletin? interroge en même temps Victor Mouginot, en fixant sur moi ses yeux de granit.

Je tends honteusement mes notes... J'ai encore un frisson dans le dos en me rappelant les sarcasmes qui pleuvent avec les taloches; je crois encore entendre le flegmatique et dur Mouginot-Péchoin répéter :

— Ce sera un cancre!

Cependant, à travers mes angoisses et mes misères d'enfant, l'hiver fuit comme une eau courante à travers les mailles d'une grille. Déjà les jeunes pousses des tilleuls ont de rougissantes teintes d'aurore; déjà les primevères fleurissent les bordures du jardin Pestel et, pendant les classes, on entend le merle siffler parmi les lilas bourgeonnants. Le mois de mai ramène un de mes plus savoureux plaisirs : les parties de bois du jeudi. — Les Mouginot-Péchoin possèdent dans la plaine de Véel, à la lisière du Petit-Juré, un grand terrain rectangulaire bordé de taillis. Ce carré de terre a été le théâtre d'une des premières *escades* de Scipion Mouginot. En ce temps-là, l'oncle Victor croyant au génie de Scipion, ce dernier lui avait persuadé d'élever des vers à soie et d'établir une magnanerie à Villotte On avait acheté ce terrain et on l'avait planté de mûriers blancs, à frais communs.

M. DIEUDONNÉ GUIDANT « CADET » PAR LA BRIDE.

Aujourd'hui, les mûriers blancs donnent encore de maigres rejets et végètent dans la terre argileuse de la plaine; mais la magnanerie s'est depuis longtemps écroulée au milieu des rires et des nasardes des gens de Villotte. En ce pays de l'Est, où la végétation est tardive, les vers à soie s'obstinaient à éclore bien avant la feuillaison des mûriers, de sorte qu'ils crevaient de faim et que l'entreprise a piteusement raté. Le pharmacien a repris le terrain, qu'il a transformé en verger; il y a bâti une maisonnette avec les débris de la magnanerie et aménagé un *chambret* de charmille où l'on vient passer l'après-midi et dîner en été.

Ces jours-là, dès une heure, on selle *Cadet*, un âne fort intelligent, qui a l'honneur de porter sur son dos la tante. Adèle assujettit à la croupe du baudet le panier aux provisions; ma tante s'assied majestueusement sur la selle carrée et nous partons, M. Dieudonné guidant *Cadet* par la bride, Aristide et moi formant l'arrière-garde. On traverse le faubourg de Véel tout résonnant du tapage des métiers de tisserands, et l'on s'engage dans la Chalaide [illegible] une tranchée montante entre deux hauts talus buissonneux où le soleil tombe d'aplomb sur l'ombrelle verte que madame Mouginot tient pontificalement au-dessus de sa tête. Lentement on arrive au haut de la côte, sur le replat où des maisonnettes montrent leur toit rouge dans la verdure tendre des vignes et les feuillées grises des saulaies. Voici la plaine avec ses ondulations de friches pierreuses, ses blés mouvants et sa ceinture de grands bois à l'horizo[illegible] voici le terrain avec ses jeunes plants [illegible]uniers, sa maigre haie de mûriers, que la tante Mouginot ne peut regarder sans pousser un soupir, et sa maisonnette de blocaille où monte déjà un bleu filet de fumée.

La maman Péchoin, plus ingambe que sa fille, est partie en avant avec la vieille Adèle, et elles ont allumé un feu de souches afin d'avoir un rouge brasier où rôtira *à la ficelle* le gigot du dîner. On dételle Cadet, on le remise sous le hangar, puis on flâne un instant au long de l'allée centrale bordée de fraisiers. M. Dieudonné, qui s'extasie devant le moindre brin d'herbe et voit partout des intentions, entame un discours où il célèbre la prévoyance de la nature, qui a rendu les taupes aveugles pour qu'elles ne puissent pas quitter leur taupinière. La maman Péchoin l'interrompt sans cérémonie, pour organiser une partie de loto. Aristide et moi nous sommes autorisés à prendre chacun un carton, mais on nous avertit que si nous gagnons cela ne comptera pas, et que nous sommes là seulement pour faire nombre. Cette façon de nous intéresser à la partie me paraît absolument dérisoire, aussi je me rends insupportable afin d'être exclu du jeu. Alors je m'esquive et gagne le taillis, où je m'enfonce avec délices.

Ce vagabondage à travers bois est pour moi le plus substantiel plaisir de mes congés du jeudi. La solitude forestière ne m'effraye point et je ne m'y ennuie jamais. Je peuple le fourré de personnages imaginaires avec lesquels j'entre en propos; je collectionne des fleurs, j'expérimente la saveur de chaque plante nouvelle, je passe des heures à épier le va-et-vient des fourmis autour de la fourmilière. J'aime à me perdre en plein bois et à déboucher tout à coup sur la plaine déserte et mystérieuse.

Tout au loin, au delà des ondulations des blés, j'aperçois des forêts vaporeuses et je me figure que j'aborde en des pays inconnus, des pays de féerie auxquels je donne des noms chimériques. J'invente de périlleuses aventures dont je suis le héros, et parfois je prends si bien mes fictions au sérieux que je suis secoué par un délicieux frisson, tandis que je contemple la plaine où d'invisibles alouettes gazouillent dans le ciel comme un orchestre enchanté. — Parfois j'entraîne Aristide avec moi en le leurrant de la promesse d'un roncier plein de mûres déjà bonnes à manger, et j'essaye de lui faire partager mes imaginations romanesques :

— Tiens, lui dis-je, au delà de ce grand bois il y a une ville de géants, et cette bande bleue, tout là-bas, c'est la mer...

Mais Aristide est raisonneur et prosaïque comme un petit vieux; avec lui, il n'y a pas de plaisir à se créer des chimères. Il hausse les épaules et s'écrie avec un ricanement qui me rappelle celui de sa mère :

— Oh! là! là!... Ce sont les bois de Combles, et la bande bleue, là-bas, c'est l'Argonne... Retournons-nous-en, j'ai l'estomac dans les talons.

Nous regagnons le « terrain ». Le dîner est servi sous la charmille, où le gigot rôti à point répand une appétissante odeur. L'oncle Victor, manches retroussées, le découpe avec méthode et me donne généreusement l'entame, tandis qu'on réserve la tranche la plus tendre pour « ce pauvre Aristide ». Au dessert, le crépuscule veloute déjà délicatement les arbres du taillis, et l'étoile du berger pointe dans le ciel verdissant. On fait les préparatifs du départ. Aidée de l'obligeant Jacobi, madame Victor Mouginot remonte dignement sur Cadet; et comme Aristide se plaint que ses souliers le blessent, il obtient la faveur de se prélasser sur la selle à côté de sa mère. Nous autres, nous redescendons à pied; l'avocat Dieudonné donne le bras à la maman Péchoin, l'oncle Victor tient Cadet par la bride, et moi, cheminant solitairement par derrière, je m'attarde à regarder la lune qui se lève au-dessus des talus de la route. De bourdonnants coléoptères passent d'un air affairé, comme des courriers du monde des esprits; des phalènes me frôlent la joue de leur aile plumeuse; dans les ronces du talus, les grillons font tinter en sourdine leurs grelots argentins, et je donne de nouveau la volée à mes inventions romanesques; mais, au plus bel endroit de ma fabuleuse aventure, je suis brutalement rejeté dans le réel.

— Allons donc, clampin! grogne l'oncle Victor. Attends un peu, je te ferai musarder, moi!

Généralement toute la maisonnée est de mauvaise humeur en rentrant : la tante a attrapé une fraîcheur et prévoit une névralgie pour le lendemain; Aristide, qui s'est endormi au balancement de l'âne, braille parce qu'on l'a réveillé en sursaut; M. Dieudonné se plaint de ses cors. Moi, seul, je suis satisfait de ma journée. Je m'endors doucement, ayant encore dans les oreilles la musique des alouettes, et dans les yeux, le bleu vaporeux de mon lointain pays de féerie.

Mais, le lendemain, il faut réintégrer la pension Pestel, recommencer à tourner la meule de la grammaire, de la chronologie et de l'arithmétique.

Les jours de classe qui séparent chaque jeudi me semblent se traîner avec une lamentable monotonie.

Un matin, M. Pestel, debout sur son estrade, sa longue redingote tabac d'Espagne lui tombant jusqu'aux talons; sa tête pointue et déplumée se profilant sur le tableau noir comme celle d'un vautour chauve, est en train d'expliquer la théorie des fractions décimales. — Les élèves des premiers rangs suivent, le cou tendu, les démonstrations chiffrées au tableau; mais mon voisin Léchaudel et moi, placés au quatrième banc et protégés par une triple rangée de dos, nous ne prêtons qu'une attention médiocre à la leçon. *Guigne-à-gauche*, toujours ingénieux quand il s'agit de tromper l'ennui des heures de classe, a pratiqué dans la table une brèche qui communique avec le tiroir inférieur où chaque élève range livres et cahiers. Par ce trou, il fait pirouetter des sous dans l'intérieur du tiroir, qu'il ouvre ensuite pour constater s'ils vont tomber sur *pile* ou sur *face*.

— As-tu de l'argent? me demande-t-il à voix basse.

J'ai six sous en poche et je les lui montre; ses yeux obliques s'allument à la vue du billon.

— Veux-tu jouer? reprend-il, c'est très amusant... Je jette un de tes sous dans le tiroir : si c'est *pile*, tu gagnes et je te donne un des miens; si c'est *face*, ton sou est pour moi.

J'accepte, et je lui confie une de mes pièces de cuivre, un beau sou jaune à l'effigie de Louis XVI. Le sou est lancé dans le trou, le tiroir s'ouvre...

— C'est *face*, chuchote *Guigne-à-gauche*, j'ai gagné!... Allons, ta revanche!

Plein de candeur, je basarde un nouveau sou et j'attends anxieusement l'ouverture du tiroir.

— Encore *face*! soupire hypocritement le camarade; tu n'as pas de chance!

Mais, d'un coup d'œil rapide, inspectant l'intérieur du tiroir, je m'aperçois que le traître, au moyen d'une glissoire en carton, s'est arrangé pour que les pièces tombent toujours du même côté. La moutarde me monte au nez, et je proteste :

— Tu as triché; rends-moi mon argent!

En même temps, ma main s'avance pour reprendre les sous dans le tiroir que Léchaudel s'efforce de refermer violemment. Une lutte sourde s'ensuit; je lance des coups de pied à *Guigne-à-gauche*, qui réplique par une bourrade. Toutes les têtes se tournent vers nous; mais nous sommes si acharnés l'un contre l'autre, que nous continuons à nous gourmer jusqu'à ce que Pestel nous sépare brusquement au moyen de deux maîtresses gifles.

— Pécores! gasconne-t-il, vilaine engeance! je vous apprendrai à vous colleter comme des portefaix.

Ses yeux tombent sur le tiroir ouvert; il voit les sous épars, devine ce qui a dû se passer et devient blême.

— Voilà donc, repart-il, à quoi vous vous occupez, pendant que je m'époumonne à donner ma leçon!... Vous transformez ma pension en tripot!.. C'est bien : jeudi, vous garderez les arrêts ici tout l'après-midi!...

Là-dessus il confisque nos sous et nous laisse, rouges comme des coqs, méditer sur notre mésaventure. Le commun malheur nous rapatrie, et Léchaudel, tout en se rajustant, murmure :

— Est-ce que tu viendras, jeudi, toi?... Moi, tu sais, je me donnerai de l'air

Je ne réponds pas, mais la possibilité d'échapper à la consigne de Pestel germe peu à peu dans ma tête. Précisément il y a un pique-nique organisé par ma tante Mouginot pour ce fameux jeudi. Plusieurs amis de la famille viendront dîner avec leurs enfants dans le *chambret* du terrain, et je sais qu'on se propose d'y jouer une partie monstre de *Trou-Madame*. Ce serait pour moi un trop gros crève-cœur d'être sevré de ces réjouissances, et, puisque mon complice Léchaudel n'a pas l'intention de se rendre aux arrêts, je ne vois pas pourquoi je pousserais l'héroïsme jusqu'à subir tout seul la punition. J'achète, moyennant deux sous, le silence d'Aristide, et, le jeudi venu, j'emboîte sans remords le pas à l'âne Cadet, qui porte madame Mouginot flanquée de deux énormes bourriches de provisions.

Oh! l'exquise journée que ce jeudi volé à la tyrannie de Pestel!... Le soleil inonde la plaine, où des vols de papillons bleus planent sur les trèfles et les sainfoins en fleur. Les bois sentent bon, les cerisiers sauvages sont rouges de fruits; je mets plusieurs fois dans le 100 à la partie de *Trou-Madame* et je gagne dix sous; le dîner est plantureux, les convives sont tous de bonne humeur, et l'on ne rentre à Villotte qu'à la nuit serrée. Seulement, dès que la fête tire à sa fin, je sens au fond de moi-même une lourde inquiétude dont le poids s'augmente à mesure que décroît la distance qui me sépare de la maison. En franchissant le seuil de la pharmacie, je retrouve tous les remords dont je m'étais, le matin, si lestement débarrassé. Je me couche mélancoliquement, je dors mal, et je me réveille dans la nuit noire, en songeant avec angoisse à ce qui se passera, le lendemain, à la pension Pestel. Je voudrais que cette nuit fût interminable. Dans le silence enténébré de notre dortoir, j'écoute au loin sonner les heures à la tour de l'Horloge... Trois heures!... Dans cinq heures j'entrerai en classe.

J'essaye de m'endormir pour n'y plus penser, mais, dès que je ferme les yeux, le cauchemar me prend; je vois en rêve Pestel brandissant sa règle et dardant ses yeux gris aux sourcils broussailleux dans la direction de ma place vide. Je m'éveille en sursaut. Une zébrure de bandes claires raye déjà les persiennes closes, et j'entends sonner l'Angelus à toutes les paroisses. Encore une heure de répit. Je me renfonce sous mes couvertures et je n'en sors que lorsque Aristide, déjà vêtu, m'appelle pour le déjeuner. Je m'habille en frissonnant, bien qu'il fasse très chaud. Je me force à avaler une tasse de lait qui me reste à la gorge, j'endosse mon carnier et nous voilà partis.

— Qu'est-ce que tu vas dire au père Pestel? me demande malignement Aristide.

Je ne réponds que par un haussement d'épaules, mais je ralentis le pas et je longe le trottoir avec une mine de chien battu qui s'en va, la queue entre les jambes.

Voici le porche de la pension. Mon cœur se serre et je me sens un froid de glace entre les épaules. Nous traversons la cour solitaire; nous sommes en retard et tous les élèves sont déjà en classe. Aristide pousse la porte, et j'entends un sourd brouhaha, suivi d'un mouvement de toutes les têtes retournées. Je n'ai pas fait trois pas que le terrible Pestel se dresse devant moi, boutonné dans la longue gaine de sa redingote et plissant férocement sa lèvre balafrée :

— Ah! enfin, crie-t-il, vous voici, petite pécore!... Pourquoi hier n'êtes vous pas venu aux arrêts?

Je baisse les yeux et je balbutie :

— J'ai... j'ai oublié.

— Vous avez la mémoire courte, tant pis pour vous!... Je ne garderai pas ici un élève indécrottable, qui donne le mauvais exemple à ses camarades... Retournez

JE VOUS EXPULSE!...

d'où vous venez, brebis galeuse, je vous chasse, et votre famille en sera prévenue dès ce matin...

Pestel rouvre la porte, et, après m'avoir poussé devant lui, il se tient quelques minutes encore sur le seuil, menaçant et me criant de sa voix gasconnante :

— Dehors! dehors!... Sortez de la cour... Je vous expulse!...

IV

Aristide a été chargé par Pestel de porter à M. Mouginot-Péchoin un billet l'informant de mon expulsion. Quand je suis rentré, après avoir erré lamentablement toute la matinée à travers la ville, mon oncle, indigné, m'a empoigné au collet, et, silencieux, serrant ses lèvres blanches, il m'a enfermé dans un ancien laboratoire, où je prends mes repas et d'où je ne sors que pour aller me coucher. Au bout de trois jours de cette réclusion, un matin, tandis que j'emploie mes loisirs à tourner le robinet d'une conduite d'eau destinée à emplir une profonde chaudière de cuivre, la porte de ma prison s'ouvre, mais je n'entends rien, étant très absorbé par le bruit assourdissant de l'eau qui gicle dans les flancs du chaudron pansu. Une bourrade dans le dos m'arrache à ma contemplation ; je me retourne et j'aperçois la face frigide de l'oncle Victor.

—Vaurien! grogne-t-il en refermant le robinet...

Puis, me poussant dehors par les épaules :

— Suis-moi! ordonne-t-il laconiquement.

Où va-t-il me conduire?... Nous traversons la cour, tapissée d'aristoloches, nous montons l'escalier, et mon oncle, à ma grande stupéfaction, s'arrête sur le palier du salon, — une pièce où l'on se tient à peine trois ou quatre fois l'an; — il tourne le bouton, me tire par le bras et m'introduit, tout ébaubi, devant cinq personnes assises solennellement en cercle sur le canapé et les fauteuils de velours réséda. Les persiennes ont été ouvertes toutes grandes; mais, malgré le chaud soleil du dehors, cette chambre, longtemps close, garde une humidité de cave et un aspect glacial, avec sa table ronde à dessus de marbre gris, son parquet ciré comme un miroir, sa pendule sous verre et ses candélabres enveloppés de gaze. Peu à peu, je me remets de mon ébahissement et je distingue les figures de l'assistance.

Sur le canapé, raide, sanglée dans son corset, drapée dans un cachemire rouge à palmes blanches, madame Nathalie Mouginot-Tupin s'isole hautainement du reste de la compagnie, et sa longue figure chevaline, encadrée d'anglaises d'un blond fade, sourit dédaigneusement du fond d'un chapeau de velours vert sur lequel retombe une plume d'autruche du même ton. — A quelques pas d'elle, assis au bord de son fauteuil se tient respectueusement son mari, mon oncle Mouginot-Tupin, un petit homme au teint de papier mâché, à la mine insignifiante; remarquable seulement par la longueur de son

ABSORBÉ PAR LE BRUIT ASSOURDISSANT DE L'EAU QUI GICLE.

nez, le clignotement de ses yeux bridés et la couleur jaune de ses cheveux rares, collés sur le crâne. De temps à autre, il coule un regard timide vers sa femme, puis ses doigts agités fouillent dans les poches de sa redingote, d'où il tire une boîte ronde. Le petit homme, entr'ouvrant en cachette la boîte d'écaille, glisse subrepticement dans sa bouche un carré de pâte de jujube pour se donner une contenance et une occupation.

Encapuchonnée dans son coqueluchon ouaté, abritant en outre sa névralgie dans un fauteuil à oreillettes, ma tante Mouginot-Péchoin est assise non loin de son beau-frère et jette à la dérobée un regard vinaigré sur sa majestueuse belle-sœur. Debout, derrière le fauteuil à oreillettes, M. Dieudonné Jacobi se dresse comme un garde du corps. — Il y a encore un autre personnage enfoncé dans une bergère et caressant du bout de sa canne ses jambes guêtrées et croisées l'une sur l'autre : c'est un homme robuste, à la barbe noire, au teint hâlé, aux cheveux coupés en brosse, dont les vêtements propres et amples ont une coupe démodée qui sent la campagne d'une lieue. Il a de clairs yeux noirs, des gestes brusques, la physionomie ouverte et franche.

Bien que je ne l'aie vu que deux fois, il y a longtemps, je reconnais en lui M. Marcel Delorme, un cousin germain de ma mère, régisseur de la papeterie de Jeand'heurs.

L'oncle Victor m'amène au milieu du salon, sous les regards croisés de ces cinq personnes, puis il va se camper contre la cheminée, rabat ses bouts de manches sur ses points noueux, et, me désignant à la compagnie :

— Voilà le sujet! commence-t-il... C'est pour vous parler de lui que je vous ai dérangés. Vous êtes tous ses parents, à l'exception de monsieur l'avocat Jacobi, que j'ai convoqué à titre d'ami et de conseil... On vient de renvoyer ce garnement de sa pension; il a, du reste, tous les défauts; je suis à bout de patience et, avant de sévir, je tiens à consulter la famille... Tu es l'aîné, ajoute-t-il en s'adressant à M. Mouginot-Tupin, c'est à toi de donner le premier ton avis...

Ainsi interpellé, le petit homme tressaute sur sa chaise, tire sa bonbonnière, insinue un jujube dans sa bouche, et, d'une voix pâteuse :

— Comment, Jacques, me dit-il, tu te fais renvoyer de ton école?... A ton âge!... c'est honteux...

— Palamède! interrompt doctoralement madame Mouginot-Tupin, inutile de sermonner votre neveu!... Cela regarde son tuteur, qui seul s'est occupé de diriger son éducation... Nous n'avons pas été consultés, et, Dieu merci, nous ne sommes pour rien dans la façon dont les choses ont tourné!

— Entendez-vous par là que nous l'avons mal élevé, madame? interjette d'un ton acide ma tante Mouginot-Péchoin.

— Je garde mes opinions pour moi, madame... A chacun sa responsabilité!

— Je ne recule point devant la mienne, riposte maussadement l'oncle Victor; je ne vous ai point convoqués pour examiner ce que j'ai fait, mais pour vous prononcer sur ce qui reste à faire... Pestel a renvoyé ce drôle, qui se conduit mal et ne mord pas aux études classiques... Je vous demande si, dans l'état des choses, il ne convient pas, dans l'intérêt même de l'enfant, de lui faire apprendre un métier?...

— Allons! ce sera honorable pour la famille! soupire avec ironie madame Mouginot-Tupin; un Mouginot commerçant, passe encore, mais ouvrier... quelle chute!

— Un commerçant qui travaille, madame, réplique ma tante Victor en se dressant sur ses ergots, vaut bien un rentier qui mange ses revenus et ébrèche son capital pour frayer avec les gens plus huppés que lui... Du reste, je ne sache pas que les Tupin soient sortis de la cuisse de Jupiter!

— Mon père était magistrat, madame!

— En vérité? répond la pharmacienne en jouant railleusement l'étonnement, je le croyais greffier... C'est peut-être cela qu'on appelle la magistrature assise?...

— C'en est trop! s'écrie la descendante des Tupin en se drapant dans son cachemire rouge, vous abusez singulièrement de ce que vous êtes chez vous pour dire des grossièretés...

— Allons, mesdames, interrompt à son tour, en riant, le cousin Delorme, il n'y a pas de sots métiers et on ne juge les hommes que d'après leur valeur personnelle... Bien qu'on ne m'ait pas encore demandé mon avis, je me permets de l'offrir pour clore la discussion... Le gamin ne mord pas au latin, c'est fâcheux, mais ce n'est pas une raison pour désespérer de lui... Voulez-vous me le confier? Je le mettrai entre les mains du maître d'école

C'EST POUR VOUS PARLER DE LUI...

de chez nous, et à quatorze ans il commencera son apprentissage à la papeterie.

— Un paysan alors, ricane madame Mouginot-Tupin ce sera le bouquet.

Pendant cette discussion, je reste planté sur mes jambes, sur un rond de sparterie. Je suis cruellement mortifié d'être malmené en présence de tout ce monde et le rouge me monte au visage. Mais, à travers ma confusion, j'observe les gens qui m'entourent et je les juge avec l'impitoyable irrévérence du jeune âge. La plupart des membres de ce conseil de famille ne m'imposent aucun respect. Je trouve que l'oncle Mouginot-Tupin, absorbé par la mastication de son jujube, a l'air d'un pur idiot. Sa grande haquenée de femme, avec son châle rouge attaché sous le menton par un camée, ne m'inspire qu'une forte envie de rire, et je sais presque gré à la tante Victor de lui avoir rabattu le caquet. Le seul personnage qui me revienne est le cousin Delorme. Néanmoins je suis peu flatté de l'offre qu'il fait de m'emmener avec lui à Jeand'heurs. Dans ma petite tête d'enfant glorieux et amoureux de ce qui brille, je me crois appelé à de plus hautes destinées. La perspective d'entrer à la papeterie comme apprenti me semble presque une déchéance, et je tremble de voir l'oncle Victor accepter la proposition du cousin.

Heureusement j'en suis quitte pour la peur. Au fond, le pharmacien n'est pas très désireux de se séparer de moi. Il calcule sans doute qu'en confiant le soin de ma personne à un étranger, non seulement il ne touchera plus la quote-part des Mouginot-Tupin, mais qu'en outre il sera obligé de verser à M. Delorme le tiers qui lui incombe personnellement dans mes frais d'entretien.

LA TÊTE D'ADÈLE PASSE PAR L'HUIS ENTRE-BAILLÉ.

— Toujours campé devant la cheminée, il répond au régisseur par un geste de dénégation :

— Non, monsieur Delorme, l'enfant m'a été confié, je le garde... Si j'ai réuni la famille aujourd'hui, c'est au contraire pour qu'elle me donne pleins pouvoirs, car il faut que ce garnement sache bien qu'il doit marcher droit et obéir militairement...

— Je n'ai rien à objecter, reprend M. Delorme; je suis moi-même pour la discipline... Mais nous ne savons pas seulement pour quelle faute il a été renvoyé de l'école.

— Il a menti, réplique la tante Victor; on l'a mis en retenue et, au lieu de faire sa punition, il a eu le front de venir s'amuser au bois avec nous.

— Ce n'est pas un cas pendable, murmure indulgemment le régisseur.

— De mon temps, formule avec lenteur l'oncle Mouginot-Tupin, tout en grimaçant pour maintenir son morceau de jujube avec sa langue, de mon temps, on savait mieux obéir, et quand on était puni, on courbait la tête.

— D'ailleurs, ajoute M. Dieudonné Jacobi, en prenant sa voix d'enfant de chœur, la résignation adoucit l'amertume de la pénitence.

— C'est bon! repart le cousin Delorme en haussant les épaules, j'aurais voulu vous y voir, vous autres, quand vous aviez l'âge de ce bonhomme!... J'imagine que vous n'étiez pas des saints et que vous avez, comme moi, plus d'une école buissonnière sur la conscience.

— Voilà un bel exemple à donner à un enfant! proteste la tante Victor scandalisée.

— Monsieur, bredouille Mouginot-Tupin avec indignation, je n'ai jamais été mis en retenue, moi!... J'étais un élève sage et soumis.

— Tant pis! riposte rudement M. Delorme : les enfants trop sages deviennent des poules mouillées dans l'âge mûr.

« Poule mouillée! »

Madame Mouginot-Tupin est intérieurement convaincue que son mari mérite cette qualification, mais elle n'aime pas à se l'entendre dire. Elle se lève, se drape de nouveau dans son cachemire et, lançant un impérieux regard à Mouginot-Tupin :

— Partons, Palamède! s'exclame-t-elle; c'est trop fort, il faut que nous venions ici pour être insultés par un pacan!

La conversation menace de nouveau de tourner à l'invective. Les nez et les mentons prennent des attitudes de défi, les yeux se lancent des flèches empoisonnées. Tout à coup, au moment où la tempête va éclater, on frappe à la porte, la tête d'Adèle passe par l'huis entre-bâillé et elle annonce :

— Monsieur Scipion Mouginot!

Sur les traits des assistants on lit une rapide succession d'impressions variées : surprise, curiosité, appréhension et dédain.

— Oui, c'est moi, mes chers amis! clame une voix claironnante

Et la porte large ouverte livre passage à un homme de quarante-cinq ans sonnés, qui paraît encore très jeune pour son âge. Il est vêtu d'un élégant pardessus gris clair, qui laisse voir une redingote boutonnée sur un pantalon de nankin, avec les guêtres pareilles. Il porte haut sa tête intelligente et carrée, aux lèvres souriantes scrupuleusement rasées, aux favoris blonds, aux cheveux épais à peine grisonnants. Ses yeux bleus ont je ne sais quoi de hardi, de finement caressant, de discrètement enjôleur, qui vous magnétise. Il tient d'une main un chapeau de castor et de l'autre une serviette de maroquin très gonflée. Brusquement, il dépose serviette et chapeau sur la table de marbre, et, les mains tendues vers Mouginot-Péchoin qui se renfrogne, il s'écrie :

— Dans mes bras! sur mon cœur!

Il embrasse l'oncle Victor, pirouette sur ses talons, serre sur sa poitrine Mouginot-Tupin, qui se débat vainement et manque, dans son émoi, de s'étrangler avec son jujube. Puis nouvelle pirouette; maintenant Scipion s'incline devant la hautaine descendante des Tupin et lui baise galamment le bout des doigts; ensuite vient le tour de madame Mouginot-Péchoin, qui reçoit deux baisers sur les joues, et de M Delorme, dont le nouveau venu secoue la main hâlée.

Je contemple cette scène avec des yeux écarquillés et ne puis m'empêcher d'admirer l'aplomb, l'aisance, la souplesse élégante de ce Scipion Mouginot qui m'a toujours paru calomnié et dont l'arrivée providentielle me fait l'effet de tenir du roman. C'est bien ainsi que je le rêvais, ainsi que je m'imaginais le voir apparaître, semblable à un prince de féerie.

— Je suis heureux de vous revoir! répond-il en s'essuyant les yeux avec un fin mouchoir de batiste à bordure orange, heureux et ému jusqu'aux larmes de me retrouver parmi les miens!... J'arrive des Vosges, et je ne voulais pas traverser Villotte sans vous embrasser tous, sans faire connaissance avec mes neveux... Où sont-ils?... Ah! en voici un, continue-t-il en m'apercevant, ce doit être Jacques, je le devine à ses yeux noirs... Comme il a grandi, comme il est bel enfant!...

— Mauvaise herbe pousse toujours vite, interrompt sarcastiquement madame Mouginot-Péchoin.

Sans l'écouter, il m'enlève dans ses bras, me mignote et me baise sur les joues.

Les autres, étourdis de l'entrain et de l'aplomb de ce diable d'homme, le dévisagent silencieusement et se tiennent sur la réserve, avec des mines fermées et méfiantes. — Il me dépose enfin à terre, jette un coup d'œil à la ronde, remarque toutes ces figures renfrognées, soupçonneuses, glaciales, et s'écrie :

— Ah çà! que se passe-t-il?... Vous êtes tous graves et raides comme des juges qui viennent de prononcer une condamnation...

M. Dieudonné Jacobi se charge de répondre. Piqué de n'avoir pas été compris dans les accolades du nouvel arrivant, il veut aussi attirer son attention et montrer qu'il n'est pas une quantité négligeable. Le dos penché en avant, ouvrant dans un aimable sourire sa bouche large comme une boîte aux lettres :

M. SCIPION MOUGINOT.

— Monsieur, dit-il, votre comparaison st plus juste que vous ne pensez; vous ombez en effet au milieu d'un tribunal e famille, assemblé pour sévir contre otre neveu.

— Sévir? répète l'oncle Scipion avec ne mine douloureusement étonnée. Paure enfant, quel crime a-t-il donc commis?

— Il a été insubordonné comme toujours, réplique madame Mouginot-Péhoin, et on l'a renvoyé de sa pension.

Scipion Mouginot avance ses eux lèvres en une moue paterne, ous laquelle il dissimule mal un ourire :

— Hum! murmure-t-il, voilà qui est fâcheux... Mais enfin à tout éché miséricorde : je serais déolé si la joie que j'éprouve à ne retrouver en famille était gâtée par les larmes de cet enant.. Ce jour doit être marqué la craie blanche... Mes chers mis, j'espère que vous m'accorlerez la grâce de Jacques en échange de la bonne nouvelle que e vous apporte.

— Quelle bonne nouvelle? demande l'oncle Victor d'un ton bourru.

— La nouvelle d'une découverte nappréciable, d'une découverte qui sera plus féconde en richesse qu'un *placer* de la Californie... J'ai enfin trouvé e filon!

— Que veut-il dire avec son filon? chuchote le petit Mouginot-Tupin ahuri.

— J'ai trouvé, poursuit pompeusement l'oncle Scipion, le procédé de fabrication d'un nouveau drap d'uniforme pour l'armée, un drap solide, inusable, léger en été, chaud en hiver..., un drap hygiénique qui assurera la santé du soldat, et dont le prix de revient est d'un bon marché fabuleux. Ma découverte est à la fois démocratique et patriotique: elle va bouleverser l'industrie des draps militaires... J'ai pris un brevet... Il est là, s'exclame-t-il en tapant sur sa serviette de maroquin. J'ai de sérieuses promesses du ministre de la guerre, et j'ai derrière moi des capitalistes qui ne reculeront devant aucun sacrifice. Nous fondons une société au capital d'un million, représenté par deux mille actions de cinq cents francs. Elles sont déjà presque toutes souscrites et elles font prime en Bourse... Vous le voyez, mes amis, il y a de quoi se réjouir et tuer le veau gras. Ce ne sont plus des paroles en l'air, ce sont des faits précis. J'arrive des Vosges, où je viens d'acheter une usine pour la préparation des matières

J'AI PRIS UN BREVET ... IL EST LÀ.

premières et la confection de nos tissus. Avant un mois nous aurons la commande du ministère, et avant un an nous encaisserons des millions... J'ai voulu que vous ayez la primeur de mon succès. Je me félicite d'autant plus de ma bonne fortune qu'elle me permettra, dès mon retour à Paris, de rembourser intégralement à mon frère Victor les avances qu'il a faites en mon nom.

Ces derniers mots dérident mon oncle Victor. Quant à moi, je suis positivement sous le charme. Je contemple avec un religieux ébahissement cet éloquent millionnaire, sur les lèvres duquel il me semble voir passer des reflets d'or. Toute l'assistance, du reste, n'est pas éloignée de partager mes sentiments. La faconde de l'oncle Scipion a produit un changement à vue. — Le brevet, les promesses du ministre, les actions qui font prime, l'usine achetée dans les Vosges — tout cela vous a un air positif, solide, officiel, qui en impose décidément à ces bourgeois de Villotte, habitués à considérer cinq mille francs de rente comme une fortune. —

Madame Mouginot-Tupin commence à trouver Scipion « très distingué »; son mari reste abasourdi par cette éloquence financière et cherche toujours en son par-dedans quel rapport peut exister entre les draps militaires et ce *filon* que son frère prétend avoir trouvé. M. Dieudonné Jacobi est tout à fait conquis par les phrases sonores du boniment de ce Parisien. Seuls, M. Delorme et ma tante Mouginot-Péchoin demeurent réfractaires. — Voyant que la dame ne desserre pas ses lèvres pincées, l'oncle Scipion se tourne vers elle avec un insinuant sourire :

— J'ai là, dit-il, quelque chose pour vous, ma sœur.

Il fouille dans la poche de son pardessus, en retire un coquet nécessaire en chagrin qu'il entr'ouvre et où je vois luire des objets en aciers : ciseaux, dé, poinçon, etc.

—En attendant mieux, continue-t-il, permettez-moi de vous offrir un souvenir de Plombières... Un nécessaire à ouvrage. Je ne puis le déposer en de meilleures mains que celles de la femme d'intérieur qui résume pour moi l'idéal des vertus domestiques...

La tante Victor daigne enfin sourire. En marmottant un pénible remerciement, elle empoche le nécessaire et l'on sent qu'elle est flattée de l'attention.

— Ne me refusez pas la grâce de Jacques, insiste Scipion en s'inclinant.

— Cela ne me regarde pas, répond-elle avec humeur, adressez-vous à votre frère.

L'oncle Victor se contente de secouer les épaules.

— Mais où est donc mon neveu Aristide? interroge avec un nouvel intérêt l'oncle Scipion.

— A sa pension... Il travaille, lui! réplique ma tante.

— Il ne rentrera que ce soir, ajoute l'oncle Victor; viens dîner et tu le verras

J'accepte sans cérémonie, mais à condition que tu déjeuneras avec moi à l'hôtel du Cygne où je suis descendu, et que Jacques sera de la partie... J'ai laissé à l'hôtel une petite fille à laquelle, je l'espère, mes neveux feront bon accueil.

— Une petite fille! s'écrie l'oncle Victor en se rembrunissant, tu as une petite fille maintenant?

Elle n'est pas à moi; c'est l'enfant d'un de mes commanditaires... On l'avait envoyée dans la montagne pour sa santé et je la ramène à ses parents.

Cette explication rassérène le pharmacien. Il est assez porté sur sa bouche et ne déteste pas un bon déjeuner, surtout quand il ne lui en coûte rien. Il finit par dire oui et consent à m'emmener, tout en rechignant.

— Et toi? reprend l'oncle Scipion en se tournant vers Mouginot-Tupin, es-tu des nôtres, Palamède?

Palamède accepterait volontiers, mais madame Mouginot née Tupin ne l'entend pas ainsi.

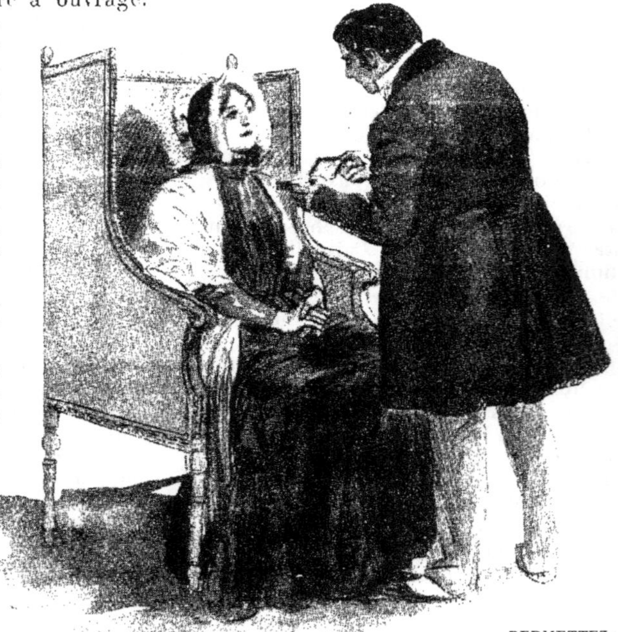

PERMETTEZ-MOI DE VOUS OFFRIR...

— Merci, monsieur Scipion, répond-elle sèchement, Palamède suit un régime et ne mange jamais hors de chez lui...

Scipion Mouginot sourit, reprend sa serviette et son chapeau gris, salue galamment les dames, s'incline légèrement devant l'avocat Dieudonné et M. Delorme, puis nous descendons tous trois à la pharmacie, où l'oncle Victor adresse de méticuleuses recommandations à son élève... Enfin nous voilà dehors; je respire, tout heureux d'en être quitte à si bon marché. Je bénis la providentielle intervention de l'oncle de Paris: j'emboîte le pas aux deux frères et, la bouche enfarinée, je me dirige vers l'hôtel du Cygne, dont la blanche façade reluit hospitalièrement au grand soleil.

V

Les menus détails des choses se gravent à merveille dans les cerveaux d'enfants. Tel phénomène extérieur insignifiant y enfonce profondément son empreinte, alors que plus tard, dans l'âge mûr, des faits plus importants y laissent à peine une trace fugitive. — Ainsi je garde dans ma mémoire les moindres circonstances de ce déjeuner à l'hôtel du Cygne, en compagnie de mes deux oncles. Je revois la vaste salle à manger du rez-de-chaussée, éclairée par deux fenêtres sur la rue, le papier de tenture imitant des lambris peints en chêne, le poêle de faïence dans sa niche, la longue table d'hôte garnie d'assiettes, où des pyramides de fruits alternent avec des pots de fleurs artificielles. A l'angle de l'une des fenêtres se trouve une table ronde où l'oncle Scipion a fait dresser quatre couverts coiffés de serviettes en bonnet d'évêque. Dans les plis de chaque serviette repose un petit pain mollet, un petit pain à croûte dorée à l'œuf, tel qu'on n'en voit jamais chez la tante Mouginot. Cela vous caresse l'œil et vous suggère d'affriolantes idées de bombance. L'oncle Scipion nous quitte un moment, puis rentre tenant par la main une fillette de dix ans, dont le seul aspect me plonge en une religieuse admiration.

— Voici ma petite amie Alice, dit-il à l'oncle Victor.

Puis il ajoute en se retournant vers moi :

— J'espère, Jacques, que vous serez bons camarades... Allons, embrasse-la!

M. Victor Mouginot se borne à murmurer entre ses dents un « Bonjour, petite! » qui n'a rien d'aimable. Quant à moi, je m'avance timidement, dévotement, vers la fillette, en ouvrant de grands yeux émerveillés, j'ose à peine la toucher, j'effleure à peine de mes lèvres sa joue douce comme du satin, tant cette délicate créature me paraît plus élégante et affinée que les enfants de ma connaissance.

Le fait est qu'elle a l'air d'une princesse, cette petite Alice, avec sa robe écossaise au corsage à barrettes ouvert sur une guimpe, ses jambes fines serrées jusqu'au genou dans des guêtres de drap noisette, ses pieds chaussés de bottines mordorées! Elle est mince et fluette; elle a une peau très blanche, trop blanche même, avec de longs yeux bruns et une masse de cheveux noirs crêpelés, qui lui tombent sur les épaules. La profondeur des yeux à sclérotique bleuâtre, la couleur foncée des cheveux moutonnants exagèrent encore la pâleur du teint. Avec cela, elle a de gentilles et désinvoltes façons de grande personne et, de plus, un sérieux qui me déconcerte. On la fait asseoir près de moi. -- Un garçon vêtu de noir, cravaté de blanc, apporte les plats et tourne silencieusement autour de nous. Il nous sert des œufs brouillés, de la truite au court-bouillon, des beefsteaks aux pommes soufflées, toutes bonnes choses qui n'apparaissent que rarement sur la table des Mouginot-Péchoin. Néanmoins, je prends tant de plaisir à voir la petite Alice manier gentiment sa fourchette et son couteau, que je ne fais plus attention à ce que je mange. De temps en temps, elle

ALLONS, EMBRASSE-LA!

me regarde du coin de l'œil; un sourire retrousse les commissures de ses lèvres, à mesure qu'elle constate mes gaucheries.

— Fidèle aux habitudes de la maison Mouginot, je suis très affairé à tailler avec mon couteau mon croûton de pain mollet, tout à coup, Alice me dit de sa voix nette et un peu impérative :

— On ne coupe pas son pain, on le casse avec ses doigts !

Je reste interloqué et le rouge me monte au visage. De tout autre, je prendrais très mal une observation qui m'humilie ; mais dans la bouche de cette petite Parisienne, la remarque me ravit. Je sais gré à ma voisine de prêter attention à mes faits et gestes ; je lâche mon couteau et j'imite docilement la façon dont elle s'y prend pour rompre le pain. Ma docilité lui plaît, sans doute, car elle sourit indulgemment et daigne entrer en conversation avec moi :

— Est-ce que c'est votre père, chuchote-t-elle, ce monsieur qui nous regarde avec des yeux blancs ?

M. Victor Mouginot est engagé dans une conversation très animée avec son frère, qui lui démontre verbeusement la supériorité de son drap hygiénique et patriotique ; de sorte qu'il ne nous écoute pas, et c'est fort heureux, car il ne peut entendre l'irrévérencieuse qualification donnée à ses yeux par ma petite voisine, à laquelle je réponds très bas :

— Non, c'est le père de mon cousin Aristide ; c'est mon oncle.

— Ah ! et votre père à vous ?

— Il est mort, ainsi que ma mère.

— Mon père aussi est mort, mais j'ai encore maman... Nous demeurons ensemble et elle m'aime bien.

— Vous demeurez là-bas, dans les Vosges ?

— Non..., à Paris... J'étais allée chez une tante, à Gérardmer, pour respirer l'odeur des sapins ; je m'y amusais bien, parce que les forêts sont pleines de fleurs ; mais, tout de même, ça ne valait pas Paris... Je suis joliment contente d'y retourner !...

— Va-t-on aussi en pension, à Paris ?

— Oui, les autres..., mais pas moi. Maman me garde avec elle, parce que, voyez-vous, je ne me porte pas très bien... Elle me donne elle-même des leçons et corrige mes devoirs.

— Est-ce que vous apprenez l'arithmétique ?

— Certainement, et beaucoup d'autres choses.

— Vous savez la division, vous ?

— Mais oui... Cela vous étonne ? réplique-t-elle en riant.

Je la regarde avec envie et admiration, puis j'ajoute :

— Peut-être avez-vous fait aussi le problème du *bassin* ?

— Je ne crois pas... Du reste, le calcul n'est pas mon fort... Ce qui me plaît le mieux, c'est l'histoire... Louis XIV, Anne d'Autriche, Mazarin, les mousquetaires... Je les ai vus, moi, les *Mousquetaires*, à la Porte-Saint-Martin... Nous y allons le dimanche, quelquefois, avec ma mère... Allez-vous au spectacle, ici ?

— Moi ?... Jamais !...

Rien qu'à l'idée de lui entendre poser une question pareille devant ma tante Mouginot, le frisson me prend. Madame Victor regarde les comédiens comme des gens tarés, et le théâtre comme un lieu de perdition. Pourtant, je ne veux pas avoir l'air de vivre dans un pays de sauvages, et j'ajoute avec une certaine ostentation :

— On n'y va pas, chez nous... Mais il y a aussi un théâtre à Villotte, avec une troupe qui y joue au carnaval et à la *Foire de mai.*

Ma petite amie retrousse dédaigneusement ses coins de lèvres et reprend :

— Oui, des cabotins de province... Mais à Paris, nous avons Frédérick Lemaître, Lacressonnière... Et Mélingue !... Oh ! si vous l'aviez vu dans *la Jeunesse des Mousquetaires*

Alors, avec une précision et une verve qui m'ébaubissent, elle se met à me raconter la pièce : — D'Artagnan, Porthos, Athos et Mordaunt, et la mort de Charles Ier, et l'explosion du vaisseau... Elle me décrit les décors, les costumes, me répète des fragments de dialogues — et mon admiration redouble pour cette petite de dix ans, qui est si jolie, si savante, si enthousiaste ; qui parle avec tant d'insouciance des difficultés de la division, et que sa mère conduit au spectacle !... Je m'extasie successivement sur la musique de sa voix, l'expression de ses yeux bruns et l'étonnante mobilité de ses traits... Elle s'aperçoit vite de mon admiration, car elle est très fine et très observatrice ; elle condescend à se laisser admirer, et me prend visiblement sous sa protection.

Nous nous séparons très bons amis, et, le soir, quand elle arrive chez madame Mouginot-Péchoin, avec l'oncle Scipion, je sens mon cœur battre rien qu'en la voyant entrer, coquettement coiffée de son chapeau *à la Paméla*.

Pour ce dîner de famille, on a mis,

AU MOMENT OÙ ADÈLE APPORTE LA DINDE.

comme dit M. Jacobi, « les petits plats dans les grands ». Il y a un vol-au-vent, une dinde rôtie, des écrevisses et un gâteau de riz — ce qui est le dernier mot des festivités de la pharmacie Mouginot.

— Lucullus dîne aujourd'hui chez Lucullus! s'écrie avec emphase l'avocat Dieudonné, au moment où Adèle apporte la dinde.

La petite Alice ne paraît nullement ébahie de ce festin, qui me semble à moi le comble des somptuosités culinaires. On l'a placée à table entre moi et Aristide. Elle examine les convives avec plus d'étonnement que le menu. Une lueur moqueuse passe dans ses yeux, et je devine, à une moue de ses lèvres, qu'elle regarde tous ces provinciaux de Villotte comme autant de bêtes curieuses Elle ne cause guère qu'avec moi, et ne touche à ce qu'on lui sert que du bout des dents. En revanche, l'oncle Scipion se prodigue. Il se récrie obligeamment sur la succulence du rôti, sur la fraîcheur des écrevisses et la saveur du pain.

— Il n'y a, déclare-t-il, qu'en province qu'on mange encore des choses saines.

Et c'est avec des larmes de tendresse qu'il célèbre le bouquet du petit vin gris de Villotte. Bref, il achève de conquérir toute la compagnie, à l'exception de la maman Péchoin, qui se méfie et se tient sur la réserve.

Quand on sort de table pour prendre le café au salon, Alice me tire à l'écart et me demande à l'oreille

— C'est votre cousin, ce petit qui trempe ses doigts dans la sauce de son assiette?

— Oui, c'est Aristide... Comment le trouvez-vous?

— Une horreur... Il a l'air d'un vilain polichinelle.

— Pourtant, dis-je avec un peu d'amertume, c'est le chéri de la maison, et ils sont tous d'avis que je ne le vaux pas.

— Tant pis pour eux! repart la petite Alice en me toisant. Vous êtes joliment mieux que lui!

Cette opinion de la mignonne fillette aux yeux bruns me chatouille délicieusement le cœur; elle me prend par mon faible, c'est-à-dire par ma vanité, et cela teinte pour moi d'une joyeuse couleur d'azur le reste de la soirée, qui est pourtant superlativement ennuyeuse. Les grandes personnes ont organisé un boston et s'y délectent. Aristide, qui a mangé deux fois de chaque plat, se vautre sur le canapé et s'y endort sans cérémonie. La petite Alice, prise d'un accès de mutisme ou atteinte par la morne somnolence qui plane sur ce salon glacial, s'est blottie dans un fauteuil et, le menton dans les mains, les yeux perdus au plafond, semble rêver de Paris, de ses spectacles et de ses plaisirs. Intimidé par son silence et trop peu familier encore pour oser lui adresser la parole, je me suis assis sur un tabouret, presque à ses pieds, et je la regarde avec un tendre respect, comme on doit contempler une petite reine ou une déesse. Mes regards se mêlent avec délectation au moutonnement de ses cheveux noirs, noués sur la nuque par un ruban rouge; j'admire l'ombre dont ses longs cils estompent ses joues mates; un étrange désir me prend de me pencher vers les pointes de ses fines bottines mordorées et d'y poser mes lèvres.

La joie que me donne cette muette contemplation est telle que je resterais volontiers sur mon tabouret toute la nuit. Je voudrais que les aiguilles de la pendule, s'arrêtassent et qu'Alice ne bougeât plus de son fauteuil, — et en même temps, par une étrange contradiction, j'attends impatiemment que tout le monde se lève, parce qu'au moment de la séparation j'espère que je pourrai embrasser ma nouvelle amie...

L'oncle Scipion semble, comme la petite Alice, me préférer au cousin Aristide et me prendre en affection. Non seulement il a détourné de dessus ma tête les foudres du conseil de famille, mais il s'est employé près du farouche Pestel pour le faire revenir sur son arrêt d'expulsion. Grâce aux ressources melliflues de son éloquence, il a réussi à apaiser le féroce maître de pension. Pestel, qui est ferré sur la théorie des fractions, ayant réfléchi que deux demi-pensionnaires valent mieux qu'un, consent à me reprendre chez lui. C'est l'oncle Scipion qui me ramène lui-même au bercail de la pension.

— Allons, dit-il, en sentant ma main qui tremble dans la sienne, n'aie pas peur, Jacques, Pestel ne te mangera pas!.... Tu n'es pas enchanté de rentrer chez lui, ça, je le comprends, depuis que j'ai vu la tête de ton marchand de soupe.... Mais je l'ai maté, va, et il sera doux comme un agneau.

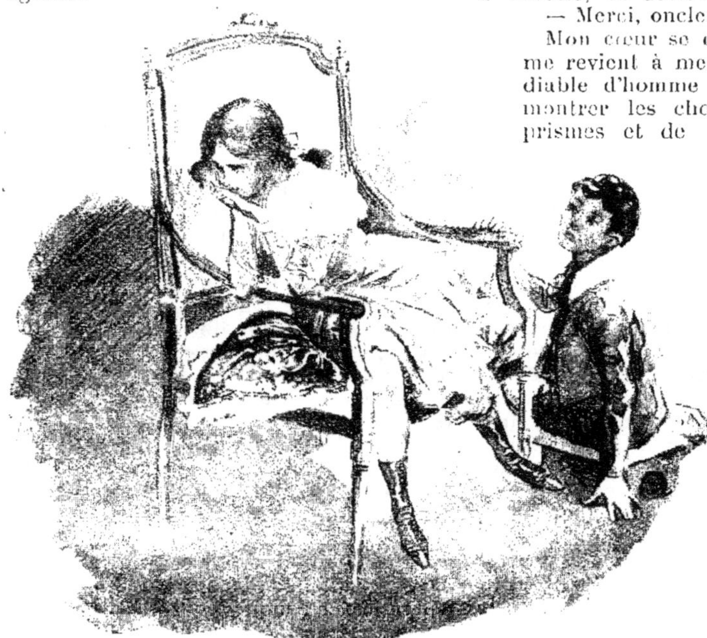

LA JOIE QUE ME DONNE CETTE MUETTE CONTEMPLATION...

Que cet enjôleur d'oncle Scipion ait apprivoisé le vautour Pestel, cela me paraît vraisemblable; seulement, je me dis que je n'ai pas, moi, le prestige de l'oncle, et que le maître de pension me fera peut-être payer cher l'amabilité qu'il a montrée à Scipion Mouginot. Cette perspective ne contribue pas à me donner du cœur, et mes appréhensions se lisent sur mon visage.

— Pauvre bonhomme, reprend l'oncle Scipion, tu ne t'amuses pas tous les jours à Villotte!... La pharmacie manque de gaieté? Mon frère Victor a la main rude et sa femme n'est pas toujours tendre, hein?...

— Pas toujours, oncle Scipion.

— Eh bien, morbleu! si on te moleste par trop, viens me trouver à Paris... Tu seras reçu chez moi à bras ouverts.... Je te ferai voir la capitale des sciences et des arts, et je me charge de t'y piloter sur le chemin de la fortune... L'affaire des draps va être lancée, tu entreras dans nos bureaux; je te mettrai dans la main une belle boule à jouer, et au lieu de croupir à Villotte, tu deviendras un Parisien...

— Merci, oncle Scipion!

Mon cœur se dilate et le courage me revient à mesure qu'il parle. Ce diable d'homme a le don de vous montrer les choses à travers des prismes et de vous suggérer des visions de mirages multicolores C'est un charmeur, et il excerce son charme partout où il passe. Il est au mieux avec la patronne et les garçons de l'hôtel du Cygne, qui se plient en deux lorsqu'il leur adresse la parole. Il a su assouplir la raideur de mon oncle Victor, adoucir les angles de ma tante Mouginot, et dégeler les Mouginot-Tupin. Ceux-ci l'ont invité à dîner et, pour ne pas rester en arrière, les Mouginot-Péchoin ont organisé en son honneur une partie « au terrain » du Petit-Juré pour le jeudi suivant.

Cet après-midi d'été dans les bois est un de mes plus chers souvenirs. Ce jour-là, ma tante Mouginot, qui ne souffre pas de sa migraine, monte allègrement sur l'âne Cadet, que l'oncle Scipion fait trotter gaillardement en lui chantant des refrains très drôles. M. Dieudonné Jacobi s'est chargé de mon cousin Aristide, auquel il démontre les harmonies de la nature et qui l'écoute en bâillant à mâchoires ouvertes; de sorte que je jouis pleinement de la société de la petite Alice. Je me fais une fête de lui montrer toutes les merveilles du bois, de la promener dans tous mes recoins favoris. L'ennuyeux, c'est qu'une fois arrivés à la maisonnette, Aristide s'attache à nous comme un gratteron, et ne nous quitte plus. Il s'entête à nous accompagner à travers bois et à se jeter bêtement au milieu de nos conversations.

— Il m'agace, votre cousin! me chuchote à l'oreille la petite Alice.

— Attendez, nous allons tâcher de le perdre...

Nous nous engageons en plein fourré et, tandis qu'Aristide s'enchevêtre dans un roncier dont les piquants agrippent son pantalon, nous avons la chance de gagner un sentier latéral. Là, je prends Alice par la main et nous courons à toutes jambes, sans nous soucier des appels redoublés d'Aristide qui s'empêtre de plus en plus dans les ronces, et nous crie rageusement :

— Hop! où êtes-vous?

— Par ici, répond malicieusement la petite Alice, en même temps qu'elle m'entraîne dans une direction opposée.

Nous voilà hors du taillis, dans des friches où, çà et là, des bouquets de fougères répandent au soleil une odeur forte comme celle du cassis. Devant nous, la plaine ondule, lumineuse et fleurie, jusqu'à l'horizon bordé de futaies bleuâtres. Au-dessus de nous, des flocons de nuages blancs s'échevèlent dans l'air bleu où résonne l'invisible musique des alouettes. A la suite de notre course folle, Alice est tout essoufflée; une rougeur brûle ses joues, on sent son cœur qui bat sous le corsage de sa robe écossaise: ses cheveux noirs moutonnants sont semés de feuilles vertes. Elle se laisse tomber au milieu des fougères, et je m'agenouille à ses pieds.

Alors, pour l'intéresser et me rehausser à ses yeux, je lui débite les histoires que je me suis inventées, à propos de la plaine et de ses lointains mystérieux; je lui raconte que cette bande bleue, là-bas, est la mer, et que cette vaporeuse forêt à gauche cache dans ses flancs un château enchanté. Mais la petite Alice ne ressemble en rien à Aristide, son esprit n'est nullement terre à terre, et je m'aperçois bientôt que, plus hardi et plus fécond encore que le mien, il prend une plus fière envolée vers le pays de la féerie. Elle a lu quantité de livres qui me sont inconnus, et emmagasiné dans sa tête une inépuisable provision de légendes et de récits d'aventures. Elle entre comme chez elle dans le domaine de la fantaisie, et mes pauvres contes bleus font piteuse figure à côté des siens.

— Non, non, ce n'est pas cela! interrompt-elle d'un air entendu. Nous sommes dans la forêt de Brocéliande: je suis la fée Viviane, et vous, vous êtes un chevalier de la cour du roi Arthur. Vous avez traversé la forêt au péril de vos jours, et

ELLE SE LAISSE TOMBER AU MILIEU DES FOUGÈRES.

vous arrivez enfin dans le désert où l'enchanteur Merlin me retient prisonnière à l'aide de ses sortilèges. Dès la lisière du bois vous m'apercevez au milieu de la plaine sauvage et vous m'écoutez chanter...

En même temps elle chante d'une jolie voix, ténue et discrète comme celle d'un rouge-gorge :

La belle est au jardin d'amour
Depuis un mois ou six semaines;
Son père la cherche partout
Et son ami est bien en peine...

— Alors, lui dis-je transporté, j'accours au galop et je vous délivre...

— Oh! attendez..., ça n'est pas si aisé que ça... Je ne puis bouger à cause du sort que m'a jeté Merlin, et je vous ordonne d'aller quérir la mandragore et la marjolaine qui rompent les charmes... Eh bien, allez donc, dépêchez-vous!...

Je lui obéis servilement... Je ne trouve ni la mandragore ni la marjolaine, mais je rapporte une brassée de chèvrefeuille en fleur; j'en noue les lianes odorantes en couronne autour des cheveux de la fillette, en écharpe autour de son corsage, en bracelets autour de ses poignets. Elle est si charmante ainsi que je m'agenouille en extase, comme aux pieds d'une sainte.

La petite Alice ne s'en étonne pas. Elle est de celles qui se laissent choyer et adorer. Elle sourit complaisamment à travers les tiges fleuries et reçoit mes hommages comme une reine qui y est habituée.

— Maintenant, poursuit-elle, le charme est rompu; je vous tends ma main blanche et je vous dis : « Seigneur chevalier, emmenez-moi dans votre château. »

En même temps, d'un geste de souveraine, elle étend le bras vers moi. Les alouettes chantent dans le bleu, les chèvrefeuilles sentent bon, et c'est délicieux... Je saisis la petite main et pieusement, tendrement, j'y pose mes lèvres ensorcelées...

Tout à coup, une voix revêche retentit derrière nous :

— Eh bien, que faites-vous donc là?

Est-ce l'enchanteur Merlin qui nous tombe sur le dos ou une méchante fée qui vient nous déranger?... Non, c'est tout bonnement la tante Victor Mouginot, qui, attirée par les cris de chouette de son Benjamin, est venue à la rescousse et s'est mise à notre recherche.

— Pourquoi, continue-t-elle d'un ton rêche, avez-vous abandonné ce pauvre Aristide, qui ne demandait qu'à jouer avec vous?... Allons, levez-vous, et lestement!... Ces joueries à l'écart ne sont pas convenables entre un garçon et une demoiselle... Fi donc!

Ah! cette fois, le charme est bien rompu!... Nous la suivons en la maudissant intérieurement, tandis qu'Aristide, satisfait de sa vengeance, nous fait de hideuses grimaces et semble le nain malfaisant attaché à la personne de la mauvaise fée. — Le reste de notre après-midi est gâté, car ma rigide tante s'arrange tout le temps pour nous tenir séparés, la petite Alice et moi.

Le lendemain est le jour fixé pour le départ de Scipion Mouginot. Nous accompagnons les voyageurs jusqu'au chemin de fer qui relie depuis peu Villotte à Paris.

L'oncle Scipion, ganté de frais, revêtu de son pardessus gris clair, tenant sous le bras sa précieuse serviette de maroquin, ouvre la marche à côté de l'oncle Victor. Il porte haut la tête, adresse de bienveillants sourires à la patronne et aux garçons de l'hôtel, qui le reconduisent jusque sur le trottoir. On dirait qu'il serre déjà dans les poches de sa serviette les millions que doivent produire les fameux draps militaires. — Nous suivons par derrière, la petite Alice, moi et Aristide, toujours obstiné à se fourrer entre nous deux. Sur le quai de la station, le train attend, portières ouvertes, et la locomotive fume avec une fermentation sourde. J'ai le cœur gros, je ne puis parler, et je presse bien fort la main de ma petite amie.

— Allons, s'écrie Scipion, après avoir choisi un compartiment de première, devant lequel il se tient comme un prince en voyage, allons, Victor, l'heure de la séparation a sonné; mais dans peu vous aurez de mes nouvelles, et elles seront triomphantes, je vous le promets! Embrassons-nous!

Il donne l'accolade au pharmacien, caresse Aristide, puis m'enlève dans ses bras :

— Hardi, hardi, Jacques, travaille bien!... s'exclame-t-il.

Puis baissant le ton, en me serrant sur son gilet :

— Tu sais, si on te moleste, viens me trouver... Tu seras reçu comme l'enfant de la maison, à cœur ouvert!...

— En voiture, les voyageurs pour Paris, en voiture!

J'ai à peine le temps d'embrasser la petite Alice. Les portières se ferment. Par la vitre ouverte de la sienne, l'oncle Scipion passe encore sa tête et agite un bras dans notre direction, tandis que le train file au milieu d'un nuage de vapeur sur les rails étincelants de soleil.

VI

L'oncle Scipion a traversé Villotte comme un éblouissant météore qui flamboie un instant en plein ciel, puis s'évanouit en ne laissant au bord de l'horizon qu'une fugitive traînée de lueurs phosphorescentes.

Pendant quelques jours, à la pharmacie Mouginot, on s'entretient encore du Parisien et l'on discute ses nouvelles espérances de fortune; mais à mesure que les semaines se succèdent, comme on n'entend plus parler de lui, on commence à constater les résultats de la mirifique affaire des draps pour l'armée. M. Dieudonné Jacobi, qui a sur le cœur de n'avoir pas été pris au sérieux par l'oncle Scipion, hasarde tout d'abord quelques perfides objections: la maman Péchoin déclare que « a beau mentir qui vient de loin »; l'oncle Victor ricane en haussant les épaules, et ma tante Mouginot répète de sa voix acide:

— Ce sera une *cacade*!

Bref, on revient de l'éblouissement momentané auquel on a été en proie, on se frotte les yeux, on est honteux de s'être laissé embobeliner par des paroles dorées. L'argent promis pour mes semestres échus n'arrivant pas, on nie carrément le génie de Scipion, et le pharmacien finit par le traiter de « vulgaire blagueur ».

Peu à peu on se remet au tran-tran monotone de la pharmacie, la vie recommence à couler terne et somnolente, et tout le monde semble se donner le mot pour faire le silence autour du nom de Scipion Mouginot.

Tout le monde, non, car je n'ai point partagé les désillusions de la famille et, pour moi, l'oncle de Paris a gardé son entier prestige, accru encore par le rayonnement que projette sur lui le lumineux souvenir de la petite Alice. Dans ma prosaïque existence d'écolier, le passage de cette mignonne créature si élégante, si imprégnée d'une exquise odeur parisienne, a été comme une page de roman. Sa rencontre a éveillé en moi des sentiments jusque-là encore inéprouvés : — une subite intuition de la grâce féminine, une éclosion d'adoration chevaleresque pour cette blanche enfant aux yeux bruns, dont la beauté et la précoce richesse d'imagination m'ont ensorcelé. — Jusqu'alors mon attention ne s'était guère arrêtée sur les fillettes que je rencontrais à la messe ou dans la rue. Je les considérais comme des êtres inférieurs aux garçons, plus faibles, plus enclins à la minauderie, plus encombrants — et c'était tout. Maintenant je regarde les petites filles qui passent près de moi, je les compare à mon idéal, et la comparaison est tout à l'avantage d'Alice. Je les trouve mal habillées, lourdes et vulgairement garçonnières, à côté de ma délicate Parisienne. — A la pension Pestel, pendant les heures de classe, je me rencoigne dans l'angle formé par le mur et l'extrémité du banc où je suis assis, je ferme les yeux et je revois la petite Alice, couronnée de chèvrefeuille, fixant sur moi ses profonds regards bruns et me tendant sa main blanche. — Que fait-elle à cette heure, tandis que je pense à elle? M'a-t-elle oublié parmi les splendeurs de son Paris? La

JE FERME LES YEUX ET JE REVOIS LA PETITE ALICE...

reverrai-je un jour et, quand je la reverrai, daignera-t-elle se souvenir encore de notre amicale promenade à travers les taillis du Petit-Juré?... Je me pose toutes ces questions, je les tourne et les retourne complaisamment, mais sans chercher à y répondre, préférant les laisser flotter dans un vague très doux, pareilles à des fleurs penchées au bord d'un ruisseau, que le flot sans cesse renouvelé berce toujours de la même caresse sans leur donner une minute de repos ni de lassitude. Je m'abandonne au courant de mes rêveries, je m'y baigne avec délices, jusqu'à ce que je sois brusquement tiré à terre par la rudesse d'une voix gasconnante :

— Mouginot (Jacques), vous me conjuguerez deux fois le verbe : « Je baye aux corneilles au lieu de m'appliquer! »

La frêle image de la petite Alice charme seule mes heures de classe. Seule aussi, elle est la compagne de mes jours de vacances. Quand nous allons passer l'après-midi au « terrain » je plante là sans façon mon cousin Aristide et je refais solitairement le pèlerinage de la friche où nous sommes venus, Alice et moi, un soir de juillet. Les fougères qu'elle a foulées de son pied mignon ne se sont point relevées; leurs tiges marcescentes gardent la trace du contact de son corps d'enfant. A la place où elle s'est assise, j'élève avec de grosses pierres blanches une sorte de monument : — au centre, je ménage un creux que j'emplis de menu bois sec et — souvenir de mes dernières lectures — j'y allume un feu en l'honneur de ma fée Viviane. Je suspends des guirlandes de chèvrefeuille aux arbustes d'alentour, et sur le brasier du bûcher je sème des tiges de serpolets, des branches de genévrier, dont la fumée odoriférante monte dans l'air calme. Elle monte si mince, si svelte, si azurée, qu'elle me fait penser à la taille souple et menue de la petite Alice.

Les jours s'enfuient, les vacances s'achèvent avec les premiers brouillards d'octobre et les dernières chansons de la vendange. Je rentre à la pension Pestel et, comme ma douzième année va sonner, je fréquente le catéchisme, je me prépare à ma première communion. De païen mon esprit se fait mystique, et, dans ce courant de mysticité, l'image de la petite Alice subit une sorte de métamorphose : de fée Viviane qu'elle était, elle devient une mignonne sainte de la légende dorée, une sainte frêle et blanche comme un lis. J'ai des accès de piété; je prends la résolution d'être désormais un élève appliqué et laborieux, afin d'acquérir la science nécessaire pour faire honneur à la position que me mijote l'oncle Scipion, et pour me rendre digne de la petite Alice. Mais ces belles résolutions ne tiennent pas contre les férocités du vautour Pestel. Cet homme a une façon à lui d'inculquer la science aux jeunes cerveaux qui lui sont confiés; il la leur enfonce à coups de règle plate, assaisonnés de cris et d'injures en langue gasconne. Ce régime spartiate me rebute vite ; je retombe dans mon vieux péché de paresse et je redeviens un « cancre », ainsi que l'oncle Victor se plaît à le répéter à tous les échos de la pharmacie. Les pensums, les retenues et les mauvaises notes recommencent à grêler sur ma tête, et les transes des rentrées piteuses du samedi chez ma tante Mouginot se renouvellent avec une lamentable périodicité.

Quand, le soir, je regagne la cellule où je couche avec le sage Aristide, je suis absolument dégoûté de la science et cruellement vexé par les sarcasmes de la famille Mouginot-Péchoin. Alors, recroquevillé dans mon petit lit et feignant de dormir, je repense aux paroles d'adieu de l'oncle Scipion : « Si on te moleste, viens me trouver, tu seras reçu à bras ouverts!... » Des idées de révolte et de désertion germent dans ma tête, et je me complais en de nouveaux rêves qui tous ont pour point de départ l'abandon de la pharmacie Mouginot. Je me vois prenant un matin la route de Paris au lieu de prendre le chemin de la pension Pestel. Comment je ferai ce long trajet et comment je vivrai en route, je ne m'en rends pas trop bien compte. J'espère que, gagnés par ma bonne mine, les hôteliers me donneront l'hospitalité gratis, et que je rencontrerai de bienveillants voituriers qui me permettront de monter dans leur charrette. N'est-ce pas ainsi que les choses se passent dans certaines histoires que j'ai lues?... Un soir, je débarquerai à Paris et je demanderai le logis de mon oncle Scipion... Ce sera facile à trouver, car sa maison doit être connue de tout le monde. D'ailleurs, j'ai copié son adresse sur la première feuille de ma grammaire, un jour que, devant moi, l'oncle Victor la donnait à la patronne de l'hôtel du Cygne. — L'oncle Scipion demeure au n° 118 du faubourg Saint-Martin. —

Avec ce renseignement-là je ne risquerai pas de m'égarer... Sitôt installé, après les premières embrassades de l'oncle, je le prierai de me conduire chez la petite Alice, Je sais qu'elle habite près de chez lui. Elle me l'a dit. J'arriverai sans bruit, doucement j'entr'ouvrirai la porte; j'apparaîtrai comme le chevalier errant dont elle me parlait dans les friches du Petit-Juré, et, comme la fée Viviane en son nid de fougères, elle me tendra sa main blanche...

Ces châteaux en Espagne, bâtis, démolis et rebâtis chaque nuit, m'aident à me consoler de mes déboires à la pension Pestel et des coups de boutoir de l'oncle Victor. Cependant l'année scolaire tire à sa fin, et je ne vois pas sans une certaine appréhension approcher l'époque de la distribution des prix; non pas que je me soucie des couronnes de papier et des livres reliés en basane dont Pestel gratifie les bons élèves, mais je souffre cruellement dans ma vanité de passer pour un ignare aux yeux des parents et des notables invités à la cérémonie. L'année d'avant, j'ai pu échapper à cette mortifiante épreuve; mais Pestel, en vue d'accroître la renommée de son établissement, a jugé bon de corser la solennité de la distribution de cette année. Il a invité le clergé et le corps municipal, et il a insisté près des parents pour que *tous* les élèves assistent à la lecture du palmarès. Comme Aristide espère avoir de nombreuses nominations, ma tante Mouginot-Péchoin a décidé que je ne me déroberais pas à cette cérémonie, qui serait pour moi « une leçon et un exemple ».

Pour la circonstance, Aristide a été habillé de neuf. On lui a confectionné un costume complet en velours de coton groseille; veste, gilet et pantalon. Ainsi accoutré, rouge des pieds à la tête, à l'exception de sa face blafarde, mon cousin a l'air d'un bonhomme en confiture. Mais il se trouve très bien dans ce velours à bon marché, dont les cassures miroitent à la lumière. Il se contemple dans la glace, et jette des regards de commisération sur ma veste bleue râpée. Dès midi, il se pavane dans la pharmacie, afin de se montrer aux clients dans la gloire empourprée d'un bon élève, qui va plier sous le faix des couronnes.

Enfin, à une heure de relevée, madame Victor Mouginot-Péchoin apparaît, vêtue de sa robe de poult de soie, drapée dans son cachemire français, et coiffée d'un chapeau enguirlandé de pensées. Elle prend Aristide sous son parapluie, car il pleut à verse, et nous nous dirigeons

ELLE PREND ARISTIDE SOUS SON PARAPLUIE.

vers la pension, dont le porche est ouvert à deux battants.

Pestel a bien fait les choses. Le grand dortoir a été transformé en salle de fête et décoré de feuillages; une foule bariolée s'y entasse et déborde jusqu'à une longue table au tapis vert chargée de livres et de couronnes, derrière laquelle se prélassent les curés, les vicaires et quelques conseillers municipaux. Les élèves, rangés sur deux files, longent les murailles, et, au fond, la musique de la garde nationale salue l'ouverture de la séance par des coups de grosse caisse et des tempêtes de cuivre. Pestel, en habit noir et en cravate blanche, paraît encore plus long que de coutume, et a, plus que jamais, des airs de vautour chauve. Il se lève, agite un cahier de papier et débite, en gasconnant, un ennuyeux discours, copié dans quelque recueil pédagogique. Les dignitaires, tassés dans leurs fauteuils, approuvent du nez et du menton, et, de temps à autre, se pincent pour secouer une forte envie de dormir. Les parents, moins en vue, subissent plus franchement l'action de l'éloquence Pestel, et s'assoupissent doucement sur leurs chaises. Un tonnerre de la grosse caisse et un éclat des cuivres, les réveillent en sursaut: le discours est terminé, et un sous-maître lit le palmarès. Les noms des triomphateurs sont soulignés par une fanfare; je les vois passer devant moi, s'incliner devant l'estrade, recevoir l'accolade d'un prêtre ou d'un conseiller, et revenir fièrement avec leurs volumes enrubannés. Aristide a quatre prix et cinq accessits. Chaque fois que son velours groseille se détache sur le vert tapis de l'estrade, il semble que les cuivres, exaspérés par cette note rouge, redoublent de violence.

Au retour, il me jette un coup d'œil méprisant, et fond sur le cachemire français de la tante Victor, qui l'embrasse en essuyant un semblant de larmes. Je ne bouge pas, je me fais tout petit, je me dissimule derrière les robustes dos des pensionnaires campagnards.

Malgré cela, il me semble que je suis le point de mire de tous les regards; je crois lire dans les yeux des ecclésiastiques, des conseillers municipaux et des parents : « Il n'a même pas un accessit! Quel cancre! » Et, de fait, cette réflexion désobligeante, je la lis clairement dans les jaunes prunelles de ma tante Victor et dans le dénigrant sourire d'Aristide, qui se complaît à étaler devant moi, avec ostentation, ses couronnes de papier et ses volumes de la bibliothèque Mame. La moutarde commence à me monter au nez, je suis tenté d'allonger une bourrade à mon insupportable cousin; il est temps que la cérémonie finisse...

Aux accords d'une suprême fanfare, les parents s'écoulent dans la rue. Il ne pleut plus, mais la chaussée est changée en une mare de boue qui ressemble à une crème jaunâtre. La tante Mouginot, affairée à relever ses jupes et à répondre aux bruyantes félicitations de ses connaissances, nous a laissés, à la sortie, assez loin derrière elle. Je chemine côte à côte avec Aristide, qui, embarrassé de ses couronnes et de ses prix, longe la chaussée boueuse sans oser la traverser.

— Prends garde, dis-je ironiquement, tu vas crotter ton beau costume de groseille.

— Tu vois bien, répond-il d'un air important, que je ne puis pas relever mon pantalon... J'ai les bras pleins de livres...

En même temps, il dresse la tête et tourne sur lui-même comme un paon qui fait la roue.

— Tu as les mains libres, toi, continue-t-il d'un ton impératif; ce ne sont pas tes prix qui te gênent... Retrousse-moi les bords de ma culotte!

Il m'agace de plus en plus, mon cousin, avec ses airs de supériorité! Est-ce qu'il me prend pour son domestique?... Je regarde la boue liquide, le beau costume rouge, et un diabolique désir de revanche, une perverse tentation me montent à la tête. Je me baisse comme pour exécuter ses ordres, et, tandis qu'il me tend innocemment l'une de ses jambes, d'un mouvement brusque je pousse le triomphateur, qui va s'étaler à plat ventre dans la boue jaunâtre. Les volumes s'éparpillent dans la crotte, les couronnes nagent au fil du ruisseau, et, d'un air hypocrite, je m'empresse de repêcher prix et couronnes, en laissant Aristide jeter les hauts cris et sangloter à son aise dans la boue crémeuse de la chaussée.

Enfin on le relève... Dans quel état, juste ciel!... Tout le devant du beau costume rouge disparaît sous une couche d'argile détrempée; il a l'air, maintenant, d'une gelée de groseille panachée d'abricot. La figure d'Aristide n'a pas été épargnée; ses larmes se mêlent aux éclaboussures de la boue. Suffoqué par les pleurs et la colère, il tend vers moi un poing dénonciateur. Madame Victor Mouginot, accourue en hâte, devient verte à l'aspect du désastre :

— Un costume de velours tout neuf! balbutie-t-elle d'une voix tremblante; comment cela est-il arrivé?

— C'est Jacques qui m'a poussé... méchamment! sanglote Aristide avec rage.

— Je m'en doutais!... reprend madame Mouginot d'une voix sifflante; cet enfant a des instincts de scélératesse... C'est l'envie, la noire envie qui lui a inspiré cette mauvaise action!... Venez, petit misérable, nous allons régler votre compte!

Elle m'empoigne par le bras, tire de l'autre côté le piteux Aristide tout ruisselant, et, au milieu des exclamations indignées des passants, elle nous entraîne vers la pharmacie. Elle est si secouée par la colère, qu'elle en oublie sa précieuse robe de poult de soie, dont l'ourlet baigne déplorablement dans la crotte.

Nous arrivons essoufflés. Madame Mouginot ouvre en coup de vent la porte de l'officine, dépose le boueux Aristide sur une banquette, et, violemment, me plante devant l'oncle Victor interloqué :

— Tenez, crie-t-elle, voilà encore une scélératesse de votre indigne neveu!

D'abord le pharmacien ne comprend pas, puis, quand sa femme a retrouvé assez de souffle pour lui expliquer mon forfait, il fronce terriblement les sourcils :

— C'est un cancre malfaisant, grogne-t-il dans un accès de colère blanche, mais je lui ôterai les moyens de nuire!... En attendant que j'aie pris un parti, il ira croupir dans l'ancien laboratoire...

LAISSANT ARISTIDE JETER LES HAUTS CRIS...

Là-dessus, d'une main dure comme une pince de homard, il me serre le bras. En un clin d'œil je me trouve verrouillé entre quatre murs et abandonné à mes remords.

Des remords?... En ai-je réellement? Assurément je conviens que la façon dont je me suis vengé d'Aristide n'a rien de chevaleresque. J'ai abusé traîtreusement de sa sottise pour le faire choir... Mais quoi? si je l'avais provoqué à un combat régulier, comme il est très capon, il se serait dérobé... D'ailleurs, pourquoi m'irritait-il avec ses airs suffisants, et pourquoi me parlait-il comme à un domestique? Il n'a eu que ce qu'il méritait... Ça le dégoûtera de porter des costumes de velours rouge... Il était joli, en sortant de son bain de boue!... Au souvenir de la grotesque posture d'Aristide dans les flaques jaunâtres de la chaussée, je ne puis m'empêcher de rire, et cet accès d'hilarité fait envoler les légers remords qui m'avaient un moment effleuré!... Non, décidément, je ne regrette pas d'avoir gâté son velours groseille.. Je le ferais encore si c'était à refaire...

Cependant, tandis qu'Adèle, avec un couteau de cuisine, racle la culotte et la veste de ma victime, dans la pharmacie on prononce ma sentence : à partir de la rentrée d'octobre, je serai enfermé chez Pestel comme pensionnaire.

Mais d'ici à octobre il y a encore six semaines, pendant lesquelles on va être obligé de me garder à la maison. Or, madame Victor Mouginot déclare qu'il n'y a plus de sécurité pour Aristide si je séjourne sous le même toit que lui.

— Votre neveu, répète-t-elle à l'oncle Victor, a tous les mauvais instincts; si on le laisse ici, il est capable d'attenter aux jours de mon fils!

On est fort embarrassé de ma personne. On ne peut pas me faire coucher dehors, et, d'autre part, le pharmacien éprouve quelques scrupules à prolonger, pendant plusieurs semaines, ma séquestration dans l'ancien laboratoire. Tandis qu'on discute et que chacun propose une solution, je continue à croupir dans ma prison, où deux fois le jour on m'apporte mon repas. Quand Adèle est occupée, c'est l'élève Arsène Camus qui remplit les fonctions de geôlier pourvoyeur.

Arsène Camus est un grand garçon de vingt-deux ans, très blond, avec des airs craintifs et de bons yeux de veau. — Un soir, après avoir déposé sur le bord du fourneau mon pain, ma viande et mes légumes, il reste planté devant la porte et murmure timidement :

— Tristes vacances, monsieur Jacques!

Au lieu de répondre à cette ouverture, je prends un air digne et je concentre mon attention sur le plat de bouilli qu'il vient de me servir; mais Arsène ne se décourage pas, et, après avoir toussé, il reprend :

— On est mal, ici, n'est-ce pas?

(On est même très mal dans l'ancien laboratoire où il fait nuit dès cinq heures, mais je n'en conviendrais pas pour un empire.)

— Non, on s'y habitue, Arsène, je vous assure.

— Mais, réplique l'élève, on vous y gardera peut-être plus longtemps que vous ne pensez, et, à la longue, vous vous y ennuierez... Après le tour que vous avez joué à Aristide, *ils* ne se soucient plus de vous laisser avec lui, et ils se demandent ce qu'on pourrait bien faire de vous, en attendant que vous soyez pensionnaire chez M. Pestel... Pour lors, tout à l'heure, en les écoutant discuter, il m'est venu une idée, monsieur Jacques.

— Quelle idée, Arsène?

— La fête de chez nous tombe le jour de la Notre-Dame de septembre, c'est-à-dire dimanche prochain, et, tous les ans, à cette époque, monsieur Mouginot m'accorde un congé pour aller à Trémont voir mes parents... Si ça vous était agréable, monsieur Jacques, je pourrais proposer au patron de vous emmener avec moi là-bas et de vous y laisser... Trémont est à deux pas de Jeand'heurs, où vous avez de la famille. Une fois en route, vous feriez d'une pierre deux coups, et vous iriez passer vos vacances chez vos cousins Delorme-Grodard, qui seraient très contents de vous voir... Qu'en pensez-vous?

Ce que j'en pense?... Parbleu, je trouve l'idée d'Arsène excellente. Cinq semaines de liberté, même au village, même chez les cousins Delorme, me souriraient grandement. — Mais, dans les dispositions d'esprit où sont mon oncle et ma tante Mouginot, il n'y a guère apparence qu'ils consentent à me donner la clef des champs. J'exprime mes doutes à Arsène, qui me répond laconiquement :

— Ça, c'est mon affaire... M'autorisez-vous à proposer la chose à votre oncle, comme venant de moi?

Je donne de grand cœur à ce brave Arsène l'autorisation demandée, mais je crains fort qu'il ne s'illusionne. Ce voyage à Trémont me paraît tellement improbable que je ne veux plus même y penser.

Il faut croire, néanmoins, que ma tante Victor a grande hâte de se débarrasser de moi, car, contre mon attente, elle ne fait aucune opposition à la requête d'Arsène. Abandonné à son libre arbitre, l'oncle Victor n'hésite pas à dire oui. Si dur qu'il soit, il ne s'acharne pas à punir pour le plaisir de punir; il aime avant tout sa tranquillité, et il songe sans doute qu'une fois son neveu parti, les scènes de famille deviendront moins fréquentes. — Donc, le samedi matin, on me signifie que j'aie à préparer mon paquet de nuit, parce que je partirai pour Trémont avec Arsène, le même jour, à quatre heures après midi.

Je ne me le fais pas répéter, et je vais recevoir les dernières instructions de ma tante, qui se borne à proclamer en haussant les épaules : « qu'Arsène est bien bon de se charger d'un garnement tel que moi, et qu'il ne se doute guère des tracas qu'il se prépare... Quant à elle, Dieu merci, elle n'est pour rien en cette affaire; elle n'a qu'à dire : — *Amen* et bon débarras! »

Là-dessus, je prends congé, et je vais faire mes adieux à la maman Péchoin.

L'aimable vieille est plus indulgente que sa fille, et, tout en blâmant mes méfaits, comme elle a bon cœur, seule elle s'avise d'un détail dont les Mouginot ne s'étaient nullement inquiétés :

— T'absentes-tu pour longtemps, petit? demande-t-elle.

— Mais probablement jusqu'à la rentrée, madame Péchoin.

— Et t'a-t-on donné un peu d'argent?

Je réponds négativement, ma poche étant absolument vide.

— Ah! s'écrie-t-elle, voilà bien les ladreries de monsieur Mouginot!... Il y a-t-il du bon sens d'envoyer ce drôle chez des étrangers, sans lui donner d'argent de poche!...

Elle est enchantée de pouvoir taper sur son gendre, qu'elle exècre; elle se lève en haussant les épaules, va fouiller dans son secrétaire d'où elle tire une pièce jaune singulièrement brillante.

— Tu t'es conduit très vilainement avec ce pauvre Aristide, reprend-elle, mais ce n'est pas une raison pour te laisser partir sans le sou... Tiens, voilà un louis de vingt francs pour tes petites dépenses... Économise-le et sois sage!...

Ébaubi, je regarde un moment la pièce d'or toute reluisante; je n'en crois pas mes yeux... Puis un soudain accès de sensibilité reconnaissante me mouille les paupières, et je tombe en pleurant dans les bras de la bonne maman Péchoin.

JE TOMBE EN PLEURANT DANS LES BRAS DE LA BONNE MAMAN PÉCHOIN.

ÇA ET LA DES FEUX DE FANES DE POMMES DE TERRE.

VII

A quatre heures, au moment où le soleil commence à descendre vers les collines de Fains et à embraser d'une plus incandescente lumière les vitres du couvent des Dominicaines, nous grimpons, Arsène et moi, vers le *Pâquis* de la ville haute, où s'embranche la route qui conduit à Trémont. Arsène porte le paquet de nuit, qui constitue mon unique bagage, car on doit m'envoyer le reste de mes effets par le commissionnaire, dès que je serai installé chez mon cousin Delorme. Je marche allègrement, heureux de tourner le dos à la pharmacie et fier de me sentir la bride sur le cou. Il y a bien au fond de moi quelque chose qui de temps à autre gâte mon bonheur : c'est la certitude d'être enfermé à la rentrée, comme pensionnaire, dans la cage du vautour Pestel, Mais, pour me consoler, je songe que j'ai encore cinq semaines de liberté devant les mains; à mon âge, cinq semaines semblent une réserve inépuisable, et je ne pense plus qu'à jouir de l'heure présente.

Pour couper au court, nous nous engageons dans le grand bois de Combles. La futaie est déjà sombre: de loin en loin seulement, quelques taches rouges d'un soleil oblique l'éclairent d'une lueur mystérieuse. Au bout d'une demi-heure de marche, les taches rouges elles-mêmes s'évanouissent; il semble que nous cheminons dans la nuit, quand brusquement les feuillées opaques s'éclaircissent, et nous débouchons sur le plateau, où plane encore une violette clarté crépusculaire.

De longues charrettes chargées de gerbes d'avoines détachent sur l'horizon leurs mouvantes silhouettes noires, çà et là, des feux de fanes de pommes de terre étirent vers le ciel leur mince fumée bleue, et le vent d'est nous apporte des tintements de cloches carillonnant pour la fête du lendemain. Peu à peu, le plateau s'incline, un bruit d'eau courante monte vers nous du fond d'une gorge ombreuse, une pointe de clocher émerge d'un vague fouillis d'arbres, et Arsène me dit :

— Nous voici bientôt chez nous. .

Trémont est un village dont l'unique rue serpente à la base de trois collines. Un ruisseau, qui prend sa source à l'entrée du pays, et qui se partage immédiatement en deux bras, baigne de son eau susurrante le pied des maisons. De distance en distance, un rustique ponceau de pierre est jeté sur ce courant d'eau et permet d'accéder de la chaussée au logis, qu'un continuel glouglou de source berce jour et nuit.

Arsène me fait passer sur un de ces ponts, et nous poussons une porte qui ouvre de plain-pied sur une vaste chambre, servant à la fois de cuisine et de salle à manger. En un clin d'œil il est entouré; sa mère, une maigre paysanne déjà ridée, lui saute au cou; son père lui donne une tape sur l'épaule en guise de bienvenue; ses petits frères lui grimpent sur le dos. Après cette première et bruyante effusion, il me présente :

— Voilà monsieur Jacques, le neveu du patron et le cousin de monsieur Delorme.

Le titre de « neveu du patron » doit être une puissante recommandation pour ces braves gens, car immédiatement on me choie comme un petit prince. Le père Camus me fait asseoir sur une chaise garnie d'une peau de mouton, qui paraît être un siège d'honneur; la maman Camus jette une brassée de ramilles dans l'âtre, qui se met à flamber, et les marmots me regardent avec une respectueuse déférence. — J'avoue que j'ai grand besoin de ces marques d'attention pour contrebalancer le mouvement de déception que j'éprouve tout d'abord. — N'étant jamais sorti de la pharmacie Mouginot, ignorant la vie laborieuse et étroite des paysans, ayant de plus la tête farcie de rêves dorés, je trouve un peu bien pauvre et sans prestige l'intérieur des parents d'Arsène.

Je jette à droite et à gauche des regards décontenancés; à la clarté de la lampe à bec pendue au manteau de la cheminée, j'examine le parquet grossièrement planchéié, les murs bruns garnis d'une sommaire batterie de cuisine, les bandes de lard accrochées aux poutres du plafond, la haute cheminée noire où une chaudronnée de pommes de terre pend à la crémaillère, les visages terreux, enfin, des deux paysans, dont le travail de la vigne a prématurément courbé l'échine. Pour moi, petit citadin habitué au confortable relatif de la maison Mouginot, ce logis campagnard me semble d'une rusticité presque misérable, et je m'y sens dépaysé.

Le souper, qui suit de près notre arrivée, ne contribue pas à me faire revenir de mes préventions. Il se compose, comme chez la plupart des paysans du Barrois, d'un quartier de lard, de pommes de terre et d'une salade de laitue à la crème, le tout servi sur la table sans nappe, dans les mêmes écuelles de terre brune vernissée, et arrosé d'une bouteille de piquette. Bien que la course m'ait mis en appétit, je mange sans entrain, avec répugnance, et j'ai des airs désorientés de jeune fils de roi exilé chez des barbares.

Ces braves gens, cependant, se sont visiblement mis en frais pour moi, et la maman Camus apporte en guise de dessert une assiettée de cerises séchées au four et un morceau de brioche de ménage.

LE COUVENT DES DOMINICAINES.

Mais je suis décidément dans une mauvaise veine : je trouve que le *boule-à-bras*

UNE POINTE DE CLOCHER ÉMERGE D'UN VAGUE FOUILLIS D'ARBRE.

de la fête manque de beurre et que les cerises sèches sont toutes en noyaux. Bref, je ne touche au souper que d'une dent dédaigneuse. Dès qu'on se lève de table, je demande à Arsène où est ma chambre, à quoi il répond d'abord par un sourire embarrassé. J'insiste, et il m'explique que les Camus sont très étroitement logés; il partage, lui, le lit de ses deux frères, et on a décidé que je coucherais chez le maître d'école. Cela achève mon désarroi. Cette idée de passer la nuit chez des étrangers m'est extrêmement désagréable, et tandis qu'Arsène trimbale mon paquet de nuit, je le suis, l'oreille basse, à travers la rue enténébrée, jusqu'à la maison d'école.

La chambre qui m'est destinée sert de dortoir aux deux garçons de M. le maître, et ceux-ci sont déjà assoupis côte à côte quand Arsène m'y introduit. Je me déshabille avec un sentiment de gêne et avec de méticuleuses précautions, pour ne pas réveiller mes deux compagnons de chambrée. Avec effort je grimpe dans un lit de campagne où j'enfonce dans la plume et dont les gros draps me râpent la peau. Je dors mal; à chaque instant, un bruit insolite m'éveille en sursaut. Je ne sais plus où je suis, et je m'effare en écoutant la respiration sifflante des dormeurs, le glouglou plaintif du ruisseau qui coule devant la maison et des grignotements de souris dans un angle du mur. Pourtant, au petit matin, je finis par m'endormir profondément et suis brusquement tiré de mon sommeil par des éclats de rire. — Une flambée de soleil passant par les vitres sans rideaux illumine mon lit, et les deux enfants de l'instituteur, réveillés depuis longtemps, s'ébaudissent au spectacle de ce petit « monsieur de la ville », coiffé pour la nuit d'un bonnet à trois pièces. Leur grosse gaieté villageoise, un instant réprimée, puis repartant de plus belle, accroît encore mon embarras. Je jette le bonnet à trois pièces et je me lève, très ennuyé d'être obligé de m'habiller sous les regards curieux de ces deux gamins. Aussi, quand Arsène vient me délivrer de la compagnie de ces jeunes sauvages, la première question que je lui adresse trahit mon état d'énervement et de malaise :

— Arsène, lui dis-je, quand me conduiras-tu chez mon cousin Delorme?

Rien qu'à voir ma mine allongée, le bon Arsène devine que je ne suis pas enchanté de mon séjour à Trémont. Il rougit.

— Vous ne vous amusez pas trop chez nous, monsieur Jacques, répond-il d'un air contrit; vous savez, au village, on n'a pas toutes ses aises... Je comptais ne vous mener chez monsieur Delorme qu'après la grand'messe; mais, puisque vous trouvez le temps long, nous partirons tout de suite...

Il roule mon paquet de nuit sous son bras et, après avoir pris congé du père et de la mère Camus, nous partons.

Jeand'heurs est une ancienne abbaye située au bord de la Saulx, au milieu d'une magnifique futaie qui occupe tout un versant de la vallée. Lente, verte et poissonneuse, la Saulx serpente à travers un parc centenaire dont les massifs s'entr'ouvrent çà et là sur des échappées de prairies, de champs et de villages inondés e soleil. Indépendamment de ce parc, le omaine comprend une forge et une papeterie situées au bord de la rivière, en amont, et mon cousin Delorme est régisseur de la papeterie.

Nous traversons la futaie dans sa longueur, et, à l'extrémité d'une majestueuse avenue de hêtres, j'aperçois sous l'arceau des branches une aile du château, la colonnade d'un péristyle et une rangée

VOILA MONSIEUR JACQUES.

de caisses d'orangers. Ce coin de demeure aristocratique, entrevue dans un coup de soleil, me rassérène et redonne l'essor à mes rêves de vie princière et somptueuse. Jusqu'alors, je n'avais vu de châteaux que dans les livres ou dans mon imagination; la réalité et la proximité de celui-ci chatouillent agréablement ma gloriole et mes goûts de grandeurs. Ma seule crainte, c'est que l'habitation des Delorme ne me paraisse mesquine à côté de l'ancienne abbaye, et que là encore je n'éprouve une déception. Aussi je n'ose pas questionner d'avance Arsène Camus, et je me borne à cheminer silencieusement derrière lui en admirant les fûts élancés des hêtres, dont les ramures flexibles retombent au-dessus de la rivière endormie. — Nous voici arrivés au mur de clôture; nous franchissons une grille et nous nous engageons dans un chemin tout noir de débris de crasses de fer. Au bout d'un petit quart d'heure, ce chemin débouche sur un demi-cercle de bâtisses destinées à l'exploitation de la papeterie, et à l'une des extrémités j'aperçois une maison bourgeoise que décore un perron enguirlandé de vigne vierge.

— Voici où demeure votre cousin Delorme, murmure Arsène.

Je ne sais si le cousin Delorme a été prévenu par mon oncle Mouginot, mais au moment où nous arrivons dans la cour, une fillette de mon âge, penchée à la grille du perron, rentre précipitamment dans l'intérieur comme pour nous annoncer. Deux minutes après, le cousin en personne descend au-devant de nous. Il n'a pas changé depuis que je l'ai vu chez mon oncle, lors du fameux conseil de famille. C'est toujours le même homme alerte et râblé, à la physionomie ouverte, aux façons brusques, à la barbe rude et aux cheveux coupés en brosse. Il m'enlève de terre et m'embrasse :

— Bonjour, gamin! s'écrie-t-il gaiement. Les Mouginot se sont donc enfin décidés à te laisser venir chez les parents de ta mère?... Mieux vaut tard que jamais... Bonjour, Arsène, et merci de nous avoir amené ce garçon-là. Vous savez que vous restez à dîner avec nous... Et maintenant, Jacques, viens faire connaissance avec tes cousines...

Il me prend par la main; nous gravissons le perron, et nous voilà dans une spacieuse pièce, dallée de carreaux noirs et blancs, entièrement lambrissée de chêne, décorée de bois de cerf et de hures de sanglier, au milieu de laquelle se dresse une table ronde entourée de chaises cannées. En même temps, une dame encore très vive, malgré un commencement d'embonpoint, une dame aux yeux gris luisants, aux cheveux châtains noués en un maigre chignon, me prend dans ses bras, me regarde attentivement et m'applique de bons baisers sur les joues :

— Comme il ressemble à notre Sophie! s'exclame-t-elle. Sois le bienvenu chez nous, petit. Tu es tout le portrait de ta pauvre mère... Zélie, embrasse ton cousin Jacques!

SOUS L'ARCEAU DES BRANCHES...

Zélie, c'est la fillette qui guettait sur le perron. Il paraît qu'elle a deux ans de moins que moi, mais on ne s'en douterait pas, tant elle est d'apparence robuste. Elle est bien découplée avec une figure ouverte, intelligente, énergique comme celle de son père. Elle a les traits un peu gros, les mâchoires un peu trop carrées et les pommettes saillantes, mais son teint est éblouissant, ses yeux d'un bleu pur sont pleins de lumière, sa bouche assez grande a une expression de bonté et un sourire charmant; d'épais cheveux châtains encadrent son front volontaire et retombent en une lourde natte sur le dos. Elle m'embrasse de tout cœur et ne me lâche plus la main.

— Mes enfants, reprend la cousine Delorme, allez vous amuser au jardin, tandis que je dresserai la table... On vous appellera pour dîner.

Avec impétuosité, Zélie m'entraîne, et nous dégringolons dans le jardin dont la rivière borde une des extrémités. — Ce jardin est plutôt, à proprement parler, un potager. Seulement les carrés de légumes sont entourés de larges plates-bandes où foisonnent des fleurs vivaces : œillets d'Inde, campanules bleues, compagnons rouges, roses trémières, balsamines panachées. D'espace en espace, des quenouilles de poiriers et de pommiers bien affruités; le long d'un mur, une treille de chasselas dorés où bourdonnent des abeilles, et dans les coins, de vieux pruniers pliant sous des grappes de ces prunes violettes, allongées, qu'on nomme dans le pays des *quoiches*. — Une odeur de fruits mûrs et de fleurs d'automne s'exhale de cet enclos dont ma cousine Zélie me détaille les trésors. La fillette, avec sa vivacité d'allure, sa bonne humeur, sa simple robe d'indienne à peine serrée à la taille et laissant tous les mouvements libres, se meut familièrement dans ce milieu rustique. Il y a dans sa petite personne quelque chose de l'honnête parfum des fleurs campagnardes, de la pureté des eaux courantes, de la saveur saine des fruits. Elle connaît toutes les plantes par leur nom, sait leurs propriétés culinaires ou médicinales, m'explique comment elles poussent et à quelle époque on les sème. La précocité de son expérience en matière de jardinage m'étonne sans m'enthousiasmer. J'ai vécu jusqu'alors si entièrement dans le monde du rêve et des romanesques aventures, que la science de ma cousine me paraît trop prosaïquement précise, trop terre à terre. Seulement, tout ce qu'elle dit lui vient si naturellement, elle en parle avec tant d'animation et de simplicité, que je ne trouve pas le temps long, et lorsqu'on nous appelle

ELLE CONNAIT TOUTES LES PLANTES PAR LEUR NOM.

pour le repas de midi, les heures me semblent avoir filé avec la rapidité d'une hirondelle.

Quel plantureux et joyeux dîner dans la salle à manger, dont les fenêtres ouvertes laissent entrer, avec un parfum de clématite, le bruit frais des écluses de la Saulx et le carillon des cloches du dimanche! Comme me voilà loin de la parcimonieuse ostentation des dîners de gala de la tante Mouginot! Ici, tout est simple et servi avec une profusion hospitalière : — le beurre est frais battu; les concombres, découpés dans un bateau de faïence, répandent une salubre odeur de pimprenelle. Un cochon de lait cuit dans sa gelée, un poisson pêché le matin même, composent le menu, qu'achève une large tarte confectionnée avec ces mêmes prunes violettes que j'ai reluquées dans le jardin. On ne vous mesure pas les morceaux comme à la pharmacie Mouginot; rien qu'à voir la mine épanouie de madame Delorme, lorsqu'on lui redemande d'un plat, on sent qu'on lui fait plaisir en ayant bon appétit, et cela suffit pour vous mettre à l'aise; aussi, quand nous sortons de table, sommes-nous déjà tous de vieilles connaissances. Après dîner, on me montre la petite chambre que je dois occuper. Elle est tapissée d'un gai papier à fleurs, le lit de fer est voilé de rideaux bien blancs, la fenêtre ouvre sur les arbres du parc. Je la prends incontinent en amitié, et Arsène Camus, qui retourne dans sa famille, promet de me faire expédier mon petit bagage dès qu'il sera rentré à Villotte.

Quelle série de jours heureux j'ai passés dans cette hospitalière maison de Jeand'heurs! C'est surtout en y repensant plus tard, que j'en savoure toutes les délices. Dans le moment même ils s'écoulent si unis, si peu accidentés, que j'en apprécie mal l'infinie douceur.

Mon cousin Delorme est occupé toute la journée à sa papeterie; sa femme est absorbée par les détails du ménage, de sorte que nous vagabondons tout à notre aise, Zélie et moi. Madame Delorme n'a pas la pruderie soupçonneuse de ma tante Mouginot, et elle ne craint pas de nous laisser en tête à tête. Zélie est habituée à sortir seule, et elle me promène par tout le pays. Elle semble fière de moi, elle s'ingénie à me procurer des distractions. Nous chassons aux papillons dans les avenues du parc, nous pêchons aux écrevisses dans la Saulx, nous poussons même jusqu'aux lisières de la forêt des Trois-Fontaines. Je conte à ma cousine mes déboires à la pension Pestel, mes démêlés avec Aristide et mon admiration pour la petite Alice. Je ne taris pas sur ce chapitre, et Zélie m'écoute sans impatience, sans un mouvement de jalousie, bien que je m'étende à satiété sur la beauté, l'esprit et l'imagination de la petite Parisienne.

— Elle doit être bien jolie! se bornet-elle à dire en soupirant : je voudrais lui ressembler.

Zélie ne ressemble pas à la petite Alice. Elle n'en a ni l'élégance affinée, ni les airs de reine, ni les inventions romanesques. Élevée à l'école des sœurs, elle n'a guère lu que son catéchisme et son évangile. Pourtant il est juste de reconnaître qu'on ne s'ennuie jamais avec elle; sa conversation est toujours attachante, bien qu'elle soit étroitement renfermée dans un cercle de connaissances pratiques. Parfois j'essaye de l'intéresser à mes contes bleus, et de l'emmener avec moi dans une envolée vers le fabuleux pays de la féerie, mais elle se fatigue vite à me suivre, une pénible tension d'esprit lui plisse le front, et secouant brusquement la tête :

— A quoi bon, s'écrie-t-elle, se tourmenter de choses qui n'existent pas?

— Oui, mais c'est amusant de rêver que ça pourrait arriver...

— C'est bien plus amusant de penser aux choses qui arrivent pour de vrai, de savoir comment le blé pousse, comment les chrysalides se changent en papillons, comment les fleurs deviennent des fruits...

Pas moyen de la faire sortir de ce raisonnement vulgaire. Elle est complètement rétive aux fictions et aux faux-semblants, ma cousine Zélie, et c'est en quoi elle me paraît de beaucoup inférieure à la petite Alice. Mais, en revanche, elle est si bonne enfant, si franche, si aimante, que je lui pardonne ses défectuosités en considération de la tendresse admirative qu'elle a pour moi...

Un matin, nous étions allés dans un bois appartenant aux Delorme, et où mon cousin *tendait* aux petits oiseaux. A peine sommes-nous entrés dans le taillis que j'entends les cris aigus d'un oiseau en détresse.

— Courons, dit Zélie, c'est un geai qui est pris à une *raquette*.

Nous nous encourons vers la fontaine où les engins sont tendus. Zélie a deviné juste : un geai s'est laissé enserrer dans les cordelettes de la raquette brusquement détendue; il se débat si fort, en piaillant, qu'il a renversé l'engin à ras de terre. Désireux de m'emparer le premier du gros oiseau aux vives ailes bleues, je me précipite, et, d'une main maladroite, je saisis le prisonnier, qui se venge en me pinçant si cruellement le doigt que le sang se met à jaillir. Au cri que je pousse à mon tour, Zélie s'empresse, s'agenouille, me débarrasse du geai qu'elle étouffe sans pitié, puis jetant l'oiseau dans l'herbe, elle saisit mon doigt meurtri, le porte à ses lèvres et suce le sang de la blessure.

Sous la pression de ses lèvres il me semble que la douleur s'en va comme par miracle, et je ne bouge plus, tant j'éprouve une douceur non pareille à être ainsi pansé. Ensuite, ma cousine déchire son mouchoir, le trempe dans la fontaine et emmaillotte la plaie.

— Là, murmure-t-elle, as-tu encore mal?

— Plus du tout... Ta bouche m'a guéri, cousine Zélie... Le sang ne te fait donc pas peur, à toi?

Elle rougit.

— Ces coups de bec d'oiseau sont toujours venimeux, réplique-t-elle, et j'ai pensé que le mieux était de sucer tout de suite la déchirure.

Je me sens si pénétré de reconnaissance, que je lui saute au cou et que je l'embrasse. Volontiers je m'exposerais au bec cruel d'un oiseau de proie pour voir recommencer la cure.

ELLE SAISIT MON DOIGT MEURTRI, LE PORTE A SES LÈVRES...

Nous ramassons le geai aux plumes ébouriffées, puis nous nous en revenons silencieux et un peu troublés à la papeterie...

Au milieu de cette libre et plaisante existence campagnarde, sous ce léger ciel de septembre, les jours fuient avec une désolante rapidité. Chaque matin, en m'éveillant dans la chambrette qui donne sur le parc, je regarde le calendrier, et je constate avec terreur que le moment se rapproche de plus en plus où il faudra dire adieu à mes hôtes de Jeand'heurs. Déjà les journées s'accourcissent, déjà la fraîcheur des matinées annonce l'arrière-saison. Ce n'est pas tant le retour à Villotte qui m'effraye, que la pensée de languir en captivité chez Pestel. Je sens que je ne m'habituerai jamais à cette claustration entre quatre murs pendant de longs mois, avec les gourmades du maître de pension et l'arithmétique à haute dose pour tout agrément. Cette menaçante perspective me gâte mes derniers jours de liberté. Je deviens inquiet, nerveux, et comme un oiselet qui sent l'approche d'un épervier, et qui s'effare même avant d'être en péril. Les Delorme, qui sont excellents pour moi, s'aperçoivent de mes transes, et le régisseur, qui est perspicace, semble en avoir deviné la cause.

Un soir qu'en attendant le souper nous restons à deviser lui, Zélie et moi, sur les dalles du perron, le cousin, après m'avoir silencieusement observé, me dit brusquement :

— Tu n'es pas gai comme d'habitude, Jacques; est-ce que tu t'ennuies chez nous?

— Nenni, mon cousin... Au contraire!

— Alors, c'est l'idée de rentrer en pension qui te tracasse?

J'incline la tête sans souffler mot.

— Je conviens, répond-il, que ce n'est pas amusant à ton âge, d'être enfermé entre quatre murs. Le grand air te vaudrait mieux. Dans le temps, j'avais proposé à ton oncle Mouginot de t'emmener à Jeand'heurs et de te mettre en apprentissage à la papeterie... Mais il paraît que les Mouginot veulent faire de toi un savant et un monsieur... Si c'est aussi ton goût, il n'y a pas à aller contre!

Tandis qu'il parle, je regarde à la dérobée la figure de Zélie, et je m'aperçois que ses yeux limpides se fixent sur moi avec une expression anxieuse, comme si elle attendait impatiemment qu'une réponse secrètement désirée tombât de mes lèvres.

Je sais bien que je n'aurais qu'un mot à dire pour que le cousin Delorme renouvelât sa proposition et tentât d'obtenir des Mouginot mon installation définitive à Jeand'heurs. Et cependant ce mot ne peut sortir de ma bouche. Toujours poussé par ma gloriole et entiché de mes idées ambitieuses, je trouve que ce petit pays de Jeand'heurs est un théâtre trop obscur pour un personnage de mon espèce. Je crois plus que jamais aux perspectives brillantes, évoquées par la faconde de mon oncle Scipion; je songe, d'ailleurs, qu'un séjour prolongé à la papeterie me séparerait à tout jamais de l'admirable petite Alice.

— Enfin, poursuit M. Delorme, toi, Jacques, qu'est-ce que tu veux devenir?

— Moi? cousin Delorme, mais..., je voudrais... Je voudrais aller à Paris et y faire fortune!

Le cousin hausse les épaules et n'insiste plus. En même temps, j'entends à côté de moi s'exhaler un gros soupir. Je me retourne, et il me semble que les yeux bleus de Zélie sont devenus subitement humides et brillants, comme si la rosée du soir les avait mouillés.

VIII

Plus l'époque de la rentrée approche et plus je sens de répugnance à retomber sous la griffe du vautour Pestel. Le 30 septembre, mon cousin Delorme reçoit un laconique billet de l'oncle Victor et m'en donne lecture après souper. Le pharmacien nous écrit que la pension rouvre ses portes le lundi 3 octobre, mais que les pensionnaires ont la faculté de s'y installer dès la veille. En conséquence, il m'invite à repartir avec armes et bagages, de façon à arriver le dimanche dans la matinée.

Après avoir pris connaissance de cette injonction, je gagne pensivement ma chambrette. Je m'accoude à la fenêtre et je regarde la lune monter au-dessus des arbres du parc. Elle est déjà presque ronde, et je me dis avec tristesse que lorsqu'elle sera tout à fait pleine je languirai emprisonné chez Pestel. La nuit est très calme, et dans cette placidité nocturne les moindres bruits deviennent perceptibles. Très loin, vers l'ouest, dans la direction de la forêt de Trois-Fontaines, j'entends un roulement sourd suivi d'un sifflement aigu. C'est un train qui file vers Paris et s'arrête à la station de Sermaize. J'écoute avec mélancolie la rumeur décroissante de ce convoi qui fuit dans l'obscurité, et qui, demain, au petit jour, entrera dans la grande ville où demeurent l'oncle Scipion et la petite Alice. Je ne puis m'empêcher d'envier le sort des heureux voyageurs que la vapeur emporte, et, soudain, une audacieuse pensée illumine mon cerveau :

« Pourquoi ne serais-je pas au nombre de ces heureux?... Il me suffirait de partir d'ici dès l'aube, de façon à me trouver à Sermaize pour l'heure où passe le train du matin. Je suis bon marcheur, et, en traversant les bois de Trois-Fontaines, il ne me faudrait pas plus de quatre heures pour atteindre la station. Le trajet de Sermaize à Paris, en troisièmes, ne coûte que douze ou treize francs, et j'ai encore intact, dans ma bourse, le louis d'or que m'a donné la bonne maman Péchoin. Je débarquerais dans la capitale à cinq heures du soir et je courrais droit chez l'oncle Scipion. Je suis certain qu'il m'accueillerait bien. Ne m'a-t-il pas recommandé, à deux reprises, de venir chez lui si on me molestait? Or, il n'y a pas à en douter, *je suis molesté*. Le fait de m'incarcérer chez Pestel est une iniquité, une odieuse vexation. Je suis donc dans mon droit en faussant compagnie aux Mouginot-Péchoin, qui sont des tyrans, et en demandant aide et protection à mon oncle Scipion. »

Je roule dans ma tête ce projet d'évasion pendant une partie de la nuit, et, le lendemain, tandis que nous nous promenons avec Zélie le long de la Saulx, j'y pense encore plus sérieusement. Le seul scrupule qui me retienne, c'est de quitter sournoisement les Delorme, sans les prévenir et sans les remercier de leur chaude hospitalité. Mais il est évident que je ne puis confier mon projet au cousin. Si aimable qu'il se soit montré à mon égard, il ne plaisante pas sur la discipline, et il ne manquerait pas de s'opposer à mon départ. — N'importe, l'idée de m'enfuir de la papeterie comme un malfaiteur me tarabuste, et je finis par user d'un biais qui me semble propre à mettre ma conscience en repos.

Zélie s'est aperçue de ma préoccupation, et, à la tombée du jour, au moment où nous nous en revenons lentement vers la papeterie, elle me questionne avec une amicale sollicitude :

— Qu'as-tu, Jacques?... Pourquoi ne me parles-tu pas?

Cette heure d'entre chien et loup est propice aux confidences, et elle m'encourage à me débarrasser de mes scrupules.

— Zélie, dis-je brusquement, je vais te confier un secret, mais, auparavant, jure-moi de ne le répéter à personne.

— A personne?... Pas même à papa et à maman?

— Pas même à tes parents.

Elle s'arrête et fixe sur moi ses yeux limpides, largement ouverts :

— Est-ce quelque chose de mal?

J'hésite un instant, puis je reprends avec aplomb :

— Non, non... Il n'y a rien de mal... Promets-tu de ne point me trahir?

— Je te le promets.

Et, d'un air moitié sérieux, moitié plaisant, elle prononce la formulette naïve dont les enfants de chez nous ont coutume de sceller leurs serments :

Boule de feu, boule de fer,
Si je mens, j'irai en enfer...

— Là, es-tu rassuré?... Maintenant, dis-moi ton secret.

— Eh bien, Zélie, je suis décidé à ne plus rentrer à Villotte.

Une lueur joyeuse passe dans les yeux bleus de ma cousine.

— Vraiment, s'écrie-t-elle, tu resteras avec nous?

— Non..., pas précisément... Je veux aller à Paris.

Et, en quelques mots, je lui explique brièvement mon projet de décamper le lendemain matin sans trompette, de prendre le train à Sermaize et d'aller trouver mon oncle Scipion. — Les yeux

JE M'ACCOUDE A LA FENÊTRE.

bleus se sont assombris, et le front lisse de Zélie se ride de plis chagrins.

— Tu vas peiner papa et maman, reprend-elle d'une voix grave, sans compter que M. Mouginot-Péchoin nous reprochera de t'avoir mal gardé... Oh! Jacques, je t'en prie, ne fais pas cela!

— Il le faut, Zélie; je n'ai pas le courage de retourner chez Pestel... D'ailleurs mon oncle Scipion m'a commandé de venir le trouver si on me malmenait... Et, franchement, les gens de la pharmacie me rendent la vie trop dure... Il faut que je parte... Souviens-toi que tu m'as promis de garder le secret!

— Oui, mais je regrette d'avoir juré.

— Tais-toi par amitié pour moi... Tais-toi jusqu'à demain soir seulement. Je serai arrivé chez mon oncle, et alors tu pourras tout raconter à tes parents... Tu leur diras combien je suis fâché de leur causer de l'ennui et combien je les remercie de leurs bontés... Et toi aussi, cousine, je te remercie de ton amitié.. Je me souviendrai toute ma vie des vacances que j'ai passées à Jeand'heurs...

Je crois voir trembler des larmes dans les yeux de Zélie ; brusquement je lui saute au cou et je l'embrasse bien fort. Nous rentrons à la papeterie silencieusement, et pendant le souper nous avons tous deux le cœur si gros que nous ne pouvons pas parler. — Au dessert, M. Delorme apporte une bouteille de vin de muscat et remplit les petits verres à la ronde :

— Jacques, mon garçon, dit-il, c'est demain ton dernier jour de congé... Tu connais maintenant le chemin de la papeterie et j'espère que tu y reviendras... Ce soir, nous allons trinquer à ta santé et au plaisir de nous revoir.

Je sens un sanglot me serrer la gorge ; je me hâte de trinquer et de boire pour me donner une contenance. Je m'en veux mortellement de tromper mes braves cousins, et je me hâte de remonter dans ma chambre en prétextant une migraine. C'est Zélie qui m'éclaire dans l'escalier et, au moment de refermer ma porte, je lui fais un dernier signe d'adieu, tout en posant un doigt sur mes lèvres pour lui recommander le silence.

Une fois rentré dans la chambrette, baignée de clair de lune, je m'occupe de fourrer dans mes poches les objets que je tiens à emporter : peigne, savon, brosse à dents, mon couteau et un paquet de ficelle. Je m'assure que ma pièce de vingt francs, mon unique fortune, est bien en sûreté dans le gousset de mon gilet, puis je me déchausse et je me jette sur mon lit, tout habillé, afin d'être prêt à décamper à la prime aube. Je sais que le cousin Delorme se lève au coup de six heures, et je veux être déjà loin quand il sera sur pieds. Je m'endors avec un peu de fièvre et ne sommeille qu'à demi. La préoccupation du départ me tient lieu de réveille-matin. Quand je rouvre les yeux, les étoiles pâlissent déjà et un coq chante au fond de la basse-cour. Tenant mes chaussures d'une main, j'entre-bâille avec précaution la porte de ma chambre et je descends l'escalier sans faire crier les marches. Me voilà dans le corridor, mais je m'aperçois que la porte de sortie est fermée à double tour, et je me rappelle que la lourde clef tourne dans la serrure avec beaucoup de difficulté et d'une façon fort bruyante. Je crains que ce bruit significatif ne réveille mon cousin, et je reste fort empêché, face à face avec la massive porte verrouillée. Heureusement la cuisine communique avec le jardin, et par là, je puis gagner les champs. Je me glisse doucement dans cette dernière pièce ; la porte de communication n'est fermée qu'au crochet, et d'un saut je descends dans le potager, où je puis enfin chausser mes souliers... Une fois dans la campagne encore obscure, je me sauve à toutes jambes le long de la rivière, ayant hâte de mettre un long espace entre la papeterie et moi.

Me voilà libre !... mais point encore délivré de toute inquiétude. Dans ma précipitation, je me suis jeté dans le premier sentier venu, sans réfléchir qu'il me faudrait aller jusqu'au prochain village avant de trouver un pont pour franchir la Saulx. Je me décide à rebrousser chemin et à contourner le mur du parc afin de tomber directement sur Robert-Espagne, qui touche à la forêt de Trois-Fontaines. Je repasse, le cœur tremblant, devant la papeterie et le logis des Delorme, je gravis la côte et redescends tout d'une traite le versant opposé. Je ne respire qu'en apercevant dans la brume automnale les toits fumeux de Robert-Espagne.

Le village est déjà éveillé, mais je n'y connais personne, et je le traverse bravement. Encore que j'aie grand'peur de me fourvoyer, je n'ose demander ma route aux gens que je rencontre et ne suis complètement rassuré que lorsque, à la lisière de la forêt, je tombe sur un poteau où je lis : « Chemin vicinal de Trémont à Sermaize. »

La route, fraîchement empierrée, monte à travers bois jusqu'à un plateau où elle s'enfonce en droite ligne entre les taillis déjà rouillés par les premiers froids de l'arrière-saison. Un soleil blanc commence à luire à travers des vapeurs argentées et, au loin, j'entends le tintement d'une horloge d'église. — Sept heures ! — Le train n'arrivant qu'à onze heures et la station n'étant plus qu'à dix kilomètres, je n'aurais pas besoin de me presser ; seulement, je suis agité par une petite fièvre qui ne me permet ni de m'arrêter ni de m'intéresser aux détails du paysage. Une voix intérieure semble me crier comme au Juif errant : « Marche ! marche ! » Elle est pourtant jolie, cette route forestière, bordée de grands bois où les grives s'appellent dans les alisiers!... Mais, ce matin, la forêt m'est indifférente; je n'écoute point les grives, je n'ai point d'yeux pour les alisiers chargés de bouquets appétissants de baies brunes; je n'ai d'autre pensée et d'autre objectif que la station de Sermaize, dont il me tarde de voir les toits rouges au bord de la voie ferrée.

Le plateau boisé commence à s'abaisser du côté de l'ouest. Peu à peu, les arbres s'éclaircissent, et bientôt j'aperçois, à mi-côte, le bourg allongeant ses files de maisons construites en bois et en torchis, puis la Saulx qui rampe dans les prés avec des ondulations de couleuvre, enfin la station resserrée entre le canal et la rivière.

En traversant Sermaize, la vue d'une boutique de boulanger et une appétissante odeur de pain chaud me rappellent que je n'ai pas déjeuné. Je mangerais volontiers, mais il faudrait changer ma pièce d'or pour acheter un pain d'un sou, et j'ai peur que le boulanger me soupçonne de l'avoir volée. Je mets une martingale à mon appétit et je me décide à attendre que j'aie de la monnaie.

JE ME SUIS JETÉ DANS LE PREMIER SENTIER VENU...

Me voici à la station, où un timbre électrique tintinnabule sans relâche avec des airs pressés. J'ai encore une heure à attendre, et je me rencoigne dans l'angle le plus obscur de la salle. Je suis maintenant assailli de nouvelles terreurs. Si j'allais rencontrer mon oncle Mouginot-Tupin, qui possède une ferme dans les environs, ou bien l'avocat Jacobi, qui vient quelquefois boire un verre d'eau ferrugineuse à la source de Sermaize?... Il me semble que tous les gens qui entrent me dévisagent avec des regards inquisiteurs, et que les employés également me jettent des coups d'œil soupçonneux. Je me fais tout petit, j'essaye de dérober mes traits aux curieux en enfonçant mon chapeau de paille sur mon front, et je trouve que le temps se traîne avec une énervante lenteur. Un coup de cloche : le train est signalé. Le guichet s'ouvre, je m'y précipite et, posant timidement mon louis sur la plaque de cuivre, je demande d'une voix étranglée une place de troisième pour Paris. La caissière fait tinter ma pièce d'or, la palpe, et son regard attentif me donne des battements de cœur. Lentement elle me tend mon billet et la monnaie de ma pièce, que j'empoche en hâte, sans compter. Je me faufile dans la salle d'attente où sont assis deux ou trois villageois, et mon anxiété redouble tandis que je regarde à travers le vitrage le va-et-vient des facteurs brouettant les colis. Au loin, un tremblement sourd et comme souterrain commence à être perceptible, puis des coups de sifflet déchirent l'air et, brusquement, avec un roulement de tonnerre, le train entre en gare en secouant le sol, en ébranlant les vitres. Les portes s'ouvrent, et je m'élance vers un compartiment de troisième classe où l'on me pousse tout ébaubi. Les employés courent le long du convoi en fermant les portières, la locomotive siffle et le train se remet en marche.

Enfin me voilà en sûreté et en route pour Paris! Le compartiment est presque plein, mais je ne suis pas encore remis de mon ahurissement, et je regarde à peine mes compagnons de voyage. Je serre précieusement mon billet dans mon gilet, puis je compte la monnaie qui me reste. Le tintement de l'argent attire l'attention de mon voisin, occupé à regarder par la portière; il se retourne, me dévisage, et au même moment, je reconnais mon ancien camarade de classe. Léchaudel dit *Guigne-à-gauche*.

— Jacques! s'écrie le fils du menuisier, en voilà une veine!

Je commence par rougir, et mon premier mouvement est un mouvement de défiance. Je ne sais si je dois me féliciter de la rencontre et si Guigne-à-gauche n'est pas capable de me trahir. Aussi est-ce avec une certaine anxiété que je lui demande où il va. Je l'ai perdu de vue depuis qu'il a quitté la pension Pestel et, avant de renouer connaissance, je ne suis pas fâché d'être renseigné sur ses faits et gestes.

— Où je vais? répond-il d'un air crâne, à Paris, parbleu!... Mon père m'a mis en apprentissage chez un fabricant de meubles... Je quitte Villotte sans regrets et je n'y rentrerai pas de sitôt!...

Cette nouvelle me rassure, et lorsqu'il m'interroge à son tour, je n'hésite pas à lui apprendre que je me rends en visite chez mon oncle Scipion Mouginot... J'ajoute fièrement :

— Tu as sans doute entendu parler de lui?

Non, Guigne-à-gauche ignore absolument l'existence de Scipion Mouginot. En revanche, il prétend connaître très bien Paris, où il est allé déjà une fois par un train de plaisir. Il se complait à m'ébahir en me contant par le menu les choses étonnantes qu'il y a vues : le Palais-Royal, la colonne Vendôme et un café-concert des Champs-Élysées. Il me nomme aussi les principales localités devant lesquelles passe le train. Il sait beaucoup de choses. Guigne-à-gauche! sa loquacité, son aplomb me stupéfient, et avec lui je n'ai pas le temps de m'ennuyer. Les stations se succèdent rapidement. Nous arrivons à une gare spacieuse, où des locomotives se croisent en tout sens, et j'entends crier :

— Épernay, vingt minutes d'arrêt, buffet!

Je ne comprends pas tout d'abord, mais mon camarade m'explique obligeamment qu'on fait halte à Épernay pour y manger un morceau sur le pouce.

— As-tu faim, Jacques? me demande-t-il d'une voix insinuante.

Si j'ai faim?... Je suis à jeun et mon estomac crie famine, aussi je m'empresse de répondre affirmativement.

— En ce cas, poursuit-il, descendons au buffet, c'est moi qui paye.

Je suis mon aimable compagnon, et nous voilà dans une belle salle, ornée de glaces, garnie de petites tables de marbre, avec un long comptoir sur lequel sont rangés des plats de viandes froides, des corbeilles de fruits, des assiettes de gâteaux, un tas de bonnes choses... Léchaudel, avec assurance, hèle un garçon et commande du pain, du jambon, des raisins. Tout autour des tables des voyageurs se pressent, absorbant d'un air affairé leurs consommations. De temps à autre, on entend des bouchons qui sautent avec fracas et des bouteilles qu'on vide.

— Aimes-tu le champagne? dit Léchaudel, la bouche pleine.

Du champagne! je n'en ai bu que deux fois, et encore ma tante Mouginot avait-elle soin de tremper d'eau le verre qui m'était destiné; mais j'ai conservé un souvenir tentateur de ce joli vin doré et pétillant. Je fais un signe de tête affirmatif; on nous apporte deux flûtes mousseuses, et nous trinquons gaiement en achevant notre jambon et nos raisins. — Les meilleures choses prennent fin. Un employé crie à la porte du buffet :

— Les voyageurs pour Paris, en voiture!

En même temps, un garçon se campe devant nous et d'une voix brève :

— C'est six francs! s'exclame-t-il.

Guigne-à-gauche fouille avec précipitation dans les poches de son pantalon, puis dans celles de son gilet et, tout à coup, sa figure exprime une inquiétante stupéfaction .

— Sacristi! murmure-t-il, je ne trouve pas mon porte-monnaie... Je l'aurai sans doute laissé dans ma valise... As-tu de l'argent sur toi, Jacques?

Le garçon impatienté nous toise d'un air soupçonneux, la salle se vide et la cloche du départ se met à tinter. Effrayé je tire en hâte de mon gousset l'argent qui me reste, je jette six francs sur le marbre et nous nous empressons de regagner notre compartiment.

— Merci! dit l'astucieux Guigne-à-gauche en se recasant dans son coin, nous avons bien déjeuné tout de même!... Ce sera à mon tour de payer la prochaine fois!...

Il ne parle plus de son porte-monnaie, et je comprends que les frais du déjeuner commun resteront à mon compte. Je commence à entrevoir que j'ai été joué par mon ancien camarade, et que, depuis le temps de la pension Pestel, Guigne-à-gauche n'a pas modifié ses procédés pour s'approprier l'argent des autres. La conviction d'avoir été pris pour dupe et la perspective de débarquer à Paris avec trente sous pour toute fortune me refroidissent subitement. Mon engouement pour mon ancien condisciple s'est évaporé avec les fumées de ma flûte de champagne et, devenu rêveur, je réponds à peine à ses plaisanteries. Dans le champ de la fenêtre les villages passent, comme emportés par un coup de vent. J'entends crier :

— Château-Thierry, La Ferté-sous-Jouarre, Meaux...

Puis la physionomie du paysage change très sensiblement. Nous cheminons maintenant à travers des jardins, des parcs et de blanches maisons de campagne très coquettes. Le train ne s'arrête plus; il file devant les stations en soulevant des nuages de poussière; puis les coups

JACQUES! S'ÉCRIE LE FILS DU MENUISIER.

de sifflet deviennent plus fréquents et plus prolongés; nous coupons de hauts talus gazonnés aux revêtements de pierre, et j'entends Léchaudel murmurer :

— Voici les fortifications... Nous sommes à Paris!

Mon cœur bat très fort, et je me sens pris d'une mystérieuse angoisse.

Une pensée, qui ne m'était pas encore venue, achève de me troubler :

« Si, par malheur, mon oncle Scipion était absent, que deviendrais-je, perdu dans cette grande ville, avec trente sous pour toute ressource? »

Je me penche vers Léchaudel :

— Toi, qui connais Paris, sais-tu où est le faubourg Saint-Martin?

Guigne-à-gauche, occupé à tirer de dessous la banquette cette fameuse valise où il a oublié son porte-monnaie, ne me répond que vaguement, et je soupçonne qu'il n'est pas plus ferré que moi sur la topographie de la capitale. Le train ralentit sa marche et s'arrête sous la vaste nef vitrée de la gare. Tout le monde descend et, au milieu du brouhaha, Léchaudel s'esquive après m'avoir négligemment souhaité bonne chance... Poussé par le flot des voyageurs, je débouche dans une longue cour pleine d'omnibus, de fiacres et de gens affairés. — Il s'agit maintenant de trouver la maison de mon oncle. Très ému, je m'adresse au premier passant :

— Le numéro 118 du faubourg Saint-Martin, s'il vous plaît?

— Tournez à gauche, et vous verrez le faubourg.

— Je vais chez monsieur Scipion Mouginot... Celui qui a inventé le nouveau drap pour l'armée...

Le monsieur ne me répond pas et se hâte vers une voiture. Je reste bouche bée, tout étourdi par les cris des facteurs, le claquement des fouets et le roulement des fiacres.

— Vous voulez aller au 118 du faubourg Martin? dit près de moi une voix éraillée et traînante.

Je me retourne et vois un garçon de dix-huit ans, à figure pâlotte, coiffé d'une casquette et vêtu d'une longue blouse.

— Oui..., est-ce loin?

— Assez... Venez, je vas vous y conduire.

Je suis cet obligeant jeune homme en blouse, qui mâchonne un bout de cigare éteint et lance à chaque instant de longs jets de salive sur les murs. Il s'engage dans un dédale de petites rues noires, aux pavés gluants, où je me heurte contre des gens qui ont tous l'air pressé. Le trajet me paraît plus long et plus compliqué que je ne l'imaginais, et il me semble que mon guide prend un malin plaisir à l'allonger. Je l'interroge timidement :

— Sommes-nous bientôt arrivés?... Connaissez-vous monsieur Scipion Mouginot?

Le jeune homme en blouse me regarde avec une grimace gouailleuse, puis, après un nouveau et prodigieux jet de salive :

— Qué qu'il fait?

— Il a inventé un drap hygiénique pour l'armée... C'est mon oncle.

— Inconnu au bataillon... Tenez, v'là le faubourg, et nous ne devons pas être loin de la case de votre oncle.

Nous venons de déboucher dans une large voie, toute retentissante du fracas des camions et des omnibus. Vingt pas plus loin, mon guide s'arrête :

— 118, c'est ici.

Je regarde — une haute bâtisse d'un jaune sale avec un large portail cintré ouvrant sur deux cours intérieures; à droite et à gauche, au rez-de-chaussée, des boutiques de médiocre apparence. Chaque étage de la façade est barré par de larges enseignes. — Tout cela ne ressemble guère à l'idée que je me faisais de la maison princière habitée par l'oncle Scipion. Un peu déconfit, je me retourne vers mon complaisant conducteur et je me confonds en remerciements.

— C'est pas tout ça, répond effrontément l'obligeant jeune homme, il y a ma course... C'est un franc.

Tout rougissant et penaud, je tire de ma poche ma dernière pièce de vingt sous, je la remets au jeune homme en blouse, qui la fait sauter dédaigneusement dans sa main et tourne les talons.

Je m'enfonce tristement sous le porche où j'aperçois un vasistas au-dessus duquel je lis : « Parlez au concierge ». Je mets chapeau bas et demande où demeure M. Scipion Mouginot.

— Deuxième cour, l'escalier à droite, à l'entresol!

Je me répète intérieurement cette indication jetée d'une voix revêche; je traverse la première cour, au milieu de laquelle les eaux ménagères coulent au creux d'une rigole nauséabonde. Je suis plus abasourdi encore qu'à la sortie de la gare, et je me demande comment il est possible que mon oncle Scipion demeure dans cette cité ouvrière?

Voici enfin dans la seconde cour l'escalier à droite — un escalier de bois aux marches boueuses, aboutissant à un palier encombré par des entassements de paquets d'étoupes de chanvre qui exhalent une deur âcre. Sur une porte je lis : Chanvres et toiles des Vosges. Entrée des magasins. Tournez le bouton, s. v. p. »

Je tourne le bouton. — Une vaste chambre éclairée par le jour terne et maussade de la cour, un long comptoir où s'empilent des pièces de toile, et derrière ce comptoir une dame d'une quarantaine d'années aux cheveux grisonnants, à la figure douce et grave, occupée à auner un coupon. — D'une voix étranglée par la déception et l'anxiété, je demande derechef :

— Monsieur Scipion Mouginot?

— Monsieur Mouginot est sorti, mais il ne tardera pas à rentrer... Si vous voulez attendre?

— Oh!... Mais c'est Jacques, s'écrie une fillette dont la tête curieuse émerge de derrière un pupitre où, perchée sur un haut tabouret, elle est en train d'écrire.

Je tressaute, et ma figure anxieuse s'éclaire d'un sourire. Dans cette fillette au long tablier de lustrine noire, je viens de reconnaître la petite Alice.

IX

La petite Alice descend de son tabouret. Elle a grandi depuis que je ne l'ai vue; sa taille frêle s'est encore élancée et amincie; ses cheveux crêpelés entourent comme autrefois de leur masse moutonnante sa blanche figure, où les yeux luisent comme des diamants noirs. Elle a toujours ses airs de reine; c'est avec un geste d'une grâce royale qu'elle me tend la main et me conduit vers sa mère, la dame du comptoir.

Celle-ci m'accueille avec affabilité, m'examine d'un regard bienveillant, un peu triste, et m'interroge discrètement, après m'avoir engagé à m'asseoir.

Il y a un moment de silence pendant lequel je jette un coup d'œil désappointé sur le magasin garni de rayons, les rouleaux de toile, le comptoir et les casiers chargés de gros registres verts. J'espère encore que cet atelier n'est qu'une annexe de la fabrique des draps pour l'armée, mais je suis tourmenté de pénibles pressentiments. N'était la présence de la petite Alice, je me trouverais douloureusement dépaysé dans le magasin de toiles des Vosges, en face de cette dame inconnue au visage attristé.

— Vous êtes venu pour quelques jours? me demande la mère d'Alice.

— Non, madame, je viens ici pour y rester tout à fait.

— Déjà!... Votre famille n'a pas peur de laisser un enfant de votre âge livré à lui-même sur le pavé de Paris?

— Je ne serai pas seul, puisque j'aurai les conseils de mon oncle Scipion.

— Certainement..., certainement, reprend la dame en secouant la tête. Avez-vous un emploi en vue?

— Je compte..., j'espère que mon oncle m'en procurera un.

Nouveau silence. La dame aux cheveux gris pousse un soupir et la petite Alice ouvre de grands yeux étonnés, où je crois surprendre un éclair de compassion ironique. Pour rompre ce silence pénible et aussi pour montrer à ces dames que je ne suis pas un petit provincial ignorant toutes choses, je mets la conversation sur les entreprises de Scipion Mouginot :

— Mon oncle est-il toujours content de ses affaires? La fabrication des draps pour l'armée doit être maintenant en pleine activité?

La petite Alice se mord les lèvres et me lance un coup d'œil agacé; sa mère recommence à secouer la tête et ses traits mélancoliques prennent une expression de tristesse navrante.

— Votre oncle, répond-elle, a eu depuis quelque temps de gros déboires; des gens malintentionnés l'ont desservi et il en a beaucoup souffert... Aussi, à moins qu'il ne vous en parle lui-même, ayez l'obligeance de ne point faire allusion devant lui aux draps militaires.

Cette réponse produit sur moi l'effet d'un coup de poing asséné au creux de l'estomac. Elle m'abasourdit si cruellement que la voix me manque. Ma gorge se dessèche, mes yeux se troublent et je sens mes traits se tirer. Mes oreilles bourdonnent; il me semble entendre l'écroulement de mes superbes châteaux en Espagne. Je me vois déjà obligé de rentrer piteusement à Villotte, et je suis près de pleurer.

Au même moment, un bruit de pas résonne dans l'escalier, accompagné d'un léger fredonnement; la porte s'ouvre, et Scipion Mouginot entre d'un pas allègre.

Mon oncle n'a pas changé . il a gardé sa tournure jeune et son port de tête triomphant; il tient toujours sous le bras sa serviette gonflée de paperasses, et il est vêtu d'un pardessus de couleur tendre. Seulement le maroquin de la serviette est éraflé, blanchi et comme affligé de la lèpre; le pardessus n'est plus de la première fraîcheur, et les pans aux plis fripés tombent lamentablement.

L'oncle jette un regard circulaire sur le magasin; il m'aperçoit affalé sur ma chaise, pousse une exclamation, dépose sa serviette et me tend les bras.

— C'est toi, Jacques?... Quelle agréable surprise!

Surpris, mon oncle l'est, à n'en point douter: — surpris agréablement? je n'oserais en répondre. — Après m'avoir embrassé, il se recule, interroge du regard la mère d'Alice, et sa physionomie semble exprimer plus d'embarras que de satisfaction.

— Comment te trouves-tu à Paris? me demande-t-il avec des notes graves dans sa voix.

— Mon oncle, je ne pouvais plus rester à Villotte, j'y étais trop malheureux... Je me suis sauvé et, comme vous m'y aviez engagé, je suis venu me mettre sous votre protection.

Je dis tout cela le plus rapidement et le plus énergiquement que me le permet mon émotion; en même temps, je braque mes yeux anxieux sur Scipion Mouginot qui m'écoute songeur, tandis que ses lèvres s'avancent en une moue soucieuse.

— Hum! hum! murmure-t-il; ainsi, tu as quitté mon frère Victor?... Tu as peut-être été un peu vite... non pas que je refuse de te donner asile, je n'ai qu'une parole... Seulement dame! tu tombes ici dans un mauvais moment..., un moment de transition, à la vérité, mais de transition laborieuse.

— Mon oncle, je serais désolé de vous gêner. Je ne demande au contraire qu'à vous être utile.

Puis j'ajoute timidement, sans beaucoup de conviction :

— Si vous voulez me mettre à l'épreuve en me donnant un emploi... dans vos bureaux!

Scipion continue sa moue, se prend le menton dans la main et hoche dubitativement la tête :

— Dans mes bureaux?... Pour le quart d'heure ils sont réduits au strict nécessaire... A te parler franc, mon garçon, l'affaire des draps pour l'armée n'a pas donné ce qu'elle promettait... Non... L'idée était géniale, mais elle a échoué contr le mauvais vouloir d'une administratio routinière... Le ministère nous a joués le ministère nous a bernés... Il n'y a plu de patriotisme en France!... Il m'a don fallu changer mon fusil d'épaule et pié tiner sur place... Dieu merci, rien n'es désespéré grâce à l'énergie que cett dame que tu vois là, derrière ce comp toir, et à laquelle il faut que je te pré sente.... Madame Clémence, veuve de mo ancien associé Saintot, une vaillant femme qui a soutenu mes efforts ave une affection, une abnégation surhu maines...

— Monsieur Mouginot! interrompt ave un accent de prière madame Saintot qu rougit.

— Non, non, madame, insiste mo oncle, laissez-moi dire la vérité à ce enfant... Tu vois, Jacques, dans madam Saintot une créature angélique, un femme de tête et de cœur qui a souffer presque autant que moi de nos commun déboires, mais qui s'est relevée héro quement et qui m'aide à lutter en atten dant que j'aie trouvé un autre filon!

Pendant que Scipion Mouginot pro nonce ce discours, un pâle sourire effleur les lèvres chagrines de la mère d'Alice ses yeux bruns, qui ont l'expression can didement affectueuse et résignée de ceu d'un bon chien, deviennent humides e se tournent vers mon oncle avec des lueur d'admirative reconnaissance.

— Mesdames, poursuit Scipion e étendant les mains vers madame Clémenc et sa fille, voici la grave question qui se pose devant nous... Mon neveu Jacques ici présent, vient se jeter dans mes bra en invoquant la foi jurée et en sollicitan ma protection.. Dois-je le repousser o dois-je, malgré les difficultés de l'heur actuelle — une heure de transition, mai de transition laborieuse, — dois-je garde près de moi le fils de mon frère et l'aide à se frayer un chemin vers la fortune?

Madame Clémence abaisse vers moi u regard apitoyé :

— Ce que vous ferez sera bien fait monsieur Mouginot, répond-elle de sa voix douce.

— Certainement il faut le garder! s'écrie Alice d'un petit air décidé et autoritaire.

— La vérité sort de la bouche des enfants! s'exclame à son tour mon oncle. Donc nous garderons Jacques... Quand il y a pour trois, il y a pour quatre... Demain, mon garçon, j'écrirai à mon frère Victor, mais aujourd'hui, soyons tout à la joie!... Madame Clémence, il faudrait voir à corser notre dîner et à tuer le veau gras pour fêter l'arrivée de notre cher Jacques... Voudriez-vous avoir la bonté de vous occuper de ces détails domestiques?

Madame Clémence s'incline silencieusement, passe dans la pièce voisine et en revient un panier au bras. Elle jette une capeline sur sa tête et sort pour aller aux provisions.

En son absence, mon oncle me questionne sur la façon dont je me suis enfui et me montre l'appartement, ce qui ne prend pas un temps bien long. A la suite du magasin se trouve une étroite salle à manger carrelée, communiquant avec une microscopique cuisine, éclairée par un jour de souffrance; puis vient une pièce encombrée de registres, d'échantillons de toute provenance, qui sert à la fois de dortoir et de cabinet de travail. C'est tout.

Pendant que mon oncle m'explique les avantages de ce modeste logement « provisoire », je me demande, non sans inquiétude, où il compte me coucher. — Peut-être croit-il que je suis descendu à l'hôtel? — Cette incertitude au sujet de mon futur gîte me tracasse et je voudrais bien en toucher quelques mots à mon subrogé-tuteur; mais, d'une part, les désillusions qui pleuvent sur ma tête depuis mon arrivée m'ont paralysé, et, de l'autre, la présence de la petite Alice m'intimide. — Nous sommes rentrés dans la salle à manger, où la fille de madame Clémence s'occupe d'étendre une nappe sur la table et de dresser le couvert. Elle vaque à ces détails de l'air entendu d'une personne qui sait où tout pose et qui agit comme si elle était chez elle. Elle m'apprend rapidement que sa mère occupe dans la maison un appartement séparé, mais qu'elles prennent leurs repas en commun avec mon oncle qui est devenu leur associé pour l'exploitation du commerce des toiles des Vosges; seulement le magasin a été mis au nom de madame Clémence, par égard pour la respectabilité de Scipion Mouginot, qui ne saurait déroger jusqu'à être marchand de toile.

Décontenancé, tout meurtri encore de la chute mortifiante que je viens de faire du haut de mes rêves écroulés, j'ai un peu l'air d'une âme en peine Je reste maussadement dans une encoignure, tandis qu'Alice va de la table au buffet, du buffet à la cuisine, pose une fourchette, essuie un verre, arrange symétriquement la salière et l'huilier, tout cela avec la légèreté d'un oiseau qui sautille de branche en branche.

Du côté d'Alice également, j'éprouve une déception. D'abord elle n'est plus « la petite Alice »: elle a déjà le sérieux et la désinvolture d'une grande demoiselle. Puis il ne me paraît pas que mon arrivée inattendue ait produit sur elle l'impression sur laquelle je comptais.

Tandis que l'apparition et le séjour d'Alice à Villotte prenaient à mes yeux l'importance d'un événement considérable, je n'ai été, moi, pour elle, qu'un des nombreux accidents de son voyage;

ELLE A DÉJA LE SÉRIEUX D'UNE GRANDE DEMOISELLE.

j'ai joué le rôle secondaire d'un passant dont l'image, rapidement entrevue, a été plus rapidement encore effacée par les distractions de la vie parisienne. Dans ma solitude provinciale, je pensais à elle tous les jours, mais Alice, au milieu du brouhaha de Paris, était sans doute occupée de tant de choses qu'elle m'a quasi oublié. Je le devine à sa façon de me regarder et de me parler, non pas qu'elle me fasse mauvais visage, mais elle m'adresse la parole avec une insouciance aimablement indifférente.

MADAME CLÉMENCE RENTRE AVEC SES PROVISIONS.

Au moment où je me livre à ces réflexions, madame Clémence rentre avec ses provisions. Elle dispose sur le buffet une boîte de sardines, une volaille achetée chez le rôtisseur, une terrine de foie gras, des raisins et trois bouteilles cachetées. Peu après, on sonne à la porte; je vois entrer successivement une écaillère qui apporte des huîtres et un patronet en veste blanche qui exhibe un plat de côtelettes de porc toutes chaudes, avec leur garniture de cornichons.

En un clin d'œil, ces victuailles sont rangées sur la nappe, le vin est débouché, les sardines transvasées dans un bateau en porcelaine, et le poulet rôti fait pendant à la terrine.

— A table! s'écrie mon oncle, qui a passé un veston et qui s'assied à côté de madame Clémence. Ma foi! Jacques, tu vas dîner à la fortune du pot... Mais nous ne nous attendions pas, ce soir, au plaisir de rompre le pain de l'hospitalité avec toi.

Je reste ébaubi de l'abondance de ce dîner improvisé en une demi-heure et qui aurait demandé une journée de préparation à madame Mouginot-Péchoin. C'est cela qu'ils appellent « la fortune du pot »? Pour des gens qui ont des ennuis d'argent, il me semble que ce menu est encore un ordinaire fort acceptable.

Madame Clémence me sert une douzaine d'huîtres. Je n'en ai jamais mangé, et j'avoue même que la vue seule de ces coquillages me cause une vive répugnance. Néanmoins, je ne veux pas avoir l'air trop provincial, et je me force à les avaler, mais j'ai l'air si malheureux en les tortillant dans ma bouche, que l'irrévencieuse Alice éclate de rire. Scipion Mouginot a repris sa belle humeur. Il se démène pour mettre tout le monde à son diapason. Madame Clémence seule reste sérieuse et ne sourit que du bout des lèvres. Comme ils me croient très affairé avec les huîtres, mon oncle et elle échangent de mystérieux propos auxquels, d'ailleurs, je ne comprends absolument rien.

— Vous avez vu ces messieurs? interroge anxieusement madame Clémence.

— Oui..., c'est-à-dire... je n'ai vu que l'avoué, mais ça suffit.

— Eh bien?

— Tranquillisez-vous... On rédigera une petite revendication..., de quoi clore le bec à Plumerel, et tout sera fini...

Les réponses de Scipion Mouginot paraissent rassurer madame Clémence, qui pousse un soupir de soulagement. Sa figure reste pensive, mais elle se mêle davantage à la conversation et sourit plus franchement aux saillies de son associé. L'oncle paraît jouir d'un appétit robuste et d'une inaltérable sérénité. — La serviette passée dans le gilet et étalée sur la poitrine, le front lisse, l'œil limpide et la bouche épanouie, il gobe ses huîtres avec délectation, déguste son chablis en connaisseur et parle comme un livre, sans perdre une bouchée. — Affaires de Bourse, libre échange, échelle mobile, — il aborde toutes ces questions avec une verve éloquente, et il les tranche aussi aisément qu'il découpe une aile de volaille.

Madame Clémence, Alice et moi, nous ne comprenons rien à la science économique, mais nous sommes tout de même éblouis, fascinés par la facilité d'élocution de ce beau parleur, et nous l'écoutons avec une égale admiration. Est-ce l'effet de la terrine de foie gras ou du chablis première? Suis-je grisé par la faconde de l'oncle, le vin blanc, ou les yeux bruns d'Alice? Je ne sais trop, mais l'aplomb de mon subrogé-tuteur commence à me raffermir; mes espérances se relèvent comme les plantes après la pluie; je reprends confiance en l'avenir, à la vue de Scipion Mouginot si fringant, si plein

AUSSI QUAND ON TRINQUE AU DESSERT POUR MA BIENVENUE...

d'entrain et de superbe, même au milieu des revers.

Aussi, quand on trinque au dessert pour ma bienvenue, c'est avec une légère pointe d'insouciante crânerie que je choque mon verre contre celui de mes hôtes et surtout contre celui de la petite Alice. Je suis tellement ensorcelé par son sourire, je subis déjà si fort l'enfièvrement de Paris, que je tombe moi-même dans le péché d'indifférence et d'oubli que je reprochais à la fille de madame Clémence.

Je ne me souviens plus que, la veille, à Jeand'heurs, d'autres verres se sont choqués pour me souhaiter un heureux retour; je ne pense plus aux figures amies de Zélie, du cousin Delorme et de sa femme. Il semble qu'ils aient reculé très loin dans une confuse pénombre. Je n'ai d'yeux que pour mes nouveaux hôtes, et je pousse l'endurcissement du cœur jusqu'à ne pas même avoir conscience de mon ingratitude.

ALLONS TU Y DORMIRAS BIEN TOUT DE MÊME.

Nous nous trouvons si bien autour de la table et l'oncle Scipion est si amusant que nous ne nous apercevons point du temps qui s'écoule. Tout à coup mon oncle consulte sa montre :

— Dix heures! Jacques doit être fatigué de son voyage et il ne faut pas le retenir...

— Mais, monsieur Mouginot, observe doucement madame Clémence, je crois que votre neveu est venu de la gare tout droit et qu'il comptait loger chez vous.

— Au fait, reprend mon oncle, tu n'as pas arrêté de chambre à l'hôtel, Jacques?

Sur ma réponse négative, il ajoute :

— Et ton bagage?

Je lui explique que mes effets sont restés à Jeand'heurs et que je porte toute ma fortune avec moi. Il reste un moment méditatif, puis se tournant vers madame Saintot :

— Où diantre pourrions-nous bien coucher Jacques, madame?

Celle-ci émet l'avis de dresser un lit dans le magasin.

— Eh! parbleu, oui, dans le magasin! s'écrie Scipion Mouginot en riant; ce ne seront point les draps qui manqueront!

En un clin d'œil la table est desservie, la nappe enlevée, et on s'occupe de mon installation. Chacun se met à la besogne Mon oncle ôte un de ses matelas, madame Clémence monte chez elle et en redescend avec des couvertures; on étend le tout sur le comptoir du magasin; un rouleau de toile me servira de traversin et la petite Alice me prête son oreiller. Une demi-heure après, le lit étale sa blancheur sur le comptoir de chêne bruni. Madame Saintot et Alice remontent dans leur appartement en me souhaitant une bonne nuit, et je reste dans mon dortoir en tête à tête avec l'oncle Scipion.

— Allons, dit-il en posant un bougeoir sur une chaise et en tâtant le lit improvisé, tu y dormiras bien tout de même, à condition de ne pas trop t'agiter, car tu risquerais de faire la culbute... Enfin, une nuit est bientôt passée, et nous prendrons des mesures pour te trouver un meilleur gîte... Là-dessus, bonsoir, Jacques... Demain, nous causerons de choses sérieuses...

Il gagne sa chambre, je me déshabille à la hâte, je souffle ma bougie, et à l'aide d'une chaise je me hisse dans mon lit... Il est un peu dur, et le rouleau de toile ne remplace qu'imparfaitement le traversin douillet de ma couchette de Jeand'heurs. Je ne m'y étends pas moins avec satisfaction; mais, malgré ma fatigue, le sommeil ne vient pas aussi vite que je l'aurais espéré. Le roulement des omnibus et le fracas des lourdes voitures de maraîchers résonnent à chaque instant dans le faubourg. J'entends des fredons de guitare et les éclats de voix d'un chanteur ambulant qui hurle ses romances chez le marchand de vin du rez-de-chaussée. Les becs de gaz de la cour jettent par les fenêtres sans volets de blafardes lueurs sur les rayons bourrés de pièces de toile et de poupées de chanvre. L'idée que je suis à Paris m'enfièvre; les moindres rumeurs m'agitent sur ce comptoir étroit, d'où j'ai peur à chaque instant de dégringoler dans le vide. A la fin cependant, l'odeur capiteuse du chanvre aide à m'assoupir, ma tête s'alourdit sur l'oreiller qui a appartenu à la petite Alice, et je m'endors en pensant à elle.

X

Le lendemain, je suis réveillé en sursaut par le roulement d'une voiture de laitier, qui revient de la gare et qui rentre avec son chargement de vases de cuivre pleins de lait. Je me frotte les yeux en cherchant où je puis bien être. Je m'étire en m'étonnant de me sentir légèrement courbatu, et je me souviens enfin que j'ai dormi sur les planches peu élastiques du comptoir. Je ne sais trop quelle heure il est; mais, au tapage de la cour et aux rumeurs qui viennent de la rue, je me rends compte que la matinée doit être déjà avancée, bien que le jour tombant des fenêtres soit encore singulièrement terne. Je saute à bas de mon comptoir et je procède en hâte à ma toilette, dans la crainte d'être surpris en déshabillé par les clients ou par madame Clémence. — Vingt minutes après, lavé, peigné, vêtu de pied en cap, je vais avec précaution écouter à la porte de la salle à manger Pas le moindre bruit; l'oncle Scipion dort encore. Du côté de l'escalier, même silence. — Je songe qu'à pareille heure, la pharmacie Mouginot-Péchoin a déjà reçu de nombreuses visites. Il paraît qu'à Paris on se lève plus tard qu'en province. J'ouvre l'une des fenêtres et, penché sur la barre d'appui, je m'amuse à examiner le spectacle de la cour.

Dans les autres appartements, on semble être plus matineux que mon oncle. — Une femme, coiffée d'un madras et traînant des savates éculées balaye le pavé; un fripier accroche le long du mur des pantalons de soldat et de vieilles bottes; un relieur étale sur le bord de sa croisée des volumes étroitement serrés dans une presse de bois; des bruits de toute nature s'échappent des fenêtres entre-bâillées et se confondent dans l'air brumeux de la cour, comme un bourdonnement de ruche; martellement de semelles dans l'échoppe d'un savetier, grincements de limes chez un serrurier, tac-tac de machines à coudre, semblable au murmure des sauterelles dans un champ. Tandis que j'écoute ce réveil du Paris laborieux, je sens une main se poser sur mon épaule. Je me retourne et me trouve face à face avec mon oncle, rasé de frais et boutonnant son veston.

— Bonjour, Jacques, dit-il gaiement. Déjà levé?... Excellente habitude!... As-tu bien dormi?. . Oui... Parfait! Maintenant que nous sommes seuls, conte-moi ton histoire et dans quelles conditions tu as quitté la pharmacie de mon frère Victor.

Je lui confesse franchement mon altercation avec Aristide, mes voies de fait, la colère des Mouginot-Péchoin, ma terreur d'un internement chez Pestel et mon départ de la papeterie.

Il m'écoute en souriant et en se frottant les mains; puis, quand j'ai terminé le récit de mon aventure, il répond :

— Allons, tout pourra s'arranger... Je vais écrire à Victor pour lui apprendre ton arrivée chez moi et lui offrir de me charger de ton éducation. D'après la façon dont les choses se sont passées, j'ai des raisons de croire qu'il acceptera ma proposition.

Je me confonds en remerciements et j'assure mon oncle de ma vive gratitude.

— Tu n'as pas à me remercier, poursuit-il dignement, je suis tout bonnement l'impulsion de mon cœur... Çà, parlons peu et parlons bien. Nous sommes, tu le vois, trop étroitement logés pour te conserver ici; je vais donc être forcé..., momentanément, de te caser dans une pension où tu acquerras, je l'espère, les notions indispensables pour me seconder dans l'exploitation du nouveau filon que je ne manquerai pas de découvrir avant peu.

Au mot de « pension », ma figure s'est allongée. Eh quoi! n'ai-je retrouvé la petite Alice que pour la perdre sur-le-champ? N'ai-je fui la rage du vautour Pestel que pour être enfermé dans une geôle peut-être plus insupportable encore?... Mon oncle qui remarque ma mine désappointée, se récrie :

— Rassure-toi!. . Il ne s'agit pas d'une turne comme celle de Pestel... L'*Institut littéraire et scientifique*, où tu vas entrer sur ma recommandation, est dirigé par un ami à moi, un esprit libéral, un savant qui a poussé l'enseignement hors des voies banales de la routine universitaire... Sa méthode est originale, son érudition est vaste: son établissement est le rendez-vous des jeunes gens les plus distingués de la France et de l'étranger... Félicite-toi de ton heureuse chance!... Évariste Cornevin a une intelligence d'élite et madame Cornevin est une mère pour ses élèves... Grâce à moi, tu seras choyé comme l'enfant de la maison!

J'essaye de paraître satisfait; néanmoins, au dedans de moi, je sens une vague tristesse s'élever comme le brouillard sur les prés, dans les matinées d'octobre.

— Va, continue mon oncle, tu ne seras pas à plaindre. D'ailleurs, tu viendras passer tous tes dimanches avec nous... Voilà qui est entendu; je vais écrire à mon frère Victor, nous déjeunerons, et ensuite je te conduirai à l'institut Cornevin. Le temps est beau, nous ferons la route à pied et, dans le trajet, je te montrerai un bon bout de Paris.

Tandis qu'il prononce ces derniers mots, madame Clémence et Alice sont entrées. Mon oncle les met au courant de ses projets, puis il retourne dans sa chambre composer l'épître destinée aux Mouginot-Péchoin. Madame Saintot, après m'avoir adressé quelques encouragements affectueux, s'occupe des préparatifs du déjeuner, et je reste seul avec Alice.

Elle a revêtu son tablier de lustrine et, tout en chantonnant, elle met en ordre les plumes et les livres sur son pupitre. Je la suis des yeux, avec une muette admiration, et je me sens le cœur gros à la pensée de la quitter si vite. Elle devine, sans doute, que mon regard est attaché sur elle, car brusquement elle se retourne :

— Pourquoi, dit-elle avec un malicieux sourire, avez-vous cette figure navrée?... Êtes-vous si fort tracassé d'aller en pension chez les Cornevin?... Il n'y a pas de quoi. Ils sont très aimables, et vous ne vous ennuierez pas chez eux.

— Vous les connaissez?

— Je crois bien... Nous sommes allées quelquefois avec ma mère à leurs soirées... C'est très drôle; on y fait de la musique, on y danse, les élèves sont invités, et on s'y amuse.

L'idée de cette pension où l'on danse bouleverse toutes mes conceptions du régime scolaire; néanmoins, elle me rassérène un peu, et je demande à Alice si elle ira aux soirées de l'institut Cornevin, quand j'y serai.

— Je ne sais pas, répond-elle en levant les épaules; en ce moment, mère est très occupée et n'a guère le cœur à la danse; mais, dans tous les cas, vous viendrez ici toutes les semaines, et nous tâcherons de vous distraire de notre mieux... A la belle saison, nous irons à la campagne, et vous verrez comme c'est joli, les bois de Montmorency!

— Est-ce plus beau que les bois de Villotte?

— Il n'y a pas de comparaison! réplique-t-elle avec une nuance de dédain.

Le sans-façon avec lequel elle parle des bois de mon pays me semble friser l'ingratitude, et je riposte .

— On était pourtant bien dans la friche du Petit-Juré, au milieu des fougères?

— Quelle friche? quelles fougères? interroge-t-elle de l'air de quelqu'un qui ne comprend pas.

— La friche où nous étions assis un matin de juillet tandis que les alouettes chantaient et que vous me parliez de Viviane...

— Ah! oui, murmure-t-elle avec un sourire vague.

Mais je vois bien qu'elle ne sait plus de quoi je parle. Elle a oublié ce détail de son séjour à Villotte, et son oubli est pour moi un amer crève-cœur...

Nous déjeunons sommairement, rapidement, presque au pied levé; puis mon oncle Scipion endosse son pardessus noisette, et je coiffe mon chapeau de paille. Voici le moment de la séparation. Madame Clémence me jette un regard mouillé et me serre la main. Je m'approche d'Alice et je l'embrasse, ayant, moi aussi, bien envie de pleurer. Quant à elle, secouant gentiment ses boucles noires, elle me dit pour me réconforter :

— A bientôt, Jacques!... Vous viendrez nous voir l'autre dimanche.

Dans mon désarroi, je n'ai plus la notion des jours de la semaine, et je balbutie d'un air ahuri :

— Quand est-ce... l'autre dimanche?

Alice éclate de rire :

— Mais dans huit jours, naturellement, puisque c'est dimanche aujourd'hui... Attendez, je vais vous donner de quoi être mieux renseigné.

Elle fouille dans son pupitre, et en rapporte un mignon calendrier.

— Tenez, ajoute-t-elle avec un nouveau rire, les dimanches sont marqués là-dessus en lettres rouges... De cette façon, vous ne pourrez pas vous tromper.

Je serre précieusement dans mon gilet le souvenir d'Alice, et nous voilà partis.

Le ciel est légèrement voilé de brume, mais le pavé est sec, et nous descendons lestement le faubourg, où s'écoule un double courant de véhicules bruyants et de piétons affairés. Le perpétuel roulement des voitures, l'affluence des passants, les cris de la rue, la hauteur des maisons, tout cela m'effare et m'étourdit. A un certain endroit, le flot qui dévale du faubourg se mêle au tourbillonnement d'une foule plus tumultueuse encore qui se répand dans une large voie transversale, plantée d'arbres, et mon oncle Scipion me crie :

— Les boulevards!

Nous coupons péniblement ce courant sans cesse renouvelé, ces files de voitures qui semblent enchevêtrées les unes dans les autres, puis nous retombons dans une longue rue aussi populeuse, aussi affairée que la précédente. La foule est partout, dans cette immense ville, dont l'extraordinaire grouillement commence à m'effrayer. Cette rue noire et longue d'une demi-lieue débouche tout à coup sur un vaste espace lumineux. Le soleil transparaît derrière le brouillard; j'aperçois, dans une clarté laiteuse, la coulée verte d'un grand fleuve et, sur chaque bord, parmi des bouquets d'arbres, une perspective de hautes maisons et de palais; au-dessus des toits surgissent des tours, des dômes ardoisés, de sveltes flèches d'églises. Nous passons sur un pont monumental, orné d'une statue équestre, et Scipion Mouginot, avec un geste plein d'ampleur, me dit :

— Les quais et la Seine!

Maintenant nous sommes sur l'autre rive. Nous montons à travers un dédale de rues tortueuses, où de nouvelles foules circulent au milieu du même brouhaha de voitures et de clameurs perçantes. Je suis tellement étourdi que je ne vois plus rien; un cercle de migraine commence à étreindre mes tempes, et j'ai peine à suivre mon oncle infatigable, qui me tire par la main. Enfin, nous entrons dans la grande rue de Montrouge. Les maisons s'espacent davantage, les jardins plus nombreux mettent de l'air autour des habitations, et je respire plus facilement

— Nous voici arrivés, murmure mon oncle.

Il s'est arrêté devant un mur de pierre de taille, sur lequel de grandes lettres noires s'étalent à l'aise, et je lis :

INSTITUT LITTÉRAIRE ET SCIENTIFIQUE

Directeur : E. CORNEVIN.

Scipion Mouginot pousse une porte bâtarde pratiquée à droite de la grille, parlemente avec un concierge et, à travers une cour ornée de maigres parterres, m'entraîne vers un bâtiment carré où la même inscription est répétée en lettres dorées. Dans le vestibule, une porte à deux battants est surmontée de cette indication : *Cabinet du Directeur*. Mon oncle y frappe et ouvre sans attendre la réponse.

Au bruit de nos pas, un monsieur

enfoncé dans un fauteuil de bureau, au milieu de la pièce entièrement tapissée de livres, se retourne et se lève avec pétulance :

— Monginot!

— Mon vieux Cornevin!

Les deux amis se serrent la main avec effusion, tandis que, les yeux écarquillés, je contemple le directeur de l'institut.

Évariste Cornevin n'a ni la solennité pédante ni la mine farouche du cuistre Pestel. C'est un homme entre deux âges, de taille moyenne, aux gestes nerveux, à la barbe rousse clairsemée, aux yeux d'un bleu pâle qui semblent noyés dans le rêve. Il est chaussé de pantoufles, négligemment vêtu d'un complet couleur cannelle, et une casquette de cuir fauve coiffe sa tête longue au front extatique.

NOUS VOICI ARRIVÉS.

— Comment vont tes affaires? demande l'oncle Scipion avec un accent plein de sollicitude, et comment se porte l'aimable madame Cornevin?

— Merci, ma femme va bien, moi de même; quant aux affaires, elles cheminent doucement, *lento pede*... Depuis la rentrée, rien ne se dessine encore franchement; mais j'ai résolu de frapper un grand coup sur le tam-tam de la publicité... Tiens, voici l'épreuve d'un cliché pour les grands journaux...

Il déroule une longue bande de papier blanc, où on lit en caractères d'imprimerie :

Institut littéraire et scientifique, dirigé par Évariste Cornevin, docteur ès lettres. — Preparation aux Écoles spéciales. — Nouvelle méthode d'enseignement des langues mortes et vivantes. Dix années de succès.

— Très bien, affirme mon oncle. A notre

époque, c'est avec des annonces qu'on soulève le monde... Le public sera empoigné.

— MOUGINOT !

— MON VIEUX CORNEVIN !

— Je le crois, reprend ingénument M. Cornevin ; seulement la quatrième page des journaux coûte cher, et je suis accroché par un détail... Les fonds sont bas.

— Écoute, insinue Scipion Mouginot, comme pris d'une soudaine inspiration, confie-moi ton cliché... Je connais une agence qui se chargera de l'affaire dans les prix doux et qui te donnera du temps... En attendant, je t'amène toujours un élève.

— Tu es un ami, toi, Mouginot! s'exclame Cornevin en abaissant vers moi un regard curieux et souriant... Qui est-ce?

— C'est mon neveu.

Cornevin sourit encore, mais d'un sourire inquiet.

— Oui, mon neveu, continue mon oncle en s'animant, presque mon fils!... Un garçon qui te fera honneur, mon cher!... Une précoce intelligence en bouton qui promet de s'épanouir merveilleusement.

— Le neveu de Scipion Mouginot, réplique courtoisement M. Cornevin, ne peut être qu'un sujet distingué...

Il s'interrompt, me tend la main, prend une brochure sur son bureau et me l'offre :

— Tenez, mon garçon, lisez ceci pendant que nous causerons d'affaires... C'est le programme des études.

Je vais m'asseoir dans un coin pour feuilleter la brochure. J'y vois que jusqu'à ce jour on n'a pas su apprendre les langues mortes aux enfants, et que Cornevin se charge, en deux ans, de leur faire parler couramment le grec et le latin, ainsi que plusieurs langues vivantes. Tandis que je cherche à comprendre la méthode sommairement indiquée dans le *programme d'études*, M. Cornevin et mon oncle causent dans l'embrasure d'une fenêtre. Ils m'ont oublié, parlent à voix haute, et forcément des fragments de leur conversation entrent dans mes oreilles.

— Tu sais, dit timidement M. Cornevin, l'institut ne fournit pas le trousseau... Quant aux conditions pécuniaires, je te traiterai en ami.

— Cornevin, s'écrie mon oncle avec un noble geste de désintéressement, tes conditions seront les miennes. Laissons de côté ces mesquines questions d'argent.

— Non, non! réplique vivement le directeur de l'institut, traitons-les sur-le-champ, au contraire, pour n'y plus revenir... Voyons, mille francs et le trousseau, est-ce trop?

— Mon cher, la culture intellectuelle ne saurait être estimée trop haut. L'enfant sera encore et toujours ton obligé.

— Les trimestres sont payés d'avance, insinue doucement M. Cornevin.

— A merveille... Seulement, si tu n'y vois pas d'objection, je te réglerai en nature... Ma caisse est momentanément à sec, mais j'ai en magasin de la toile des Vosges extra-fine... Dans un établissement comme le tien on a toujours besoin de linge, et tu en prendras chez moi à discrétion.

La toile des Vosges extra-fine ne paraît pas enthousiasmer M. Cornevin; il reste silencieux et méditatif; il ébauche même une légère grimace. Alors Scipion Mouginot ajoute :

— Je pourrai t'approvisionner également d'exquis fromages arrivés de Gérardmer... C'est excellent pour les déjeuners...

— Soit, dit enfin le maître de pension, j'accepte, sauf ratification de mon ministre des finances, c'est-à-dire de madame Cornevin... Allons lui montrer ton neveu.

MADAME CORNEVIN.

Nous passons dans une pièce voisine, et on me présente à madame Cornevin.

C'est une petite femme ratatinée dans un peignoir bleu déteint; elle est ridée et couperosée comme une feuille de vigne en automne, mais elle a beaucoup de vivacité, une pointe d'accent méridional et des airs jeunets qu'accentue encore une foison de fausses boucles brunes frisonnant sur le front. Elle paraît mener son mari par le nez, mais elle est bonne personne et accueille cordialement Scipion Mouginot, qui l'a sans doute séduite comme il embobeline toutes les femmes. Elle me tape amicalement sur les joues et accepte, avec la satisfaction d'une ménagère qui n'a pas trop de linge, le mode de payement proposé pour le prix de ma pension. Quant à mon trousseau, mon oncle espère que les Mouginot-Péchoin fourniront le nécessaire.

Ces arrangements une fois conclus, M. Cornevin nous promène à travers toute la maison. Les quelques pensionnaires déjà rentrés ont profité du dimanche pour flâner dans Paris, de sorte que l'institut est désert. Dortoir, salle d'étude, salle de cours, parloir, on ne nous fait grâce de rien. Nous terminons par la salle à manger, aux lambris peints en blanc, sur les moulures desquels les domestiques ont laissé en noir l'empreinte de leurs doigts. — Une table oblongue, recouverte de toile cirée, occupe toute la profondeur de la pièce, et une vingtaine de chaises sont rangées en guirlande tout autour.

— Ceci est le réfectoire, dit M. Cornevin d'un air inspiré, tandis que sa femme verse du malaga dans quatre verres à bordeaux; c'est le cénacle où nos pensionnaires partagent trois fois le jour le repas de la famille... Les élèves mangent avec leurs maîtres; ils écoutent leurs discussions littéraires ou scientifiques et s'assimilent ainsi en même temps la nourriture du corps et celle de l'âme... Mouginot, un verre de malaga!... Je bois au succès de l'oncle et du neveu!

Nous trinquons, puis mon oncle tire sa montre. Les affaires le réclament; il prend congé des Cornevin, m'embrasse, et nous le reconduisons jusqu'à la porte de la rue.

— Au revoir, Jacques! s'exclame-t-il. Souviens-toi de la devise de cet empereur philosophe de l'ancienne Rome : « *Laboremus!* » et grave-la dans ton cœur.

Je le crois parti et je m'en reviens, tout contrit, derrière les époux Cornevin, quand la porte bâtarde se rouvre, la tête de l'oncle Scipion passe par l'entre-bâillement, il fait un dernier signe de la main, me crie de nouveau : « *Laboremus!* » puis il disparaît pour tout de bon.

CHAQUE LETTRE ROUGE MARQUE LES DIMANCHES.

Les Cornevin sont retournés à leurs occupations respectives, m'abandonnant à mes méditations dans un jardin situé derrière la maison et où l'on a établi un gymnase. Le jardin, presque entièrement en pelouse, où des fouillis d'arbustes enchevêtrent leurs branches roussies par la bise d'octobre, est l'image de mon âme attristée. Il est délaissé et négligé comme moi. Quelques asters violets, quelques pâles chrysanthèmes y fleurissent seuls, tandis que de grands saules y éparpillent leurs feuilles argentées. Le brouillard un instant dissipé voile de nouveau le ciel crépusculaire et veloute les objets de sa fine buée grise. Au loin, une cloche de couvent tinte avec lenteur, et cette mélancolique sonnerie du soir — la première que j'entends à Paris — réveille toute mes anciennes impressions de province. Je me retrouve pour un moment à Villotte, et la nostalgie du pays natal me tombe sur le cœur. Mes yeux se mouillent; puis je repense à Alice. Son souvenir filtre au dedans de moi avec la fondante douceur de la sonnerie de cette cloche d'église. Je cherche dans ma poche le calendrier où chaque lettre rouge marque joyeusement les dimanches où je reverrai ma petite amie, et je baise tendrement le mignon morceau de carton où se sont posés les regards bruns d'Alice.

XI

Huit jours après mon installation à l'institut Cornevin, j'ai revu la petite

Alice, et j'ai passé un bon dimanche avec elle. Mon oncle nous a fait visiter le Louvre et le Luxembourg; nous avons dîné au restaurant, et je suis rentré de meilleur cœur à la pension où je commence à m'acclimater. J'ai écrit aux cousins Delorme une lettre affectueuse pour m'excuser de la façon dont je les avais quittés. Quant aux Mouginot-Péchoin, ainsi que l'avait prévu l'oncle Scipion, ils n'ont pas été fâchés au fond d'être débarrassés de moi, et tout s'est arrangé avec eux à l'amiable. Dans une lettre pleine de récriminations contre ma perversité et mon ingratitude, l'oncle Victor a résigné ses pouvoirs entre les mains de son frère et s'est engagé, tant en son nom qu'en celui des Mouginot-Tupin, à contribuer pour deux tiers aux frais de mon éducation. On a envoyé de Villotte mon modeste trousseau, qui a été complété ici; de sorte que je suis à peu près nippé et équipé comme les autres élèves. Mon oncle Scipion s'est exécuté généreusement; le surlendemain de mon installation, un commissaire poussant une voiture à bras a remis entre les mains de madame Cornevin tout un assortiment de toile des Vosges, plus une cargaison de fromages de Gérardmer, encerclés dans leur boîte de sapin. Maintenant il ne me reste plus qu'à me conformer aux recommandations de mon oncle et à pratiquer la devise de l'empereur philosophe de l'ancienne Rome : « *Laboremus!* »

J'ai bonne volonté de travailler, mais les commencements sont durs. Je suis tout d'abord désorienté par les nouvelles méthodes de l'institut Cornevin. On m'a placé dans la seconde division, celle des débutants, et je me vois encore entrant pour la première fois dans la grande salle des cours pour assister à la leçon de mathématiques, donnée par M. Oscar Feucherot, qui paraît être le professeur à tout faire de la pension.

Dans la vaste salle nue, blanchie à la chaux, uniquement meublée d'une estrade, d'un tableau noir et de plusieurs rangées de bancs, huit élèves de douze à quatorze ans sont éparpillés en des postures diversement nonchalantes. Presque tous sont étrangers : quatre Roumains, deux Serbes, un créole de Saint-Domingue. La nationalité française n'est représentée que par un jeune parent de madame Cornevin et par moi. — Sur l'estrade se dresse notre professeur, Oscar Feucherot, long comme un jour sans pain, maigre, flottant dans de pauvres vêtements noirs. Il a le visage scrupuleusement rasé, les joues pâles et creuses, des prunelles luisantes; ses cheveux bruns rejetés en arrière et retombant sur son cou découvrent un front démesuré. Il agite nerveusement ses grands bras de faucheux et semble se bercer de la musique de ses phrases qu'il scande d'un air inspiré, sur un rythme pompeusement monotone. Cette déclamation cadencée paraît agir comme une incantation sur les élèves, elle les hypnotise; ils clignent peu à peu les paupières comme des gens qui vont s'endormir, et ils ne luttent contre le sommeil qu'en se bourrant de sucreries. Moi, j'ouvre tout grands les yeux et les oreilles, j'essaye de comprendre, mais je ne saisis au vol que des mots mystérieux et inconnus. Encore imbu de l'enseignement de Pestel, j'ai gardé aux mathématiques une amère rancune; en premier lieu, parce qu'elles m'ont valu force bourrades et retenues, et ensuite parce que mon cerveau se les assimile difficilement. Hélas! les théorèmes du maître de pension de Villotte étaient clairs comme eau de roche à côté des rébus d'Oscar Feucherot. A l'institut Cornevin, les mathématiques s'appellent « la philosophie des nombres »; l'égalité des triangles se nomme « l'eurythmie des figures triangulaires », et le reste à l'avenant. Au bout d'une demi-heure d'attention, il me semble que ma tête devient grosse comme une citrouille et qu'elle va éclater. Heureusement, de temps à autre, M. Feucherot entrelarde ses étranges formules de digressions sur les poètes contemporains et de citations de fragments poétiques qui n'ont que de lointains rapports avec la science des nombres. Ces fugues me reposent, la musique des vers me charme et, en somme, je me montre encore plus attentif que le gros de la classe : ce qui me gagne les bonnes grâces du professeur.

Après la leçon de mathématiques vient le cours de langues mortes, où M. Cornevin nous explique sa méthode pour apprendre le latin et le grec en deux ans.

A midi, on sonne le déjeuner, et les deux divisions vont prendre leur repas dans la salle lambrissée, en compagnie de monsieur et de madame Cornevin, de monsieur Feucherot et d'un autre professeur, vif comme un écureuil, qui est chargé du cours de dessin. Nous sommes à peine une vingtaine d'élèves en tout, parmi lesquels l'élément exotique domine.

Les repas sont abondants, la chair est délicate; on devine que le directeur et la directrice aiment à bien vivre, et nous bénéficions des appétits gastronomiques des époux Cornevin. Seulement les menus subissent de singulières évolutions. Il y a des semaines où le saumon forme la base de notre régime alimentaire: d'autres où nous sommes saturés de dinde aux marrons. Dans les premiers jours de mon arrivée, l'apparition du fromage de Gérardmer dans sa boîte de sapin a été saluée par de brillantes marques de satisfaction; les convives paraissent déguster avec plaisir la saveur de cette pâte grasse rehaussée par l'assaisonnement des anis. Mais au bout de deux semaines, la persistance de madame Cornevin à servir matin et soir ce fromage anisé au dessert, a fini par lasser les élèves les moins difficiles, et, quand la boîte de sapin fait son entrée, des grognements irrités résonnent sourdement autour de la table ovale. Le pis, c'est que, par suite sans doute d'une indiscrétion de la cuisinière, les deux divisions ont appris que ces interminables fromages proviennent de mon oncle et forment le solde de ma pension. — Aussi, à chaque récréation, suis-je accablé de reproches humiliants. On me rend responsable de la monotonie des desserts, et je me trouve en butte à de cruelles vexations. Il y a surtout un grand Valaque aux cheveux crépus, au teint olivâtre, qui me poursuit dans tous les coins, me colle au mur et m'empoigne les deux bras en me criant dans son baragouin :

— Ze souis saoul de ton fromaze!... Dis à ton oncle de le sanzer ou ze t'étrangle!...

Pour échapper à leurs menaces exaspérées, je déserte la récréation et m'isole tristement dans une pièce voisine. Un après-midi où les vociférations ont été plus violentes, après la constatation de l'état trop *avancé* du Gérardmer maudit, je me suis réfugié dans la salle d'études où le poêle ronfle doucement. En y entrant encore tout effaré, j'aperçois le long Oscar Feucherot assis près du poêle et occupé à griffonner sur d'informes morceaux de papier A ma vue, il fourre ses chiffons dans sa poche; l'un d'eux glisse à terre, je le ramasse et, avant de le lui rendre, je jette les yeux sur la page manuscrite où des lignes d'inégale dimension se succèdent séparées quatre par quatre. Je m'écrie, en tendant le chiffon de papier à M. Feucherot :

— Ce sont des vers, n'est-ce pas?

— Oui, répond avec dignité le professeur, qui m'a pris en gré et daigne m'honorer de sa confiance, oui, ce sont des vers.

— C'est vous qui les avez faits, monsieur Feucherot?

— C'est moi... Pour me consoler des ennuis du réel, j'évoque la Chimère accroupie au seuil de l'Art et je fais chanter selon un rythme nouveau les mots magiques qui tombent de ses lèvres.

J'APERÇOIS OSCAR FEUCHEROT ASSIS PRÈS DU POÊLE.

— Oh! je vous en prie, récitez-les-moi!

Visiblement flatté de ma demande, il consent à me lire son griffonnage, et d'une voix lente, presque sacerdotale, il déclame :

Je reviens du pays des vertes nostalgies,
Où mon Amie au blanc visage filial
Sourit de son sourire auguste et filial
Aux roses d'autrefois, par les couchants rougies.

Je reviens de l'exil glauque des longs sommeils,
Où derrière la vitre embrumée et que gerce
Le givre, une musique obsédante me berce.
Comme un chant très lointain tombant des cieux
[vermeils...

Je n'y comprends goutte, et cependant je suis ravi. Est-ce un secret penchant qui m'attire vers le rythme? est-ce la sonorité des mots qui me chatouille l'oreille, et ces vocables, comme dit M. Feucherot, ont-ils le don à eux seuls de m'imbiber de poésie? Je me sens transporté dans un monde nouveau, j'admire naïvement le galimatias de mon professeur, et je lui exprime mon admiration en termes enthousiastes :

— C'est très beau!... Que vous êtes heureux, et comme je voudrais en faire autant!

Oscar Feucherot sourit et se rengorge :

— Il faut non seulement, répond-il, être spécialement doué, mais avant tout il est nécessaire de posséder la science de la métrique... Si vous voulez, je vous l'enseignerai.

J'accepte avec reconnaissance. Il me semble que si je pouvais écrire en vers, j'arriverais à pénétrer plus sûrement au fond du cœur d'Alice.

A partir de ce jour, M. Feucherot, pendant les heures de récréation, m'initie aux secrets de la prosodie : il m'apprend l'art de dénicher des rimes neuves, opulentes et rares, d'assouplir le vers au moyen de l'enjambement et de la césure mobile, et d'y accoupler des mots étranges, des épithètes inattendues et suggestives. Grâce à ce commerce quotidien, une intime familiarité s'établit entre nous. M. Feucherot me confie ses ambitions et surtout ses déboires. Les besognes du professorat lui encrassent le cerveau, et il se compare à Apollon gardant les troupeaux chez Admète.

— Avec votre talent, lui dis-je, il me semble qu'on doit arriver tout droit à la gloire et à la fortune.

Il sourit ironiquement en contemplant ses vieilles bottines aux talons tournés :

— A la gloire, c'est possible, réplique-t-il, mais à la fortune!... En ce temps-ci, la poésie ne nourrit pas son homme... Pour vivre, j'ai accepté un emploi chez Cornevin... Je trouve ici du moins la pâtée et la niche, à défaut d'espèces sonnantes.

— Pourtant, monsieur Cornevin doit vous payer un bon prix?

— Il *doit* me payer, en effet, et peut-être me payera-t-il un jour, car il est honnête, mais je n'ai pas encore vu la couleur de son argent.

J'ouvre des yeux étonnés; d'après le train de vie qu'on mène à l'institut, je croyais les Cornevin au-dessus de leurs affaires.

— Il faut voir les dessous, repart Feucherot, il faut voir les dessous!... Cornevin, et je l'en loue fort, est plutôt un homme d'imagination qu'un commerçant. Avant de diriger l'institut, il était éditeur; malheureusement, il a la manie d'écrire et de se faire imprimer. Or un libraire qui édite ses propres livres, c'est comme un pâtissier qui mangerait ses petits gâteaux... A ce métier, il s'est ruiné, et sa pension, je le crains, n'est pas une heureuse spéculation... Il nourrit trop bien ses élèves... Mais quoi! dans notre monde, on ne sait pas calculer... Cornevin a un cœur d'or, sa femme a une tête de linotte... Au demeurant, ce sont d'aimables compagnons.

Certes, les Cornevin sont aimables, il n'y a pas à aller contre, et si on n'apprend pas grand'chose chez eux, du moins on n'y engendre pas la mélancolie. Une fois par semaine, on ouvre à deux battants la porte qui fait communiquer le salon et la salle à manger, et madame Cornevin, en robe ponceau, coiffée à la grecque avec des bandelettes rouges dans ses faux cheveux flottants, reçoit ses invités qui arrivent en omnibus de tous les coins de Paris. Le vestibule est transformé en vestiaire; les élèves frisés, tirés à quatre épingles, donnent le bras aux dames.

La composition de ces soirées hebdomadaires est très curieuse. — Il y vient de vieux messieurs chauves, engoncés dans leur faux col, cravatés de blanc, qui disent des fables; des dames mûres, aux toilettes à la fois fanées et tapageuses, qui écrivent dans des journaux de mode; des poètes jeunes et barbus, vêtus de vestons de velours noir, qui parlent comme Oscar Feucherot, s'accoudent avec ténacité au marbre de la cheminée et récitent d'une voix creuse d'inintelligibles sonnets; des jeunes filles maigres et pâles, aux gants blancs nettoyés à la gomme, aux pauvres petites robes fripées, qui

DES POÈTES JEUNES ET BARBUS...

jouent des morceaux à variations. M. Cornevin débite lui-même un poème biblique de sa composition, *la Mort d'Ève*, où Ève n'en finit pas de mourir. Madame Cornevin chante en s'accompagnant sur la harpe. Nous autres, nous remplissons le rôle de la claque, et nous ne ménageons pas les applaudissements. Vers onze heures, on sert du thé, du punch et des gâteaux secs, puis on pousse les chaises contre le mur, et les vieilles comme les jeunes, les élèves comme les maîtres, se livrent au plaisir bruyant d'un quadrille américain. Tout ce monde danse et se trémousse avec une joie enfantine. Il y a surtout le petit professeur de dessin qui montre un entrain enragé; quand on arrive à la pastourelle, il a une façon vibrante de crier : « Tous en rond! » qui donnerait des jambes à un ataxique. On se prend les mains, et la guirlande de danseurs tourne frénétiquement dans le salon, dont le parquet tremble. Parfois le rond se transforme en une farandole qui s'élance bondissante à travers la salle à manger, la salle des cours, l'étude, le parloir, dégringole le grand escalier, s'égrène dans les couloirs et débouche triomphalement dans le salon par un escalier de service, tandis que la malheureuse pianiste, plus essoufflée que les danseurs, tape avec désespérance sur le piano éreinté. — A minuit moins un quart, chacun s'emmitoufle, chausse ses galoches et s'esquive en hâte pour ne pas manquer l'omnibus. — Et cette petite fête, dont les Cornevin ne se lassent pas, recommence tous les jeudis.

Plus encore que ces amusantes soirées, j'aime les dimanches que je passe dans le magasin de toiles du faubourg Saint-Martin. Dès huit heures, je soigne ma toilette et, avec une joie sourde, je gagne à pied le logis de Scipion Mouginot, où je suis accueilli par le pâle sourire de madame Clémence et les airs de reine de la petite Alice. La plupart du temps mon oncle n'est pas à la maison.

— Il est très occupé, me confie madame Clémence, très absorbé par ses recherches; il ne se repose même pas le dimanche.

Ma journée s'écoule tout doucement entre la mère et la fille, et quand madame Saintot est prise elle-même par un travail pressé ou par les préparatifs du dîner, je reste seul avec Alice. Alors, brusquement atteint de mutisme, je me contente de l'admirer, sans oser lui dire combien je la trouve belle.

Un jour cependant que nous sommes en tête à tête, tout en continuant mon rôle de personnage muet, je fouille nerveusement dans ma poche de côté, j'y tâte avec anxiété une feuille de papier anglais, pliée en quatre, où j'ai recopié avec amour des vers de mon cru, destinés à célébrer la « liliale » beauté de mademoiselle Saintot. J'ai profité des leçons de mon professeur, et je suis arrivé à mettre sur leurs pieds des strophes passables. Seulement, en dépit de mes efforts, je n'ai pu parvenir à imiter le style hiératique de mon maître ni à trouver des rimes riches. Ma poésie me paraît dire trop clairement ce que j'éprouve, et puis je donne avec excès dans le genre élégiaque, à ce que prétend Feucherot, auquel j'ai communiqué mes vers.

Tels qu'ils sont, j'ai pour eux la prédilection d'un père pour des enfants qu'il a eu grand mal à élever. Pendant toute une semaine j'ai relu, avec des larmes aux yeux, cette poésie, qui débute ainsi :

Seul au fond de sa demeure,
A toute heure,
Sous les saules du jardin,
Un amoureux rêve et pleure;
Son cœur saigne et son chagrin
Est sans fin...

Il y a vingt strophes comme cela. En les écrivant, je les trouvais très réussies; maintenant, je n'ose plus tirer mon papier de ma poche. Il me semble que je m'évanouirai de honte en le présentant à Alice. Le temps s'envole, et je vois arriver l'heure où je serai obligé de retourner à l'institut sans avoir montré mes vers à celle qui les a inspirés. Enfin je prends mon grand courage; au moment où Alice me reconduit jusqu'à la porte du magasin, je balbutie :

— J'ai là quelque chose pour vous... Ce sont des vers.

Je glisse mon papier dans la main d'Alice; elle veut le déplier, mais d'un geste effaré je l'en empêche :

— Non, non, ne les lisez qu'après mon départ!

Et je me sauve avec deux pouces de rouge sur le visage.

J'emploie toute la semaine qui suit à me figurer Alice dépliant ma feuille de papier anglais et à me demander quel accueil elle aura fait à mes strophes. Se sera-t-elle fâchée ou aura-t-elle souri? Et moi, quel visage prendrai-je, dimanche, pour l'aborder? Si par malheur elle se moque de moi, il me semble que je ne résisterai pas à un pareil désastre...

Le dimanche tant désiré et tant redouté arrive enfin. Je traverse fiévreusement tout Paris, je monte avec un battement de cœur l'escalier de l'oncle Scipion, j'entre.. et j'apprends qu'Alice est absente. Elle est en visite chez une amie et ne rentrera que le soir. Immédiatement la fièvre qui m'agitait est remplacée par un abattement morne. Je ne sais plus à quoi employer ma journée, et je reste tout l'après-midi le nez sur un livre dont je parcours machinalement les pages sans en comprendre un traître mot. Alice revient à l'heure du dîner et mon cœur se remet à battre. Nous sommes seuls dans le magasin, et tandis qu'elle se débarrasse de son chapeau j'articule à grand'peine :

— Avez-vous lu les vers que je vous ai donnés dimanche?

— Au fait, répond-elle en renouant le ruban de ses cheveux, vos vers... Oui, maman me les a lus... Ils sont très gentils!

Et c'est tout. Sans transition elle passe à un autre sujet et me conte en détail les plaisirs de sa journée. Mes traits se tirent, le magasin me semble tout d'un coup enténébré, et ma soirée s'achève dans un noir désenchantement. — Alice ne paraît même pas se douter que mes vers ont été composés en son honneur. Je commence à soupçonner que je ne suis pour elle qu'un écolier sans importance. A treize ans elle est plus que jamais la petite reine qui se laissait adorer dans les bois de Villotte. Son idéal est ailleurs, ses visées vont déjà plus haut et plus loin que moi. Elle est trop belle et trop affinée pour se soucier d'un collégien gauche et mal accoutré. Je me répète désespérément ces choses, mais malgré tout je ne puis m'empêcher de l'aimer.

. . . .

Tandis que je m'obstine et me morfonds dans mon rôle de soupirant incompris, tandis que Scipion Mouginot bat le pavé de Paris à la recherche de son « filon » introuvable, pendant qu'Oscar Feucherot m'initie aux arcanes de sa poésie nostalgique, le temps court; les semaines, les mois se passent et l'institut va son bonhomme de chemin, à travers des cahots et des heurts, des montées et des descentes, des matins de soleil et des soirs de brume, comme une lourde voiture de bohémiens qui roule par monts et vallées un personnel variable, vivant au jour le jour.

Malgré les annonces des grands journaux, le public reste rétif; il ne mord pas aux nouvelles méthodes, et le nombre des pensionnaires diminue. Vers le printemps de la deuxième année, nous ne sommes plus que huit élèves dans la grande maison de l'avenue de Montrouge. La discipline de la pension s'en ressent et la variété des menus aussi. Le saumon des jours d'abondance a été remplacé par de la morue que nous dévorons, accommodée à toutes les sauces, et le rata de mouton, décoré du nom plus noble de « navarin aux pommes », alterne trop fréquemment avec le poisson salé. Il est juste d'ajouter que ces jours d'épreuve n'altèrent sensiblement ni la bonne humeur de madame Cornevin, ni la rêverie insouciante de son mari. Le directeur de l'institut semble toujours perché à des hauteurs tellement aériennes que les tracas matériels de la vie journalière glissent inaperçus sous ses pieds. Il a foi en sa méthode, et cela le console de tout. Quelquefois pourtant, comme il est légèrement porté sur sa bouche, son front se rembrunit aux heures des repas, à l'aspect de l'inévitable navarin ou de l'obstinée morue à la *béchamelle*. Madame Cornevin continue à jouer de la harpe et à friser ses boucles brunes; mais les soirées du jeudi sont suspendues, le petit professeur de dessin a disparu, et on a congédié l'inutile concierge qui trônait dans la loge voisine de la grille.

Après Pâques, les deux époux ont imaginé de s'installer à Bourg-la-Reine, dans une maison de campagne qu'un de leurs amis absent a mise à leur disposition et d'y transférer l'institut pendant la belle saison.

— Les élèves travailleront plus sainement en plein air, prétend Évariste Cornevin.

Mais Oscar Feucherot soupçonne que madame Cornevin use de ce biais pour échapper momentanément aux trop persistantes réclamations de certains fournisseurs. Cette maison des champs étant dépourvue de mobilier scolaire, la directrice, un beau matin, a convoqué élèves et professeur dans la salle des cours et nous a tenu à peu près ce langage :

— Mes amis, afin de nous installer complètement ce matin à la *villa*, nous emporterons avec nous deux bancs et une table de travail, dont se chargeront les fiacres qui nous conduiront à Bourg-la-Reine... Mais, comme les domestiques sont partis en avant, je compte sur vous pour me donner un coup de main afin de transporter ce matériel sur le trottoir de l'avenue. Là, nous arrêterons les premières voitures qui passeront et nous serons rendus là-bas pour le déjeuner...

La proposition est accueillie gaiement et on s'exécute de bonne grâce. Oscar Feucherot et trois grands élèves empoignent la table et la portent dehors, tandis que les plus jeunes s'attellent aux deux bancs. Puis nous nous campons tous sur le trottoir, attendant le passage des fiacres. En voici justement deux qui remontent à vide l'avenue en trottinant; deux voitures à galerie, tout à fait notre affaire.

M. Cornevin leur fait signe, elles s'arrêtent; mais, à la vue du matériel et du personnel à transporter, les cochers secouent la tête, fouettent leurs haridelles et s'éloignent en arrondissant le dos.

— Poussons un peu plus loin, insinue madame Cornevin, nous en rencontrerons d'autres plus complaisants.

Nous rechargeons bancs et tables sur nos épaules et nous descendons processionnellement l'avenue avec le directeur et sa femme en serre-file. Nouveau passage de *sapins* hélés par la voix aiguë de madame Cornevin, nouveau refus énergique des cochers, dès qu'on leur explique l'affaire.

— Ne nous désespérons pas, mes amis, poursuivons! s'écrie héroïquement Évariste Cornevin : tout vient à point à qui sait attendre...

« Ho! hisse! » Le mobilier se balance derechef sur nos épaules et on repart. Nous laissons derrière nous la porte d'Arcueil, puis les fortifications, et nous voilà sur la grande route de Sceaux, où naturellement les fiacres ne foisonnent pas. A mesure que nous avançons, le chimérique espoir de rencontrer un véhicule secourable diminue quant et quant, mais nous sommes déjà trop loin pour songer à revenir sur nos pas vers l'institut désert, et Cornevin nous excite du geste et de la voix :

Macte animo, generosi pueri!... Hardi, mes enfants, nous n'en avons plus que pour une petite heure! Vous vous reposerez en route et vous déjeunerez de meilleur appétit!...

Nous faisons contre mauvaise fortune bon cœur, et nous continuons de cheminer cahin-caha. Quand la bande est trop fatiguée, on pose la table sur ses pieds, on aligne les bancs des deux côtés : monsieur et madame Cornevin prennent place au haut bout, nous nous asseyons à l'ombre, près d'eux, en rang d'oignons, et Oscar Feucherot, pour charmer nos loisirs, récite de sa voix caverneuse un sonnet estrambot ou une ballade, tandis que les passants s'ébaubissent à la vue de cette pension attablée et gesticulant sous un orme. Midi est depuis longtemps sonné, quand nous atteignons enfin, fourbus, moulus et affamés, la *villa* de Bourg-la-Reine.

Cette fameuse *villa*, enfouie sous des

arbres et notablement délabrée, a une toiture criblée de gouttières. Les jours d'averse, il y règne une humidité de

CETTE FAMEUSE VILLA, ENFOUIE SOUS DES ARBRES.

citerne; l'eau suinte le long des murs et les parquets exhalent une odeur de champignon. N'importe, au moindre rayon de soleil la vie m'y semble très douce : je me livre à d'exquises écoles buissonnières dans ce pays de pépiniéristes qui ressemble à un immense jardin verger, avec ses champs de roses, de framboisiers, de fraisiers qui embaument. J'y retrouve des ressouvenances du pays natal, je m'y grise de la verte odeur de l'herbe, mêlée à l'appétissant parfum des fruits mûrs. Le seul revers de la médaille, c'est que depuis notre arrivée à Bourg-la-Reine je reste sans nouvelles d'Alice et de mon oncle. — Scipion Mouginot est trop affairé pour m'écrire ou venir me visiter. D'ailleurs il est en retard d'un trimestre avec les Cornevin et n'a aucune hâte de les revoir. Alice pense sans doute à tout autre chose. et, quant à moi, je n'ai pas un sou pour faire le voyage. Depuis notre émigration à la campagne, madame Cornevin, qui est chargée de remettre chaque semaine aux élèves leur argent de poche, m'a complètement oublié dans la distribution hebdomadaire, et je n'ose rien réclamer, sachant que mon oncle est son débiteur. Les deux époux ne paraissent nullement impatients de réintégrer leur domicile de l'avenue de Montrouge. Cependant, vers le 1er août, le retour des propriétaires de la *villa* les oblige à leur céder la place, et nous repartons enfin pour Paris.

A peine sommes-nous rentrés dans la grande maison de l'avenue qu'une nouvelle crise assaille l'*Institut littéraire et scientifique*. Les repas deviennent de plus en plus maigres; on a supprimé les petits pains de notre premier déjeuner, que remplacent désavantageusement des tranches de pain rassis. Pendant la classe, nous entendons à travers les portes closes d'orageuses scènes de fournisseurs mécontents, qui vocifèrent dans le vestibule. — Un matin, pendant que nous sommes en train de boire notre lait en famille, la porte de la salle à manger s'ouvre : un huissier, escorté de deux hommes de mauvaise mine, se présente et, tendant un papier à Évariste Cornevin, lui annonce qu'il vient pour saisir le mobilier.

Le directeur pâlit et lève les bras au ciel; madame Cornevin retombe sur sa chaise, en proie à une attaque de nerfs. Nous nous empressons autour d'elle; la salle à manger offre un aspect de confusion et de désolation navrantes; seuls, l'huissier et ses acolytes, impassibles, s'attablent devant nos bols de lait inachevés et préparent le procès-verbal de saisie.

Quand les formalités légales sont remplies et que la première émotion est calmée, M. Cornevin nous réunit au parloir et, d'une voix brisée, nous annonce qu'il est forcé de nous congédier :

— J'ai lutté tant que j'ai pu, s'écrie-t-il, contre le vent de l'adversité, mais le bâtiment fait eau de toutes parts, et je suis contraint de mettre en berne le pavillon de l'institut, ce pavillon que j'ai tenu si haut!... Mes enfants, séparons-nous en attendant des jours meilleurs... Que ceux d'entre vous qui ont leur famille à Paris se rendent dès ce matin dans leurs foyers... Quant aux autres, je vais prévenir leurs correspondants.

Je serre la main au malchanceux directeur, je vais embrasser madame Cornevin qui a une nouvelle crise nerveuse, puis je sors tristement de l'institut devenu la proie des huissiers.

Encore abasourdi par ce dénouement imprévu, je traverse tout Paris et j'arrive haletant au 118 du faubourg Saint-Martin. J'ai beau heurter à la porte du magasin personne ne me répond. Les bottes de chanvre ont disparu, la plaque indiquant « l'entrée des ateliers » a été enlevée. Inquiet, je redescends chez le concierge et j'apprends que mon oncle, ainsi que madame Saintot, ont déménagé.

Ils habitent depuis le 15 juillet rue de Condé et, toujours absorbé par ses affaires compliquées, Scipion Mouginot a oublié de me prévenir de son changement de domicile.

XII

La déconfiture d'Évariste Cornevin m'ayant jeté, sans un sou en poche, sur le pavé de Paris, je me hâte de chercher mon oncle à l'adresse indiquée par le concierge du faubourg Saint-Martin. La rue de Condé n'est pas longue, et j'ai bientôt trouvé le nouveau domicile de Scipion Mouginot. C'est un vieil hôtel bâti en pierre de taille, ayant une massive porte cochère et de hautes fenêtres à petits carreaux. La façade, de style sévère, a pris cette teinte d'encre que donnent aux vieux murs les brouillards et les fumées de Paris. De chaque côté des jambages du porche, de larges affiches rouges s'étalent au rez-de-chaussée. Je m'approche et j'y lis, imprimée en gros caractères :

SOCIÉTÉ ANONYME DES GALIONS
DE CASTRO
Capital social : 20 millions.

Sous la voûte, à l'entrée d'une sombre cour intérieure, bâille une loge de concierge qui a l'aspect d'une cave. Je m'informe, et j'apprends que M. Scipion Mouginot demeure au premier. Je gravis un monumental escalier de pierre à rampe de fer forgé. Me voici sur le palier, en face d'une double porte matelassée de moleskine verte, au-dessus de laquelle une plaque de marbre reproduit en lettres d'or, l'inscription des affiches : « *Société des galions de Castro. — Administration.* » J'entr'ouvre l'un des vantaux de cette solennelle porte battante et je pénètre dans une vaste antichambre dallée, garnie de banquettes de velours vert, sur laquelle débouchent d'autres portes, également matelassées, également surmontées d'indications en lettres noires : « *Caisse. — Salle du Conseil. — Contrôle des titres. — Cabinet du Directeur* » Dans une encoignure, devant une petite table chargée de paperasses, un garçon de bureau, en habit bleu à boutons de métal, est occupé à lire *le Petit Journal*. Je me dirige vers lui et demande M. Scipion Mouginot. L'homme aux boutons blancs daigne à peine se distraire de sa lecture et me répond, sans lever les yeux :

— Monsieur le directeur est en conseil avec messieurs les administrateurs. Si vous voulez l'attendre, asseyez-vous.

Je m'assieds sur l'une des banquettes, en face de la porte de la « salle du conseil », derrière laquelle on entend un bruit de voix confuses, et j'essaye de mettre un peu d'ordre dans mes idées. Tout ce que je viens de voir intrigue et pique

UN GARÇON DE BUREAU, EN HABIT BLEU...

vivement ma curiosité. — L'oncle Scipion est donc devenu le directeur de cette mystérieuse Société des galions?... Mais qu'est-ce que ça peut bien être qu'un « galion »? Ce mot, nouveau pour moi, ne jette aucune lumière sur la position de l'oncle. Toutefois, il me paraît évident qu'il y a une étroite relation entre les *galions* et le filon si ardemment cherché par Scipion Mouginot. A en juger sur les apparences, ce filon doit être de belle et sérieuse qualité, car le vieil hôtel de la rue de Condé a tout à fait bon air; il ne ressemble en rien au pauvre entresol du faubourg, et le capital de vingt millions inscrit sur les affiches rouges annonce qu'il s'agit d'une affaire autrement importante et relevée que la toile des Vosges. Voilà enfin mon oncle sur le chemin de la fortune! — Je m'en réjouis pour lui, pour moi, pour madame Clémence et la petite Alice. Je voudrais bien savoir si ces dames ont pu occuper un appartement dans l'hôtel. Si j'osais, j'interrogerais le garçon de bureau; mais cet homme s'est renfoncé dans la lecture de son journal, et il paraît si peu communicatif que je n'ai pas le courage de le déranger de ses occupations.

Tandis que j'agite ces réflexions dans ma tête, une bonne demi-heure s'est écoulée, et, derrière la porte de la salle du conseil, les mêmes voix confuses bourdonnent toujours... Il va être midi; mon estomac, qui sonne le creux, me rend nerveux et inquiet. J'ai des fourmis dans les jambes, mes doigts tambourinent machinalement sur les velours de la banquette. Je compte les moulures des boiseries, les carreaux du dallage, j'étouffe des bâillements dus à la fois à l'anxiété de mon esprit et aux tiraillements de mon estomac. Je commence à perdre patience, lorsque, enfin, la porte du conseil s'entrebâille, les voix deviennent plus distinctes, et tout à coup, pendant que le garçon de bureau lâche précipitamment son journal et se lève, respectueux, je vois déboucher un groupe de cinq ou six messieurs confortablement vêtus, parmi lesquels je reconnais Scipion Mouginot, — mais un Scipion merveilleusement transformé par la prospérité, un Scipion rajeuni, rasé de frais, serré dans une élégante redingote noire et portant sous son bras une somptueuse serviette en cuir de Russie, qui ressemble à un portefeuille de ministre. — Je suis tellement ébaubi que je ne trouve pas assez de voix pour manifester ma présence; mais l'œil investigateur de mon oncle m'a déjà reconnu. Il ébauche de la main un geste protecteur, et continue sa conversation animée avec les messieurs décorés de rosettes multicolores qui sortent du conseil. Le garçon de bureau ouvre à deux battants la porte de l'antichambre, on échange force poignées de main, puis les administrateurs disparaissent sur le palier. Alors mon oncle se retourne vers moi, me pose la main sur l'épaule, et, de sa voix claironnante :

— Bonjour, Jacques! s'écrie-t-il. J'allais précisément t'écrire. Passons dans mon cabinet, nous avons à causer.

Il se retourne vers le garçon de bureau, et, d'un ton bref :

— Ganivet, je n'y suis plus pour personne... Dites à Baptiste d'ajouter un couvert; mon neveu déjeune avec moi...

Tout en parlant, il m'introduit dans son cabinet : une pièce haute de plafond, tendue d'un papier vert velouté, meublée d'un bureau en bois noir, d'une bibliothèque et de confortables fauteuils recouverts en vieille tapisserie. Sur le mur, je retrouve la grande affiche rouge que j'ai vue à la porte; un peu plus loin, une carte géographique, représentant une côte zébrée de montagnes et baignée par une mer bleuâtre, décore tout un panneau. Sur la tablette de la cheminée, la pendule-borne est flanquée de deux piédouches en velours, supportant de curieux débris de bronze vert-de-grisé et incrusté de coquillages.

— Eh bien! s'écrie victorieusement mon oncle en jetant sur le bureau sa belle serviette en cuir de Russie, eh bien! Jacques, je l'ai enfin trouvé, ce filon, et nous voilà riches... Ta destinée s'en ressentira, mon garçon et je vais t'enlever aux études théoriques de l'institut pour te lancer dans la vie pratique.

— Cela tombe à propos, mon oncle, lui dis je d'un ton contrit, car l'institut est fermé depuis ce matin, et on nous a renvoyés dans nos familles.

— Ah bah!

Je lui raconte la débâcle de Cornevin et la lamentable scène de la saisie; mais il m'écoute à peine.

— En vérité, murmure-t-il distraitement, ce pauvre Cornevin!... Voilà la vie, Jacques..., une perpétuelle évolution de la roue de fortune, un combat acharné où les faibles sont écrasés, où les forts prennent le dessus... Mais parlons de choses sérieuses. A partir d'aujourd'hui, tu deviens mon secrétaire, aux appointements de cent cinquante francs par mois, plus la table et le logement.

Je suis un peu choqué de la philosophique indifférence avec laquelle Scipion Mouginot apprend le désastre de son bon ami Cornevin, mais je juge prudent de garder mes réflexions pour moi, et je me borne à demander en quoi consisteront mes fonctions de secrétaire.

— Tu dépouilleras ma correspondance, réplique-t-il, et tu écriras des lettres sous ma dictée... Cela te donnera une teinture des affaires, et tu t'initieras peu à peu au mécanisme de la grande Société industrielle des galions de Castro.

Avant tout, je prie Scipion Mouginot de m'expliquer ce que sont des galions.

— Comment! se récrie-t-il, tu n'as jamais entendu parler des fameux galions de Castro?... Tu as cela de commun, du reste, avec la plupart des gens du monde, et c'est même à cette vulgaire ignorance que je dois le succès de mon idée... écoute, mon fils, c'est une histoire merveilleuse, attachante comme une féerie!... Sache d'abord que les galions étaient des bâtiments frétés par les rois d'Espagne, pour aller cueillir en Amérique et dans les Antilles les innombrables richesses que la découverte du Nouveau-Monde avait mises sous la main des Espagnols. Les galions, au nombre de douze, en souvenir des douzes apôtres, transportaient à Cadix et à Séville les trésors du roi en lingots et espèces monnayées. Chacun de ces bâtiments débarquait ainsi annuellement dix ou douze millions en Europe... Or, en 1707, dans la baie de Castro, la flotte anglo-hollandaise rencontra la flotte espagnole, qui escortait un certain nombre de bâtiments chargés d'or et de pierres précieuses. Un combat sanglant eut lieu, à la suite duquel la flotte castillane fut coulée à fond. En un clin d'œil les galions avec leur cargaison de lingots, gemmes, doublons et piastres, sombrèrent dans la baie, qui a en cet endroit près de deux lieues de profondeur, et ils y sont restés depuis lors... Il y a un mois environ, dans une heure de désœuvrement, le récit de cette tragique aventure me tomba sous les yeux... Admire, Jacques, la différence qui existe entre un esprit terre à terre et une intelligence géniale qui a l'intuition des grandes affaires!... Bien d'autres avant moi avaient lu l'histoire du combat naval de Castro et n'en avaient pas été particulièrement émus. Mais ton oncle a un flair financier qui ne le trompe pas... Une idée lumineuse flamba soudain dans mon esprit, et je m'écriai : Εὕρηκα! comme Archimède... J'avais, en effet, trouvé un merveilleux filon, une véritable mine d'or... Car, remarque bien une chose, mon garçon : si, au XVIIIe siècle, la mécanique maritime était encore dans l'enfance et si de simples plongeurs ne pouvaient songer à descendre à deux lieues de profondeur pour arracher une fortune à l'Océan, il en est autrement aujourd'hui ; nos puissants scaphandres permettent à l'homme de se promener à l'aise parmi les abîmes sous-marins. — J'ai communiqué mon idée à de hardis capitalistes. Ils l'ont comprise, et notre Société s'est fondée... Déjà quelques heureuses tentatives nous ont donné la certitude que les galions dorment toujours au fond de la baie... Ils sont là! poursuit fièrement Scipion en m'attirant vers la carte et en me montrant cinq ou six croix rouges qui pointillent la teinte bleue de la nappe... Des hommes intrépides sont descendus dans les profondeurs de la baie de Castro ; ils ont vu les galions, Jacques, ils les ont touchés!... Et ils ont rapporté des témoignages irrécusables de leur existence...

— Ils ont rapporté des lingots d'or! ne puis-je m'empêcher de m'écrier en écarquillant les yeux.

— Non, pas encore, reprend mon oncle, mais des boulets incrustés de coquillages... Regarde ceci, mon fils, ajoute-t-il en saisissant un des débris de bronze sur l'un des piédouches de la cheminée : ce fragment a été arraché à la coque d'un des bâtiments immergés dans la baie, et si une main humaine a pu l'en tirer, d'autres mains plus persistantes sauront ravir aux flots les richesses inouïes qui y sont englouties depuis plus de cent cinquante années... Songe un peu à ce grouillement d'or et de matières précieuses!... Il y avait douze galions, ayant chacun douze millions à bord ; cela fait, au bas mot, cent quarante-quatre millions dont nous accroîtrons la fortune de nos actionnaires.

Tandis que l'oncle Scipion parle, ses prunelles prennent des tons d'or, ses doigts s'agitent et font le geste de remuer des brassées de piastres et de doublons.

Moi-même subissant la fascination de ce diable d'homme, il me semble entendre tinter mes oreilles des ruissellements d'espèces monnayées. Je le regarde, ébloui, avec une sorte de vénération, pendant qu'il poursuit :

— Naturellement, les frais d'extraction seront considérables; mais, malgré cela, les bénéfices peuvent être évalués à une centaine de millions. Voilà ce que nous expliquerons au public par la voie des journaux, et le public, qui est toujours intelligent quand il s'agit d'argent à gagner, le public comprendra... Avant peu, les capitaux afflueront, nos actions feront prime en Bourse, et nous partirons ensemble pour la baie de Castro, afin d'assister à l'exhumation de ces trésors soustraits depuis un siècle et demi à la circulation... En attendant, Jacques, allons déjeuner; il est midi, et Baptiste doit s'impatienter.

Il se lève avec pétulance, et je le suis dans la salle à manger, qui communique avec son cabinet.

Au centre de cette salle, que décorent des cuivres et de vieilles faïences détachant leurs couleurs vives sur le fond sombre d'un papier imitant les verdures de Flandre, deux couverts sont dressés sur une large table autour de laquelle Baptiste, en gilet rouge rayé de blanc, va et vient d'un air affairé. Ce Baptiste, qui est un peu plus âgé que moi et dont la frimousse délurée et narquoise ne m'est pas complètement étrangère, ne peut retenir une grimace de surprise en me voyant entrer à côté de mon oncle. Quant à moi, plus je l'examine, plus il me semble trouver en lui une ancienne connaissance. A un certain moment où le visage du domestique est pleinement éclairé par le jour tombant de la fenêtre, je n'ai plus de doute, et je m'écrie en le regardant :

— Guigne-à-gauche!

— Jacques, répond le camarade en m'offrant des hors-d'œuvre, tu es ici?... En voilà une veine!

— Qu'est-ce que c'est? interrompt sévèrement mon oncle qui fronce les sourcils.

Baptiste s'esquive pour aller quérir un plat à l'office, et, pendant ce temps, j'explique à Scipion Mouginot que son valet de chambre n'est autre qu'un de mes anciens condisciples de la pension Pestel. Le directeur des galions de Castro ne me paraît pas très enchanté de cette coïncidence.

— Cet animal, murmure-t-il, ne m'avait pas dit qu'il était de Villotte; mais sa qualité de compatriote ne l'autorise pas à te manquer de respect en te tutoyant. Souviens-toi que tu es mon secrétaire et que tu ne dois pas te familiariser avec les subalternes.

Et comme Guigne-à-gauche revient, apportant un chateaubriand aux pommes soufflées, Scipion Mouginot se tourne majestueusement vers lui :

— Baptiste, commande-t-il d'un ton sec, vous êtes à mon service et je vous ai promis, si j'étais content de vous, de vous gratifier d'une action des galions de Castro... J'apprends que vous avez connu, dans votre enfance, monsieur Jacques Mouginot, ici présent; mais ce n'est pas une raison pour vous départir de la déférence que vous devez à mon neveu et à mon secrétaire... Retenez bien ceci : à la première familiarité que vous vous permettrez avec lui, je vous donnerai vos huit jours, et vous perdrez votre participation aux bénéfices de la Société... Maintenant, versez-nous à boire.

Guigne-à-gauche s'incline hypocritement et met sur-le-champ à exécution les injonctions de mon oncle. Lorsqu'il change mon assiette ou m'offre d'un plat, il ne parle plus qu'à la troisième personne; mais quand il dit : « Monsieur désire-t-il encore une tranche de filet? » ou « Monsieur prend-il du bordeaux, ou du bourgogne? » il y a dans ses intonations une telle expression de goguenardise impertinente que j'ai envie de le gifler.

On vit bien, à la direction des galions : œufs brouillés aux truffes, terrine de gibier, brochette de foie de volaille, le tout arrosé de bordeaux blanc et de bourgogne rouge. Le menu me semble d'autant plus exquis et abondant que je viens d'être soumis, pendant huit jours, au régime du fromage d'Italie et de la morue à la béchamelle. Scipion Mouginot, qui a toujours été un gourmet, déguste chaque plat avec une mine de délectation et ne s'interrompt que pour me vanter les perspectives mirobolantes de sa nouvelle entreprise. Ce qui m'étonne, c'est qu'il ne m'a pas encore ouvert la bouche de madame Clémence et de sa fille. Aussi, au dessert, je profite de la retraite de Baptiste Guigne-à-gauche pour amener la conversation sur les dames Saintot :

— Comment vont madame Clémence et Alice, mon oncle?

— Mais... très bien, répond-il en pelant une pêche.

— Habitent-elles près d'ici?

— Elles demeurent dans l'hôtel, au second, et tu les verras ce soir... Je vais leur envoyer Baptiste pour les prier de dîner avec nous.

— Si vous le permettez, j'irai moi-même leur porter votre invitation.

— Inutile, tu ne les trouveras pas... Elles sont sorties toutes deux pour vaquer à leurs occupations.

Je regarde mon oncle d'un air étonné. Ces dames sont donc obligées de travailler au dehors?... Comment Scipion Mouginot, qui profitait du commerce des toiles des Vosges, n'a-t-il pas fait participer ses anciennes associées à sa bonne fortune actuelle? Il lit mon étonnement sur ma physionomie mobile et ajoute :

— Madame Saintot, Jacques, est un échantillon de l'obstination et de la pusillanimité féminines. Dans les mauvais jours tu l'as vue lutter avec une résignation et un courage surhumains; eh bien, dès que la fortune nous a souri, elle a pris peur... Voilà les femmes, mon garçon : très fortes tant que leurs pieds touchent la terre, mais incapables de prendre l'essor et de planer... Il leur manque l'audace et le coup d'aile. Figure-toi que madame Clémence doute de l'avenir des galions! Naturellement mon premier soin a été de reconnaître le vaillant appui qu'elle m'a prêté. Je lui ai donné dix actions des galions, qui, émises à deux mille francs, tripleront de valeur, dès qu'elles seront cotées à la Bourse, ce qui constituera un joli capital de soixante mille francs. Malheureusement l'aveuglement de ma pauvre amie est tel qu'après avoir liquidé son magasin de toiles, elle a résisté à toutes mes prières. Elle a insisté pour prendre un emploi de caissière dans la maison de modes où elle a mis sa fille en apprentissage. Tout ce que j'ai pu obtenir de madame Clémence, c'est qu'elle loge dans notre hôtel. Son magasin ferme à sept heures, et ces dames seront ici à huit... Cela retardera un peu notre dîner, mais nous pouvons bien faire cela pour elles...

A huit heures, en effet, ces dames arrivent et sont reçues dans le cabinet directorial par Scipion, qui leur prodigue ses plus chaudes démonstrations amicales. Madame Clémence a conservé sa figure grave et douce, qu'éclaire de temps à autre le même sourire attristé. Quant à Alice, bien qu'elle touche à peine à sa quinzième année, elle est devenue tout à fait une petite femme. Elle a beaucoup grandi : elle porte maintenant des robes longues, qui donnent à sa taille frêle quelque chose de plus élancé. Avec son blanc et délicat visage de vierge, elle ressemble à un lis à la tige mince et fine. Ses cheveux ne flottent plus sur ses épaules; elle les roule en un modeste chignon tombant sur la nuque et les plaque en bandeaux lissés sur les tempes, ce qui ajoute à la fierté expressive de ses traits une pureté presque mystique. Je ne crois pas que le régime de l'atelier où elle s'enferme tout le jour lui réussisse beaucoup; elle a certainement maigri, ses grands yeux bruns ont un éclat étrange qui les agrandit encore, mais ses paupières inférieures sont cernées d'un cercle bleuâtre et sa voix de contralto a le son un peu rauque, comme si dans la gorge de la jeune fille un enrouement persistant ôtait leur souplesse aux cordes vocales.

Madame Clémence m'accueille avec sa bienveillance accoutumée: Alice me paraît plus froide. Il y a dans son attitude un excès de réserve, un air détaché, presque indifférent, que je ne lui avais pas encore vu. Elle se tient dans une sorte de pudique isolement, comme pour repousser toute familiarité et dire à ceux qui l'approchent : « Ne me touchez pas ». Il semble qu'elle s'efforce de murer sa pensée et d'éviter craintivement tout contact avec la pensée des autres. Je lui parle, elle m'écoute, mais elle a l'air d'être à cent lieues de moi. Certes, depuis l'insuccès de ma déclaration en vers, je ne m'illusionne pas sur le peu d'espoir qui me reste de toucher le cœur d'Alice ; néanmoins, je l'aime toujours, et devant sa froideur je me sens piqué par une épine de jalousie : je m'imagine que si elle ne pense pas à moi, c'est qu'elle pense peut-être trop à un autre.

Cette imagination jalouse gâte la joie que me causait la réussite inespérée des affaires de mon oncle. Je donnerais tous les doublons et toutes les piastres des galions pour retrouver la petite Alice des anciens jours. Cela ne m'empêche pas toutefois de me dévouer de tout cœur à mes fonctions nouvelles. Elles ne sont, du reste, ni très pénibles ni très absorbantes. Après le dépouillement de la correspondance de mon oncle, je travaille, sous sa dictée, à la rédaction des réclames que nous envoyons aux journaux, et des circulaires que nous adressons aux notables Parisiens et provinciaux qui nous sont révélés par de minutieuses recherches dans le Bottin. — Scipion Mouginot n'a eu garde d'oublier les gens de Villotte ; il tient à ce que sa ville natale soit initiée aux opulentes et brillantes promesses du filon. Non seulement il bombarde de prospectus les Mouginot-Péchoin et les Mouginot-Tupin, mais il en envoie même au cousin Delorme. En mettant sous enveloppe la circulaire destinée à la papeterie, je ne puis m'empêcher de penser combien j'ai été ingrat envers mes amis de Jeand'heurs, auxquels je n'ai pas écrit depuis un an, et j'accompagne d'un soupir plein de remords l'expédition de l'imprimé destiné aux Delorme. Je pense à eux pendant toute une journée, mais le soir ramène Alice rue de Condé, et de nouveau je ne songe plus qu'à elle. Je passe presque toutes mes soirées en compagnie des dames Saintot, tandis que mon oncle court à des rendez-vous d'affaires. A mesure que je fréquente assidûment chez madame Clémence, je découvre que ma jalousie s'est égarée et que je n'ai pas d'autre rival que Dieu dans le cœur d'Alice. Ma petite amie est, depuis quelque temps, devenue très pieuse. Elle n'aime plus le théâtre, et refuse nettement les loges que Scipion Mouginot met parfois à notre disposition ; elle n'ouvre plus un roman, et fait sa lecture habituelle de la *Vie des saints* et de l'*Imitation*. Dans ses accès de ferveur religieuse, ses yeux ne semblent plus voir les choses de ce monde ; on dirait qu'elle ne touche déjà plus la terre et qu'elle va s'envoler vers les Séraphins et les Dominations. C'est cette intensité de dévotion qui la rend détachée et indifférente; c'est elle qui lui donne cette blanche beauté de fleur mystique qui redouble mon admiration, tout en me pénétrant de tristesse.

Six mois s'écoulent sans changements notables dans notre situation. De temps en temps, mon oncle récolte les signatures de quelques souscripteurs; néanmoins, on ne s'écrase pas encore au guichet du « contrôle des titres » pour se disputer nos actions. Les travaux préliminaires se poursuivent dans la baie de Castro; les plongeurs ont de nouveau fouillé le fond de l'Atlantique et, cette fois, ils ont contemplé face à face les trésors des galions; il ne reste plus qu'à construire des machines assez puissantes pour aider la cale des navires submergés et amener à terre les richesses ensevelies dans les gouffres sous-marins. — C'est du moins ce que nous répétons dans les articles que les journaux insèrent à beaux deniers comptants. Mon oncle rédige ces réclames dans le style pittoresque et persuasif où il excelle, et — chose singulière — quand il relit sa prose imprimée, il y est pris tout le premier et finit par s'imaginer que tout cela est arrivé.

— Tu le vois, Jacques, me dit-il après avoir déclamé pompeusement l'article du journal, la vérité commence à percer, on rend justice à mes efforts et la presse ne s'occupe que des galions... Ça marche! ça marche!...

Nous passons notre temps à étudier et à commenter les feuilles publiques. Ganivet, le garçon de bureau, est plus que jamais absorbé par *le Petit Journal*. Guigne-à-gauche, dit Baptiste, ne quitte plus des yeux le cours de la Bourse; il l'emporte partout et le consulte au lieu d'épousseter les meubles. Seulement, comme il est très pratique et ne se paye pas de mots, il hoche la tête, s'impatiente, et quand il me retrouve seul dans le cabinet directorial, il ne se gêne pas pour m'interpeller sans aucune retenue :

— Ah çà! Jacques, bougonne-t-il, elles ne sont pas encore cotées, ces fameuses actions?... Ton oncle m'a promis une part d'intérêt pour mes gages, mais faudrait pas qu'il me lanterne trop longtemps; parce que je le balancerais, moi!... Je n'aime pas qu'on me blague!...

Tout à coup, on entend la voix de Scipion Mouginot dans l'antichambre; alors Guigne-à-gauche, reprenant son air sournois et bon apôtre :

— Monsieur Jacques m'a sonné? demande-t-il de sa voix à la fois papelarde et narquoise.

Pour un rien, je lui allongerais ma botte au bas du dos.

Enfin, un soir, tandis qu'au second étage de l'hôtel, madame Clémence, Alice et moi, nous sommes en train de boire une tasse de thé, la porte s'ouvre en coup de vent et nous voyons apparaître Scipion Mouginot, tête nue, cheveux ébouriffés, les yeux étincelants et la bouche triomphante :

— Mes amis, s'exclame-t-il en agitant un

journal, mes enfants, victoire!... Elles sont cotées!

D'un geste superbe, il nous tend le bulletin officiel de la Bourse et nous montre à la colonne des *actions au comptant* une ligne imprimée qu'il lit comme une proclamation :

— « Galions de Castro — 2 001 francs. » Elles sont cotées et nous avons déjà une hausse d'un franc!... Embrassons-nous!... Baptiste, monte du champagne!

Nous nous embrassons tous. Alice elle-même, malgré ses pieuses préoccupations, prend part à nos réjouissances profanes. Scipion, son journal à la main, danse comme un enfant; madame Clémence pleure de joie; je profite de l'occasion pour sauter derechef au cou de ma petite amie, et, pendant quelques minutes trop brèves, une parfaite allégresse règne dans le vieil hôtel de la rue de Condé.

XIII

Voilà tantôt un mois que les actions sont cotées, et notre enthousiasme a déjà reçu une douche réfrigérante. La hausse d'un franc dont Scipion Mouginot s'enorgueillissait ne s'est point maintenue; le cours a fléchi et nos actions ont dégringolé de 2 000 à 1 800 francs en moins de huit jours. Seules, les espérances de mon oncle n'ont pas baissé.

Un après-midi, tandis que dans le silence du cabinet nous sommes en train, lui et moi, de rédiger une annonce destinée à réchauffer le bon vouloir tiédissant du public, Ganivet ouvre discrètement la porte et présente à Scipion une carte préalablement posée sur un plateau de métal. Il ajoute que le propriétaire de cette carte demande si monsieur le directeur peut le recevoir.

— Certainement, répond mon oncle; faites entrer.

Ganivet se retire et introduit, l'instant d'après, deux visiteurs dans lesquels je reconnais M. Delorme et Zélie. Je pousse une exclamation de joyeuse surprise, je saute au cou du cousin, j'embrasse Zélie, et, de son côté, Scipion Mouginot prend son air le plus aimable pour accueillir les nouveaux venus, auxquels il tend les mains :

— Enchanté de vous voir, mes chers compatriotes! s'écrie-t-il en avançant deux fauteuils, heureux de pouvoir vous remercier des gracieusetés que vous avez eues jadis pour mon neveu Jacques!... Quel bon vent vous amène?

— Mon Dieu, c'est bien simple, réplique le cousin Delorme; j'avais toujours promis à Zélie que, lorsqu'elle aurait ses quinze ans, je lui ferais voir Paris: j'ai profité de ce que les affaires de la papeterie m'appelaient dans la capitale, et j'ai amené la fillette avec moi.

Ils se sont assis tous deux, et mes yeux se reposent complaisamment sur ces braves cousins de Jeand'heurs, qui semblent avoir apporté un peu de l'air et de la saveur du terroir natal. Tout en eux exhale un honnête parfum campagnard : leurs physionomies ouvertes, leur teint hâlé, leurs façons un peu gauches et jusqu'à leur toilette cossue, endimanchée et franchement provinciale. Zélie a grandi; c'est maintenant une fille tout à fait formée et à laquelle on donnerait plus que son âge. On ne peut pas dire qu'elle soit jolie — les traits irréguliers sont trop accentués, le teint est bruni par le hâle, les cheveux châtains sont mal arrangés, — mais, en dépit de sa robe taillée par une couturière de village, elle est très bien faite, ses yeux bleus ont une pureté de fleur, ses dents blanches sont éblouissantes. L'ensemble a quelque chose de sain, de robuste et d'intelligent. Quand on la regarde, on a l'impression que donne un champ de beaux épis dorés de soleil, où éclate çà et là le bleu des bleuets, le rouge des coquelicots, et d'où monte une savoureuse odeur de blé mûr.

— Vous avez eu raison d'amener à Paris cette charmante enfant, reprend mon oncle Scipion en gratifiant Zélie de son plus galant sourire: elle doit avoir besoin de distractions, et j'espère bien pouvoir contribuer à lui en offrir quelques-unes. J'ai de temps en temps des loges pour les principaux théâtres, et je serai heureux de vous en faire profiter.

— Ma foi, ce n'est pas de refus, répond à la bonne franquette le cousin Delorme, car ici les places de théâtre sont chères et l'argent ne fait que *frouette*... On ne l'a pas plutôt tiré de son porte-monnaie qu'il est dépensé...

— Oui, à Paris, on dépense beaucoup; mais aussi, par une juste compensation, on travaille de façon à gagner beaucoup... C'est précisément, ajoute mon oncle, qui ne manque jamais le coche, à quoi nous sommes occupés en ce moment, mon neveu et moi... Vous avez sans doute entendu parler des galions de Castro?

— J'ai lu le prospectus que vous avez eu l'obligeance de m'envoyer.

— Eh bien, vous qui êtes un homme compétent, qu'en pensez-vous?... Une affaire juteuse et une glorieuse entreprise, n'est-ce pas? Nos actions sont un placement sûr, des valeurs de tout repos, qui rapporteront de notables dividendes...

— C'est possible, remarque prudemment M. Delorme, si vous retrouvez au fond de l'eau les doublons espagnols et si vous parvenez à les en tirer; mais l'extraction coûtera cher et les dépenses seront énormes, tandis que, jusqu'à nouvel ordre, les gains resteront aléatoires.

— Vos objections, repart mon oncle, sont spécieuses, mais nous les avons déjà victorieusement réfutées... En moins d'une heure, je me charge de vous faire pénétrer au cœur de la question et de vous démontrer les avantages de l'entreprise... Aujourd'hui, mon temps ne m'appartient pas. Venez dîner avec moi et avec Jacques, un de ces jours, et nous en reparlerons à loisir... Nous avons ici une amie dont la fille est du même âge que la vôtre et qui sera charmée de lui être utile. Voyons, c'est après demain dimanche... Voulez-vous nous donner votre soirée?... Nous dînerons à la fortune du pot et nous conduirons les enfants au spectacle.

M. Delorme accepte et l'on prend rendez-vous pour le surlendemain. Je reconduis mes amis de Jeand'heurs jusqu'au bas de l'escalier, et, tandis que le cousin ouvre la marche, nous échangeons quelques mots avec Zélie.

— Je suis contente de t'avoir revu, me dit-elle; te voilà devenu tout à fait un Parisien... Cette vie-là te plaît?

— Mais oui, cousine, et je suis sûr qu'elle te plairait, à toi aussi.

— Je ne crois pas... Tout ce bruit m'étourdit, la tête me tourne dans les rues et j'ai déjà le mal du pays.

— Ça produit cet effet là les premiers jours, mais tu changeras d'avis dimanche, quand nous serons au théâtre, et puis tu verras comme Alice est gentille!...

— Alice?... Ah! oui, ta petite reine des bois de Villotte, réplique-t-elle.

Et ses yeux bleus me regardent mélancoliquement.

— Je suis sûre d'avance que je lui déplairai, mais je suis curieuse tout de même de faire sa connaissance... A dimanche, Jacques!

— A dimanche, Zélie!

Le cousin Delorme s'est arrêté sous le porche pour lire la grande affiche rouge. Sa figure, pendant cette occupation, semble exprimer plus de dédain que d'enthousiasme. Quand il a fini, il pose amicalement sa main sur mon épaule et murmure :

— Tu crois aussi aux galions, toi?

— Mais certainement, cousin Delorme.

— Allons, tant mieux, mon garçon! s'écrie-t-il avec un accent de compatissante ironie; il n'y a que la foi qui sauve...

Nous nous serrons les mains, et je suis le père et la fille encore quelque temps du regard, tandis qu'ils s'éloignent dans la direction du carrefour de l'Odéon.

Fidèles à leur promesse, ils reviennent rue de Condé, le dimanche après midi. M. Delorme me paraît déjà las de la vie oisive et vagabonde qu'il mène. Il est en proie au dépaysement et à l'énervement que Paris ne manque pas de produire sur les campagnards. Le va-et-vient incessant de l'hôtel l'empêche de dormir, la nourriture des restaurants lui détraque l'estomac, le brouhaha des foules indifférentes le fatigue et l'attriste. Zélie elle-même semble avoir perdu son habituel entrain et sa bonne humeur. Elle est intimidée et mal à l'aise; on dirait qu'elle a conscience de la tournure provinciale que lui donnent sa robe mal taillée et son chapeau à fleurs multicolores. Il est probable qu'en examinant les étalages des grands magasins, en étudiant les toilettes des belles dames qu'elle a rencontrées, son instinct féminin l'a avertie qu'elle était fagotée, et son amour-propre en souffre. — Il est de fait que lorsque les dames Saintot descendent pour dîner et que je vois ma cousine près d'Alice, je ne puis m'empêcher d'établir une comparaison qui n'est pas à l'avantage de Zélie. La simplicité, l'harmonie et le goût de l'ajustement de mademoiselle Saintot font encore ressortir plus désagréablement la toilette démodée et inélégante de la jeune campagnarde, les couleurs voyantes et heurtées de l'ensemble de son costume. A côté de la pâleur distinguée et des traits délicats d'Alice, le hâle et la fermeté massive de la figure de Zélie ont quelque chose de rude et de vulgaire.

Cette différence me frappe et me choque pendant tout le dîner. Ma cousine lit sans doute mes impressions sur mon visage, car elle devient de plus en plus sauvage; elle répond à peine aux avances d'Alice et ne prête aucune attention aux éloquents discours que Scipion Mouginot adresse à M. Delorme, pour le convaincre des bénéfices exceptionnels réservés aux souscripteurs des actions de Castro.

COMMENT LA TROUVES-TU?

Après dîner on part pour le théâtre. Mon oncle, qui tient surtout à éblouir ses hôtes provinciaux, nous a conduits à l'Opéra, où l'on joue *les Huguenots*. Madame Clémence ayant refusé de nous accompagner, nous sommes cinq dans une seconde loge : les deux jeunes filles sur le devant, et nous autres dans le fond. Dès le second acte, le cousin Delorme, qui a trop chaud et qui ne comprend rien au livret, s'est endormi sur sa chaise. Zélie elle-même, malgré les explications trop laconiques d'Alice, ne prend pas grand intérêt à la pièce; les lumières l'éblouissent, l'orchestration bruyante l'étourdit; et puis on dirait que quelque chagrin intérieur l'absorbe trop pour qu'elle puisse compatir aux infortunes de Raoul et de Valentine. Les décharges de mousqueterie du dernier acte et les cris des huguenots qu'on égorge réveillent M. Delorme en sursaut. Nous quittons le théâtre et, sur le boulevard, nous mettons en voiture Zélie et le cousin, auxquels je promets ma visite pour le lendemain.

En effet, dès le matin, je cours trouver les Delorme à leur hôtel de la rue Coquillière. En arrivant, je tombe sur le cousin occupé à conférer avec la gérante.

— Bonjour, Jacques, me dit-il, je règle ma note... J'en ai assez de Paris, et nous partons par le train de midi... Monte toujours au n° 45; Zélie est là-haut... Je vous rejoindrai dans un petit quart d'heure.

Je monte, je découvre le n° 45 au fond d'un couloir, et c'est Zélie qui vient m'ouvrir. Elle a déjà repris sa robe de voyage et elle est en train de ficeler la malle commune. En me voyant, ses yeux bleus s'éclairent d'une fugitive lueur que voile presque aussitôt une buée humide.

— Comme tu es matineuse, cousine! lui dis-je en lui serrant la main. Tu n'es pas fatiguée de ta soirée?... Je crains que *les Huguenots* ne t'aient pas amusée.

— Franchement, je n'y ai pas compris grand'chose, répond-elle; c'est trop fort pour moi... Je suis décidément trop bête pour goûter la vie de Paris.

— Ainsi te voilà sur ton départ?

— Oui; je serais bien restée encore quelques jours, car j'ai à peine eu le temps de causer avec toi... Mais d'abord tu es très affairé, et puis je vois que papa en a assez et je ne veux pas le contrarier.

Elle détourne la tête et se penche de nouveau vers la malle. Nous demeurons un moment silencieux, puis je reprends :

— Eh bien, tu as vu Alice... Comment la trouves-tu?

— Très jolie, réplique-t-elle brièvement; tu ne l'avais pas trop vantée.

Elle pousse un soupir, s'agenouille devant la malle et achève de la corder.

— N'est-ce pas qu'elle a une figure de madone?

— Je ne sais pas comment sont les madones, repart ma cousine d'un ton agacé, mais à coup sûr elle a quelque chose d'étrange... Après tout, cela tient sans doute à son état de santé.

Je me récrie :

— Son état de santé!... Est-ce que tu crois?...

— Je crois, poursuit-elle, qu'elle n'est pas très solide et qu'elle a quelque chose à la poitrine...

L'entrée du cousin Delorme nous interrompt; il froisse dans ses doigts la note de l'hôtel :

— Tes aubergistes de Paris, me crie-t-il, sont encore plus voleurs que ceux de chez nous! Six francs par jour pour une chambre et un cabinet où nous n'avons pu fermer l'œil... C'est honteux! Quand on m'y reprendra, il fera chaud... Enfin, ce soir, nous coucherons à Jeand'heurs et je n'en serai pas fâché... Ah çà! Jacques, voyons, tu n'es pas fatigué de cette vie-là et le cœur ne te dit pas de t'en revenir avec nous?... Tu sais qu'il y a toujours une place pour toi à la papeterie...

— Merci, cousin Delorme, mais vous oubliez que je suis le secrétaire de mon oncle... Franchement, je ne puis abandonner une carrière qui s'annonce comme devant être brillante...

— Au fait, réplique-t-il ironiquement, j'oubliais que les galions t'ont donné dans l'œil... Tu espères, toi aussi gagner ton petit million dans cette Société fondée sur les brouillards de la mer! Mon pauvre garçon, tout ce qui reluit n'est pas or, et tes espérances s'en iront en fumée.

— Pourtant, vous ne pouvez nier que la Société existe... Elle a un hôtel, des capitaux, un conseil d'administration...

— Oui, oui, beaucoup d'esbrouffe et rien en dessous... Quand l'argent des actionnaires sera mangé, le conseil d'administration leur tirera sa révérence et ton oncle sera dans de mauvais draps... Je les connais, les grandes entreprises de Scipion Mouginot!... Elles crèvent un beau matin comme des bulles de savon... Je n'ai fait que passer dans vos bureaux et il m'a semblé que ça n'y sentait pas bon... Enfin, quand tu auras perdu tes illusions, souviens-toi de tes amis de Jeand'heurs... Sur ce, embrassons-nous, car l'heure du départ approche.

J'en veux à mon cousin de ses préventions contre la Société des Galions; mais je l'embrasse tout de même, puis je m'approche de Zélie. Elle est devenue très pâle et a de la peine à de[illegible]rrer les lèvres. Elle me tend ses joues sans dire un mot et nous nous séparons assez tristement.

Je reviens rue de Condé, traînant au

dedans de moi un sourd mécontentement. Les dernières paroles de Zélie, touchant la mauvaise santé d'Alice, me tracassent et me font voir les choses en noir. Quand je me retrouve, le soir, auprès de ma petite amie, je l'examine à la dérobée, et il me semble maintenant que les craintes exprimées par ma cousine ne sont pas chimériques. Alice a maigri; elle est prise d'accès de toux qui m'inquiètent. Madame Clémence, du reste, paraît tourmentée de l'altération de la santé de sa fille. Elle ne lui en parle pas, de peur de l'effrayer, sans doute; mais elle redouble de précautions, elle oblige Alice à se vêtir plus chaudement, elle invente des prétextes pour lui faire boire des tisanes toniques. La jeune fille se laisse soigner avec la même indifférence détachée qu'elle montre maintenant pour toutes choses. Sa ferveur pieuse s'exagère encore, et elle semble de moins en moins tenir à la terre.

IL ME COLLE IRRÉVÉRENCIEUSEMENT AU MUR.

Des mois se passent au milieu de ces préoccupations. Les affaires de la Société sont languissantes, et nous ne voyons pas venir de nouveaux souscripteurs. Le caissier est plus occupé à payer des mémoires qu'à encaisser des recettes. La cote de la Bourse nous apporte tous les jours des désillusions. Les actions des galions sont tombées à cinq cents francs, et mon oncle, devenu morose, ne parle plus du tout des travaux exécutés dans la baie de Castro. L'emploi de Ganivet, notre garçon de bureau, est maintenant presque une sinécure. Il a tout le temps de lire, non seulement *le Petit Journal*, mais un tas de feuilletons graisseux dont il encombre sa table.

Quant à Baptiste Guigne-à-gauche, il ne décolère plus, et c'est sur moi qu'il se venge de ses déconvenues. Chaque fois qu'il peut se trouver seul à seul avec moi, loin de la portée de mon oncle, il me colle irrévérencieusement au mur, et d'une voix sourdement irritée :

— Ah çà! grogne-t-il, est-ce que ton oncle se fiche de moi?.. Les actions baissent, que c'en est honteux! et je n'ai pas encore reçu un sou de mes gages!... Si c'est ainsi que ça se joue, je ferai du *raffut* (du bruit), moi, et ce ne sera pas long!

Je pourrais lui répondre que je suis logé à la même enseigne et que mes appointements de secrétaire ne m'ont jamais été réglés, mais je comprends qu'un pareil aveu ne l'apaiserait pas, au contraire. Je m'efforce de l'amadouer, en lui promettant de rafraîchir la mémoire de mon oncle. Il se retire en agitant son plumeau d'une façon menaçante. Le camarade tient à l'argent; il est patient comme un chat qui étrangle, et je prévois qu'il éclatera un beau matin comme une machine trop comprimée.

Un jour, au retour d'une course, j'entends une explosion de voix irritées dans le cabinet directorial. J'accours et j'aperçois mon oncle qui secoue Guigne-à-gauche comme un prunier. Scipion Mouginot est superbe d'indignation; ses yeux jettent des lueurs fulgurantes, et chacune de ses paroles sonne comme un coup de clairon :

— Insolent drôle, crie-t-il à Baptiste ahuri, ingrat serpent que j'ai réchauffé dans mon sein, sors de chez moi, je te chasse!

Guigne-à-gauche se hâte d'obéir, mais en sortant il mène grand tapage, ameute les gens dans l'escalier et s'éloigne en hurlant qu'il va porter plainte à la police.

Cet esclandre semble marquer le commencement de nos revers. Les affaires vont joliment mal aux galions de Castro. Les administrateurs décorés ne se montrent plus dans la salle du conseil, les bureaux sont déserts, et quand le courrier arrive je n'y trouve que des mémoires de fournisseurs et des papiers timbrés, que que je remets fidèlement à Scipion Mouginot.

DES MÉMOIRES ET DES PAPIERS TIMBRÉS...

Il les parcourt d'un coup d'œil rapide et les jette négligemment dans une grande potiche du Japon qui orne l'une des encoignures de son cabinet. Mais il ne peut pas toujours traiter les fournisseurs comme il traite les papiers timbrés. Assez souvent maintenant, j'entends dans l'antichambre d'orageux colloques qui me rappellent les derniers temps de mon séjour à l'institut Cornevin. Parfois même, malgré les résistances du fidèle Ganivet, qui se tient inébranlable comme un roc, un créancier plus entêté ou plus robuste force la consigne et pénètre comme un obus dans le cabinet du directeur. C'est alors seulement qu'il m'est donné d'admirer pleinement les ressources du génie de Scipion et sa puissance persuasive. Non seulement il réussit à apaiser la colère du fournisseur impayé, mais souvent il parvient à l'endoctriner en faisant reluire à ses yeux tout l'or des galions, et il finit par lui arracher une souscription.

N'importe, tout cela jette un vilain son de cloche. Nous sommes gênés, cela se voit à des signes trop certains. Le magnifique chronomètre que mon oncle tirait avec ostentation de son gilet a disparu brusquement; d'autres bibelots précieux, qui décoraient le cabinet et la salle à manger, ont suivi la destinée de la montre. C'est Ganivet qui est chargé de les emporter discrètement. Je ne sais si le prévoyant Scipion, en louant l'hôtel de la rue de Condé, a été guidé dans son choix par le voisinage d'une succursale du Mont-de-Piété, mais dans tous les cas cette proximité est providentielle, et le garçon de bureau fait de fréquents voyages à cet établissement, situé dans le haut de la rue. Je crois même remarquer qu'il ne s'en tient pas aux bibelots qui sont la propriété personnelle de mon oncle, et qu'il est chargé par madame Clémence de remplir une semblable mission pour certains objets mobiliers lui appartenant en propre. Tous ces symptômes d'une déconfiture prochaine ne laissent pas de m'inquiéter. Ils me tourmenteraient encore davantage si je n'étais en proie à des préoccupations plus graves.

Alice ne va pas bien. Elle a dû plusieurs fois suspendre son travail à l'atelier pour garder la chambre. Elle n'a plus d'appétit, elle tousse constamment, et un médecin, amené par moi sur la prière de madame Clémence, a secoué la tête après avoir ausculté ma petite amie. Il a parlé d'une laryngite opiniâtre et a conseillé le séjour du Midi pendant la mauvaise saison.

Le Midi! Assurément l'air pur et le soleil seraient de puissants remèdes pour cette enfant, qui ne respire que l'atmosphère viciée de l'atelier; mais comment songer à un pareil voyage dans la situation critique où nous sommes? Madame Saintot ne peut quitter son emploi de caissière, qui est maintenant son unique gagne-pain; quant à Scipion Mouginot, il est trop abattu par l'insuccès des galions pour qu'on puisse compter efficacement sur son aide. D'ailleurs, il ne paraît pas même se douter de la mauvaise santé d'Alice; depuis un mois, il est monté à peine deux ou trois fois au second. — Ah! dans ces tristes conjonctures, comme je voudrais pouvoir moi-même venir au secours de la chère enfant!... Si seulement j'avais un métier, si j'étais propre à gagner l'argent du voyage!... Mais je ne suis bon qu'à me lamenter inutilement. Madame Clémence, par un sentiment de délicatesse héroïque, m'a défendu de parler de tout cela à l'oncle Scipion :

— Il a, dit-elle, assez de ses propres tracas, sans qu'on le tourmente avec les ennuis des autres.

Mais je ne partage pas la discrétion exagérée de la veuve, et j'ai le projet de faire une tentative près de mon oncle. Il a le cœur bon et l'imagination fertile, peut-être trouvera-t-il un moyen de sauver Alice? Par un pluvieux après-midi d'octobre, qui nous a tous deux confinés au logis, je me décide à lui confier mes préoccupations.

J'entre timidement dans le cabinet directorial et je trouve Scipion Mouginot affalé dans son fauteuil, les poings dans les yeux, la figure consternée :

— C'est toi, Jacques? murmure-t-il en relevant sa tête dolente. Triste journée, mon garçon, triste journée au dehors, comme au dedans!... Nos affaires vont comme le temps..., très mal. Cette admirable entreprise des galions s'effondre sous le poids du mauvais vouloir des uns et de la sottise des autres... J'ai dû me résigner à subir la dissolution de la Société... On a nommé un liquidateur, et à partir de demain je ne serai plus rien ici... J'en sortirai comme j'y suis entré..., pauvre, mais sans reproche!

Le moment est on ne peut plus mal choisi pour entretenir l'infortuné directeur de la mauvaise santé d'Alice. Pourtant je prends mon grand courage, et, après avoir exprimé à mon oncle combien je suis désolé du malheur qui lui arrive, j'ajoute :

— Que vont devenir madame Saintot... et Alice?

— Oh! madame Clémence est une vaillante femme, rien ne l'abat... D'ailleurs, elle a son emploi de caissière.

— C'est bien peu de chose, surtout dans l'état de santé où est sa fille.

— Sa fille!... Que me contes-tu là?... Alice est souffrante?

— N'avez-vous pas remarqué combien elle est changée?... Elle tousse, elle perd ses forces... Nous avons consulté un médecin... Il m'a avoué que la poitrine était attaquée, et il a conseillé un séjour à Menton ou à Nice.

Mon oncle a l'air de tomber de son haut; il secoue la tête :

— Voilà la première fois que j'entends parler de tout cela... Alice poitrinaire!... Pauvre enfant!... Et on ordonne un séjour sur le littoral?... Au pays du soleil et des fleurs?... Moi aussi, j'ai toujours rêvé de

J'AI DU ME RÉSIGNER A SUBIR LA DISSOLUTION...

connaître la contrée bénie où les orangers fleurissent! Mais quoi, les affaires m'ont rivé à mon rocher de Sisyphe... Nice la belle, la Méditerranée éternellement bleue, quel mirage!

La figure de Scipion Mouginot a perdu son expression dolente, ses yeux ont repris leur éclat souriant. Il semble que par induction le soleil du Midi l'a subitement ragaillardi et guéri de ses angoisses :

— Nice, répète-t-il, je me rappelle que j'ai là-bas un débiteur..., un pépiniériste qui nous a acheté un solde de toiles des Vosges et dont nous n'avons encore pu tirer un sou... Ces Méridionaux ne doutent de rien! Figure-toi, Jacques, qu'il offrait de me payer en nature, avec des fleurs et des oranges!..

Mon oncle s'est levé. Il se promène vivement à travers son cabinet; tout à coup il se frappe le front, lève les bras en l'air et s'écrie :

— Oh! mais je tiens une idée!... une idée féconde!...

Il revient vers moi, triomphant :

— Mon garçon, poursuit-il, quand la veine est mauvaise, bien sot est qui s'entête à l'exploiter... Les hommes d'action doivent imiter le soldat en marche... Lorsque son fusil devient trop lourd, il le change d'épaule, c'est ce que je vais faire sans tarder... Les galions sont morts, vivent les fleurs et les fruits de la Corniche!... Cet horticulteur qui me doit de l'argent m'a offert de me payer avec ses produits. Il faut saisir la balle au bond. Grâce à lui, nous pouvons monter une affaire grandiose... Le commerce des fleurs tend à prendre tous les jours une plus large extension... Nous fonderons une grande société florale: nous inonderons Paris de roses et de violettes... Ha! ha! Jacques, l'idée a germé, elle s'épanouit, elle portera des fruits d'or, comme ceux du littoral... Cours chez notre chère enfant et dis lui de préparer ses paquets... Avant deux jours nous l'emmènerons à Nice!

XIV

L'oncle Scipion a tenu parole; lui, Alice et moi, nous sommes installés à Nice. En quittant Paris, par un froid noir de la fin d'octobre, la chère enfant grelottait dans le wagon, et je craignais qu'elle ne supportât pas la fatigue de ce long voyage. Mais à peine avons-nous touché Marseille que le réchauffant soleil de Provence paraît rendre des forces à notre malade; et quand, arrivés dans les montagnes de l'Estérel, à un tournant de route, nous avons contemplé les molles découpures de la côte, la Méditerranée bleue, les jardins d'orangers étagés sur les collines, les champs de roses et de tubéreuses, une rougeur est montée aux joues d'Alice et un clair sourire a ranimé ses lèvres pâlies. Pendant les huit premiers jours de notre installation, une transformation soudaine s'est opérée; notre petite amie a retrouvé sa vive gaieté d'autrefois, et nous commençons à espérer qu'elle guérira. Aussi mon oncle prend-il des airs de sauveur. A l'entendre, c'est lui seul qui a fait ce miracle, en n'hésitant pas à s'expatrier pour arracher Alice au mauvais air de Paris. — Mais je suis moins naïf qu'autrefois, l'expérience m'a rendu sceptique, et je pénètre plus avant dans le tréfonds de Scipion Mouginot. Je soupçonne que s'il a mis tant de complaisance à emmener Alice dans le Midi, c'est moins par dévouement que par nécessité, et avec le désir de se soustraire aux importunités de ses créanciers.

Maintenant il est tout feu pour sa nouvelle entreprise. Avant de quitter Paris, il a eu l'adresse de dénicher des bailleurs de fonds, aux yeux desquels il a fait miroiter l'espoir de réaliser de gros bénéfices, et, au débotté, il est allé trouver son débiteur niçois. Cet horticulteur dans l'embarras a été enchanté de payer sa dette en écoulant à mon oncle les violettes et les oranges de son jardin. Scipion a loué rue Saint-François-de-Paule, à deux pas du Cours, un spacieux magasin et quatre pièces à l'entresol. Il a orné la devanture de magnifiques glaces d'une transparence de cristal et l'a surmontée d'une enseigne voyante, portant en lettres d'or :

AUX JARDINS D'ARMIDE

Spécialité de bouquets pour le high-life. — Exportation. English spoken.

Et, en vérité, cette boutique aux parois de stuc, aux limpides vitrines, au plafond peint, à l'atmosphère embaumée, donne bien l'illusion d'un coin de jardin enchanté. Le pavé, au dallage blanc et noir, est finement saupoudré de sable. Sur les gradins des vitrines, les fleurs coupées s'étalent dans des potiches de Vallauris; sur le marbre des comptoirs, des jonchées épanouies s'écroulent au milieu des feuillages verts, et un rayon de soleil, glissant parmi cette fraîcheur odorante, semble

LE MARCHÉ.

faire palpiter tous ces calices entr'ouverts, toutes ces corolles aux nuances attendries. — Les roses abricot détachent leurs touffes couleur de chair sur la dentelle tremblante des capillaires et des doradilles; les œillets enlèvent leurs rougeurs saignantes sur la virginale et laiteuse candeur des jacinthes; la pourpre brune des violettes russes, le mauve bleuté des violettes de Parme s'harmonisent délicatement avec le jaune duveté des mimosas, le jaune citron des jonquilles, l'or vif des chrysanthèmes. C'est partout une symphonie de couleurs à côté d'une symphonie de parfums: la vanille de l'héliotrope se mêle au girofle des juliennes blanches, la fragrance suave des résédas chante auprès des senteurs capiteuses des jasmins. — Encadrée par ces verdures frissonnantes et ces opulentes floraisons, au milieu de ces corolles évidées en forme de coupes ou pendant en grappes, au-dessus de ces blancheurs immaculées et de ces rougeurs éclatantes, émerge l'exquise figure d'Alice, assise au comptoir, — fleur parmi des fleurs, rose en bouton parmi les roses épanouies.

A quelques pas de notre magasin, le marché met chaque jour sa gaieté matinale. Jusque devant notre porte, les paysannes s'alignent avec leurs paniers pleins de denrées apportées des villages voisins, et, là encore, c'est une fête pour les yeux. Les plantes aromatiques mêlées aux fleurs des jardins, les amoncellements de légumes, de citrons et d'oranges avec leurs feuilles vertes, les pyramides de figues violettes, donnent la suggestion d'un pays d'abondance tout débordant de la joie de vivre. A travers ces étalages, qui exhalent une saine odeur campagnarde, une foule gesticulante se croise et s'interpelle. Des éclats de rire tintent dans l'air ensoleillé et se marient à la musique sonore du patois provençal. — Nous sommes tous gagnés par cette allégresse expansive des populations du Midi, par le bleu sourire de la mer que nous apercevons à travers les porches cintrés des terrasses, et par cette magie de la lumière qui veloute d'un azur argenté les rondes collines d'oliviers. Scipion Mouginot se sent plus léger; avec sa faculté d'assimilation, il a vite dépouillé le Parisien pour se donner les façons niçoises, et il ne parle plus qu'avec l'accent provençal. Alice a repris du goût pour la vie; elle n'a plus pour les choses et les gens cette froide indifférence qui me faisait souffrir; la terre l'a reconquise, et l'autre jour je l'ai surprise en train de fredonner un air italien qu'un orgue jouait au fond de la rue Saint-François-de-Paule.

Attirés par la bonne humeur verveuse de mon oncle, et surtout par la délicate beauté d'Alice, les clients affluent bientôt dans le magasin des *Jardins d'Armide*. Les dames de la colonie anglaise ont pris en gré la jolie fleuriste, qu'elles surnomment « la petite madone »: les jeunes élégants de Nice ne se fleurissent que chez nous, et notre boutique devient à la mode. Les bouquets, composés par Alice avec un goût très parisien, ont une physionomie originale et comme une expression vivante: nous ne suffisons plus à exécuter les commandes, et nous avons été obligés de prendre des auxiliaires. Mon oncle se frotte les mains et déclare que notre fortune est assurée. Aussi, avec la prospérité, son amour pour le confort et la bonne chère se réveille. Il ne se prive d'aucune satisfaction ; notre table est toujours amplement garnie. Le dimanche, on loue une voiture, et nous allons tous déjeuner à Beaulieu ou à Saint-Jean; parfois même, nous poussons jusqu'à Monaco et Menton. Nous revenons à la brune: le ciel est diamanté d'étoiles que la limpidité de l'air fait paraître deux fois plus grosses que celles de chez nous. Mis en train par la beauté de la nuit, les parfums de la route et aussi par un certain vin de Bellet dont il a arrosé sa bouillabaisse, Scipion Mouginot proclame Nice une ville bénie où les affaires foisonnent comme les citrons aux arbres, et, dans un bel accès d'enthousiasme, il jure que nous n'en repartirons que millionnaires.

Cependant je ne m'y fie pas. Instruit par le souvenir du passé, je sais trop maintenant avec quelle rapidité mon oncle *s'emballe*, et avec quelle insouciance il tue les poules aux œufs d'or qu'il a élevées avec le plus d'amour. J'ai comme une vague idée que nous dépensons tout ce que nous gagnons, et je songe avec angoisse à ce que nous deviendrions si les *Jardins d'Armide* avaient un jour le sort des *Galions de Castro*. Je me préoccupe plus de la santé d'Alice que des chimériques espoirs de Scipion, et je cherche sérieusement à trouver une occupation qui me permettrait de gagner le pain quotidien, au cas où notre industrie viendrait à péricliter. — A Nice, dans cette ville cosmopolite où de nombreux étrangers aiment à hiverner, je rêve de rencontrer quelque grand seigneur très riche, qui consentirait à m'employer comme secrétaire. Je n'entends rien au commerce des fleurs ni à la tenue des livres, et j'ai honte de mon inutilité. Je me mets secrètement en quête, je m'adresse aux agences et aux propriétaires des principaux hôtels; mais mes tentatives restent infructueuses, et pendant un mois je bats en vain le pavé, à la recherche d'une position sociale.

MONTE-CARLO N'ÉTAIT QU'UN ROCHER.

Les choses qu'on souhaite arrivent généralement à l'heure où, de guerre lasse, on est sur le point de jeter le manche après la cognée.

Un dimanche que Scipion Mouginot nous a emmenés à Monaco, tandis que mon oncle et Alice visitent les jardins, la curiosité me pousse dans l'établissement des jeux. — En ce temps-là, Monte-Carlo n'était encore qu'un rocher planté de pins et brûlé de soleil; les jeux se tenaient au bas de Monaco, dans une maison qui

J'ENTRE DANS LA SALLE DE LA ROULETTE.

n'avait rien de commun avec le fastueux palais d'aujourd'hui.

J'entre dans la salle de la roulette, et je rôde autour de la table enguirlandée de joueurs affairés, non dans l'intention d'y tenter la chance — ma bourse est trop peu garnie — mais afin d'y contempler un spectacle tout nouveau pour moi. A peine ai-je fait deux ou trois tours que je remarque, parmi les *pontes* penchés sur le tapis vert, une longue et maigre silhouette dont l'excentrique tournure ne me semble pas inconnue. Le personnage qui m'a frappé porte de longs cheveux noirs rejetés en arrière: il est vêtu d'un veston de velours noir râpé et pique avec acharnement un carton zébré de chiffres. Je vais me placer de l'autre côté de la table pour le voir en face... Plus de doute : ces joues creuses, ce menton rasé, ces yeux extatiques doivent appartenir à mon ancien professeur de l'institut Cornevin, à mon maître en poésie, Oscar Feucherot. Enchanté de retrouver en ce pays lointain un ami d'autrefois, je reviens vers le joueur en veston de velours, je lui tape sur l'épaule : il se retourne avec humeur, comme un fumeur d'opium qu'on dérange de son extase, et ses yeux pleins de rêve me dévisagent solennellement :

— Mon ami, me dit-il de son ton d'excessive urbanité, ne vous appelez-vous pas Jacques Mouginot?

— Eh! oui, c'est moi, monsieur Feucherot, c'est moi..., heureux de vous revoir et de vous serrer les mains!...

— Très étrange et fatidique rencontre! déclame-t-il en mettant son carton en poche et en m'entraînant vers une banquette. Que faites-vous ici, Mouginot?

Je lui explique les motifs de notre voyage à Nice et la nouvelle industrie de mon oncle; puis, à mon tour, je l'interroge sur ses propres aventures et sur les hasards qui l'ont conduit à Monaco.

— Qui m'a amené en ce pays de croupiers, de cactus et d'aloès? reprend-il; hélas! cher ami, je vous répondrai comme mon confrère le poète Perse : « C'est le maître des arts, le dispensateur de l'esprit — l'estomac!... » Au sortir de la boîte de ce pauvre Évariste, je me voyais réduit à la dérisoire perspective de crever de faim. J'avais essayé de plusieurs métiers peu lucratifs, comme de vendre dans les foires de la banlieue une méthode pour effectuer tous les calculs à la minute, ou de fabriquer des réclames rimées pour célébrer un savon inédit... Tout cela nourrissait maigrement mon escarcelle. Alors un ancien copain, qui faisait de la publicité dans des journaux de sport, m'a envoyé ici afin de renseigner sa clientèle sur les prouesses des joueurs à la roulette ou au trente-et-quarante. Tous les huit jours, je lui envoie une correspondance où je vante aux gens du *high-life* les délices de Monaco et les séductions de la maison de jeu. Ce fastidieux travail est médiocrement payé, mais les croupiers sont pleins d'attentions

TRÈS ÉTRANGE ET FATIDIQUE RENCONTRE!

pour moi, et je me rattrape en risquant de temps à autre un écu sur la rouge ou sur la noire.

NOUS TROUVONS NOTRE HOMME ASSIS DEVANT UN PIANO A QUEUE.

— Je suis moins chanceux que vous, dis-je à mon tour à mon ancien maître; je voudrais gagner un peu d'argent, et je cherche vainement à occuper mes loisirs... Ne connaîtriez-vous pas ici quelque étranger ayant besoin d'un secrétaire?

Oscar Feucherot se gratte un moment le front, puis renversant en arrière son front d'illuminé :

— Attendez donc, s'écrie-t-il j'ai votre affaire!... J'ai rencontré au trente-et-quarante un seigneur russe qui est toqué de musique... Il compose une espèce d'oratorio et cherche un homme de bonne volonté qui lui écrirait un scénario en vers français... Naturellement, il s'est adressé à moi: mais j'ai juré de ne jamais m'asservir aux caprices bêtes des musiciens, et j'ai décliné ses offres. L'emploi est encore vacant, et si vous n'avez pas les mêmes scrupules...

— Je n'ai aucun scrupule, mon cher maître, et je rimerai tout ce qu'on voudra.

— Parfait, alors!... Mon Russe se nomme Nogaroff et demeure précisément à Nice. Dès demain je vous présenterai.

Nous prenons rendez-vous, je remercie chaleureusement le providentiel Feucherot, et je le quitte pour aller retrouver mon oncle.

Le lendemain, à dix heures, Oscar, qui a fait un brin de toilette, me conduit à la villa de M. Nogaroff.

Nous entrons dans un petit salon encombré de livres et de papiers de musique, et nous trouvons notre homme assis devant un piano à queue. C'est une espèce de géant à barbe de fleuve, à figure de Kalmouck : nez camard, pommettes saillantes, petits yeux bleus caressants et obliques. Il nous accueille avec une politesse affectée, et m'explique en parlant fortement du nez ce qu'il exige de son futur collaborateur.

Il est en train de composer une symphonie lyrique sur le *Démon* de Lermontof; seulement, comme il veut faire exécuter son œuvre en France, il désire qu'on lui fabrique d'après ses indications un scénario en vers français où les récitatifs alterneraient avec les morceaux lyriques et qui serait une adaptation du poème russe.

JE PASSE LES TROIS QUARTS DE MES NUITS A RIMER.

Ce scénario de cinq à six cents vers serait payé cinq cents francs.

Cinq cents francs pour cinq à six cents vers!.. c'est le Pactole pour un pauvre diable de débutant tel que moi. J'accepte avec transport sa proposition : il me remet une traduction du *Démon*, et nous convenons que dans deux jours je lui montrerai un échantillon de mon savoir-faire.

Dès le soir même, je dévore le poème de Lermontof, je me pénètre des infortunes de Samara, et je m'attelle à la besogne avec tant d'acharnement, que j'apporte le surlendemain à M. Nogaroff les quarante vers de l'introduction. Il paraît enchanté, et je passe les trois quarts de mes nuits à rimer. Je m'aperçois bientôt, cependant, que tout n'est pas rose dans le métier de librettiste. Si ce Russe a l'enthousiasme facile, il a aussi de brusques sautes d'humeur; il est bizarre, quinteux, ondoyant, et plus d'une fois, à la suite d'une désagréable discussion, je suis obligé de remanier mes vers au gré de son caprice. Je récris un duo là où il y avait un monologue, un récitatif là où j'avais d'abord rimé des stances. Quelquefois l'impatience me prend, et je suis tenté d'envoyer promener ce Moscovite dont les critiques nasillardes me portent sur les nerfs; mais je vois les cinq cents francs promis reluire au loin comme les feux d'un phare au-dessus d'une mer orageuse, et cette perspective me redonne du courage. — Enfin le scénario vingt fois retaillé et transformé se tient cahin-caha sur ses pieds et, après une dernière lecture, M. Nogaroff se déclare satisfait. Il va à son secrétaire, en tire vingt-cinq louis et me les déposant dans la main :

— Mille grâces, monsieur Mouginot, nasille-t-il; je suis content de votre collaboration... J'espère donc que vous ne me refuserez pas la continuation de vos services au cas où j'en aurais besoin... Revenez me voir, nous causerons d'un autre projet...

Je le remercie, enchanté d'être débarrassé de Samara, plus enchanté encore d'entendre tinter dans ma poche les vingt-cinq pièces d'or acquises par mon travail et qui me seront une précieuse réserve, si par la suite un vent de malchance venait à souffler sur les *Jardins d'Armide.*

Hélas! cette bise de malheur ne tarde pas à se faire sentir. Au commencement de février, le temps, qui jusqu'alors avait été tout printanier, devient subitement froid et pluvieux. Des bourrasques passant par-dessus les montagnes neigeuses nous apportent leur souffle glacé et leurs giboulées morfondantes. Les vieilles maisons de Nice sont mal protégées contre ces capricieuses crises hivernales. La nôtre surtout, avec son magasin aux portes constamment battantes, est pleine de courants d'air. Alice y a attrapé un gros rhume; elle tousse d'une façon alarmante. Pendant un mois, elle est forcée de garder la chambre, et le médecin qui la soigne secoue la tête comme son confrère de Paris. Tout en enveloppant ses paroles de prudentes réticences et de banales formules d'espoir, il ne nous dissimule pas que l'état de la malade est grave.

Depuis qu'Alice est souffrante, depuis que sa blanche beauté n'éclaire plus les fleurs amoncelées dans le magasin, la fortune aussi a cessé de nous sourire. Nos bouquets, auxquels les doigts de fée de mon amie donnaient une grâce vivante, prennent une physionomie terne et vulgaire. Les clients semblent s'apercevoir de la disparition de « la petite madone »; ils fréquentent moins assidûment la maison, les commandes deviennent moins nombreuses et les recettes quotidiennes diminuent. Je ne sais si Alice l'a deviné ou si quelques plaintes inconsidérées de l'oncle Scipion lui ont appris que nos affaires périclitent, mais à peine est-elle remise de son rhume qu'elle insiste pour descendre au magasin. Elle reprend activement son métier de bouquetière. Malheureusement, les clients ont déjà oublié le chemin de notre boutique; la vogue dont nous jouissions est allée favoriser des concurrents plus chanceux. Notre petite fée a beau composer des corbeilles qui sont une fête pour les yeux, assembler ses gerbes les mieux nuancées et les plus poétiques, les belles dames ne reviennent plus chez nous et les jeunes gentlemen vont faire fleurir ailleurs la boutonnière de leur habit. Alice, néanmoins, ne se décourage pas; elle s'obstine à travailler, reprise d'une sorte de passion pour ces fleurs qu'on nous apporte par brassées et qu'elle ne veut plus quitter.

Cette existence confinée dans une pièce close, saturée d'odeurs capiteuses, ne

LA PETITE MADONE.

contribue pas à améliorer sa santé. Les parfums, trop forts pour une organisation débilitée, énervent la malade et l'alanguissent. Chaque jour elle devient plus pâle, plus maigre et plus frêle. Ses yeux seuls, ses magnifiques yeux noirs, brillent d'un feu plus ardent au-dessus de ses joues creuses. Elle mange à peine et perd ses forces. C'est maintenant pour elle tout un travail que de descendre et remonter l'escalier qui conduit à l'entresol. Malgré tout, elle ne veut pas s'aliter; elle s'entête à rester assise à son comptoir, à manier ces plantes qui semblent trop lourdes pour ses pauvres mains amaigries. Lentement, avec une tendresse anxieuse, elle assemble les tiges épanouies; elle éprouve une joie maladive à porter à ses lèvres les touffes de violettes, les grappes rosées des jacinthes... Tout à coup la tête lui tourne, ses yeux se voilent, une pâleur de cierge s'étend sur son visage et, prête à se trouver mal, elle est obligée de rejeter sur le marbre le bouquet inachevé dont les émanations grisantes la suffoquent...

La petite Alice se meurt au milieu des fleurs. Elle jette de navrants regards, chargés d'une admiration jalouse, sur ces plantes si fraîches, si colorées, si gonflées de sève, dont les vivaces corolles semblent s'ouvrir pour épuiser son dernier souffle

COMME CES FLEURS SONT VIVANTES!

de vie. Quand, à midi, je m'en vais chez M. Nogaroff, dont je suis devenu le secrétaire, j'aperçois mon amie déjà installée dans une encoignure, abritant ses épaules amaigries sous un châle épais, et nouant, d'un geste ralenti, de petits bouquets de violettes que notre garçon de magasin va vendre sur la promenade des Anglais — car on ne vient plus guère les chercher chez nous. — Lorsque je rentre, après trois heures de copie ou de lecture à haute voix, je la retrouve devant ses brassées de roses et d'œillets, — mais épuisée, la tête renversée, le souffle court, la poitrine secouée par une toux profonde. — J'ai beau la supplier de se reposer; elle n'écoute rien, elle veut rester auprès de ces fleurs qui la tuent, mais qui lui donnent encore l'illusion des sourires, des luxes et des délices de la vie.

Car — chose singulière chez cette enfant jadis si détachée des joies terrestres — plus s'approche l'heure où la mort la touchera de son aile, plus elle est reprise de la passion de vivre et de jouir d'une jeunesse qui va s'évanouir. Jamais elle n'a été si préoccupée de ce qui se passe au dehors, si curieuse de spectacles, si éprise de lumière, de parfums et de couleurs.

Un matin, dans la plaine du Var où j'étais allé chercher notre provision de violettes, j'ai coupé une branche de pêcher en fleurs et je la lui ai apportée. Ce matin-là, malgré tous ses efforts, elle n'a pu descendre au magasin, et, frileusement enveloppée d'un peignoir qui flotte sur son corps émacié, elle est restée étendue dans un fauteuil, près de la fenêtre basse et cintrée. A la vue de la branche couverte de fleurs roses, un sourire court sur ses lèvres amincies, elle tend les mains, saisit avidement la tige épanouie et la porte à son visage :

— Comme c'est beau ! soupire-t-elle; comme ces fleurs sont vivantes!... J'aurais tant de plaisir à courir dans la campagne!... Tous les pêchers doivent être maintenant en boutons, mais je ne les verrai pas s'ouvrir...

En même temps qu'elle prononce ces paroles découragées, ses grands yeux noirs se fixent sur moi et son regard interroge anxieusement le mien, comme pour y mendier un démenti.

— Quelle idée! lui dis-je en faisant un douloureux effort pour prendre une figure souriante. Si fait, vous les verrez!... Voici le beau temps qui revient, vous retrouverez vos forces et nous recommencerons nos promenades.

Elle me saisit les mains avec vivacité et les serre dans ses mains fiévreuses :

— N'est-ce pas? répond-elle, n'est-ce pas que je guérirai?... A mon âge, on ne s'en va pas comme cela pour un mauvais rhume!... Je n'ai que seize ans et je ne voudrais pas partir sans avoir goûté de la vie... Promettez-moi que bientôt, comme les autres, je pourrai me promener au bon soleil et grimper là-bas, dans ces collines où les jacinthes sauvages vont fleurir...

— Oui, oui, Alice!... A votre première sortie, nous vous emmènerons à Saint-Jean et nous y passerons une pleine journée...

— Oh! je voudrais tant vivre!... Si vous saviez combien j'envie les filles robustes qui ont de la santé et des couleurs... Tenez, comme votre cousine Zélie... Déjà, à Paris, j'étais jalouse de son air bien portant... En voilà une qui est heureuse et qui peut profiter de sa jeunesse!... C'est cette chambre close qui m'affaiblit... Donnez-moi votre bras, Jacques, je veux descendre au magasin...

Je lui donne le bras, elle se soulève, hasarde quelques pas, puis retombe défaillante dans son fauteuil. J'appelle notre demoiselle de boutique pour qu'elle m'aide à la porter sur son lit et, la gorge pleine de sanglots, je me sauve pour pouvoir pleurer. Mon oncle n'est pas à la maison, et cependant je voudrais l'entre-

JE VEUX ARRANGER UN BOUQUET.

tenir de mes craintes. Depuis quelques semaines, depuis que nos affaires ne vont plus et que l'huissier remporte nos billets protestés, Scipion Mouginot a pris le logis en dégoût. Il est constamment dehors, occupé à rêvasser devant la mer ou aux entours du marché. Je sors à sa recherche, et je l'aperçois enfin à l'angle de la place Saint Dominique. Il est planté sur ses jambes, en contemplation devant une maison ornée d'une large enseigne où on lit : *Compagnie de navigation et d'émigration.* Je lui frappe sur l'épaule et le tire à grand'peine de sa rêverie...

— Qu'y a-t-il, Jacques? demande-t-il. Tu m'effrayes avec ta figure bouleversée.

— Mon oncle, Alice n'est pas bien... Je crois qu'il faudrait écrire à madame Clémence.

— Voilà comme tu es! s'écrie-t-il en haussant les épaules; tu exagères toujours... Que dit le docteur?

— Je vais précisément le chercher; mais je vous en prie, mon oncle, écrivez!... Le temps presse, et madame Clémence nous en voudrait trop si elle ne pouvait embrasser sa fille avant... avant la fin...

Mon oncle s'est exécuté. Madame Saintot est prévenue; mais je ne sais si elle arrivera à temps, car le mal fait de terribles progrès. Afin de ne pas effrayer la malade, nous lui avons conté que sa mère, ayant obtenu dix jours de congé, avait résolu de les passer à Nice. Alice l'attend avec une fébrile impatience et forme de navrants projets de promenades pour le moment où madame Clémence sera avec nous. Enfin un télégramme nous annonce l'arrivée de la pauvre mère. Le matin du jour où la diligence de Toulon doit nous l'amener, Alice a voulu se lever. Elle prétend qu'elle se sent mieux et s'est fait apporter un panier de violettes.

— Je veux, dit-elle, arranger un bouquet pour souhaiter la bienvenue à maman.

Tandis qu'en haletant elle rassemble les fleurs, elle prête l'oreille aux moindres bruits de la rue. Tout à coup, au roulement d'une voiture, elle se redresse à demi.

— La voici! la voici! murmure-t-elle.

Puis sa tête retombe sur l'oreiller, les violettes roulent à terre éparpillées. Je pousse un cri de désolation... C'est fini, la mignonne fée des bois de Villotte, la petite Alice est morte.

XV

Madame Clémence est arrivée trop tard. Elle n'a plus embrassé que le frêle corps inanimé de sa fille. Le désespoir de la pauvre femme me meurtrissait le cœur. Elle ne voulait plus se séparer de cette enfant adorée dont la mort n'avait presque pas altéré le charmant visage, et qu'elle étreignait avec une douloureuse tendresse. Il a fallu ruser pour l'entraîner hors de la chambre, tandis qu'on enfermait la jeune morte dans un cercueil plein jusqu'aux bords de muguets, de roses et de lilas blancs. Nous avons emmené la dépouille d'Alice à travers la vieille ville, jusqu'à ce cimetière du Château d'où l'on voit les montagnes et la mer. Madame Clémence, soutenue par l'oncle Scipion et par moi, a courageusement suivi le convoi jusqu'à la terrasse où la fosse était creusée. Mais les derniers adieux ont été déchirants; la malheureuse mère s'est évanouie quand le cercueil s'est enfoncé dans la terre, et nous avons dû la ramener en voiture. Dès le lendemain elle a voulu repartir. J'ai compris que le magasin des *Jardins d'Armide* lui faisait horreur; elle l'accusait d'avoir accéléré la mort de sa fille, et l'aspect des comptoirs chargés de fleurs exaspérait encore son chagrin. Nous l'avons escortée jusqu'à la diligence. Au moment d'y monter, elle m'a violemment serré le bras et, me tirant à l'écart :

— Vous l'aimiez, vous, a-t-elle murmuré; promettez-moi de mettre une pierre sur sa fosse et de ne point la laisser seule dans ce cimetière étranger.. Allez la visiter de temps en temps, comme vous le faisiez quand elle était avec moi!

Je lui ai juré, et la diligence pesante a roulé sur les dalles de la rue de France, emportant vers Paris cette mère sans enfant que rien ne devait plus consoler...

Je me suis retrouvé seul avec Scipion Mouginot, et nous sommes rentrés au logis sans nous adresser la parole. Mon oncle est devenu singulièrement taciturne. On dirait qu'il roule dans son cerveau je ne sais quel funèbre projet. Quant à moi, je suis comme dédoublé : mon corps s'acquitte mécaniquement des besognes journalières, mais mon esprit erre là-bas, sur la colline, autour de la fosse où l'on a descendu Alice. Ma seule satisfaction est de m'occuper d'elle. Avec l'argent de mes gains je lui ai acheté une concession, et j'ai commandé pour elle une tombe, une simple dalle de marbre blanc sur laquelle on inscrira : « Alice Saintot, morte à seize ans. » Je tiens scrupuleusement ma promesse, et chaque jour, en sortant de chez mon Russe, je porte des fleurs au cimetière du Château.

Je reste là jusqu'à la fermeture des portes, arpentant la terrasse dont le sol est couvert d'une herbe nouvelle où fleurissent des soucis. Je converse en pensée avec la chère défunte, j'évoque tous les souvenirs qui me parlent d'elle — depuis notre première entrevue à l'hôtel du Cygne jusqu'à notre dernier entretien dans la petite chambre où je lui ai apporté la branche de pêcher. — Un soir, quinze jours environ après l'enterrement, je suis venu au cimetière accomplir mon pèlerinage quotidien. Nous entrons en avril; il est tombé quelques giboulées dans la matinée, et de gros nuages blancs bordés de noir s'assemblent encore à la cime des montagnes les plus élevées; le reste du ciel est d'un bleu très pur. A travers les nuées accumulées au-dessus de l'Estérel, le soleil couchant filtre une lumière assourdie qui argente les collines d'oliviers où, çà et là, des villas éparses mettent des taches blanches et roses dans le vert. L'air est tiède, un peu humide. Parmi les caroubiers et les yeuses du château, les merles sifflent absolument comme chez nous et me font repenser aux bois de Villotte. Au fond de la vallée, de bleuâtres vapeurs voilent d'une gaze flottante la ville, dont l'existence ne m'est révélée que par de grêles sonneries s'échappant des campaniles d'églises; on ne voit que le cirque des collines d'un vert blond, les escarpements plus foncés des montagnes et la mer d'un bleu laiteux. — Derrière moi, dans la profondeur où se creuse le port de Lympia, j'entends un sifflet de machine à vapeur et, un quart d'heure après, je vois déboucher le paquebot de Marseille qui file sur le pâle azur de la mer et gagne le large, laissant derrière lui un noir panache de fumée.

CHAQUE JOUR JE PORTE DES FLEURS AU CIMETIÈRE.

Un mystérieux frisson me secoue. La fuite de ce bâtiment vers les brumes de l'horizon me fait sentir plus douloureusement que je suis en pays étranger, loin, très loin de mon terroir natal. Une envahissante mélancolie change le cours de mes réflexions et les incline vers des préoccupations d'un ordre tout matériel. Je songe à la difficulté croissante de notre situation. La mort de notre petite fée a porté le dernier coup aux *Jardins d'Armide*. Nous ne vendons presque plus de fleurs, et je pressens une imminente catastrophe. Que deviendrons-nous lorsque nous aurons épuisé nos dernières ressources? Comment mon oncle supportera-t-il ce nouveau désastre? Il est chaque jour plus soucieux. Lui, dont la sérénité et les vivaces espérances ne sont pas facilement entamées, me semble céder à un complet découragement. Son visage n'a plus de lueurs et sa verve éloquente est tarie. C'est un homme tout de première impression et, sous le coup d'un chagrin violent, il est capable de se porter à quelque résolution extrême. Ce matin, il est sorti avant moi; il n'est pas rentré pour le déjeuner de midi... Et voilà que soudain une idée funèbre me monte au cerveau... Las de lutter, acculé à une situation sans issue,

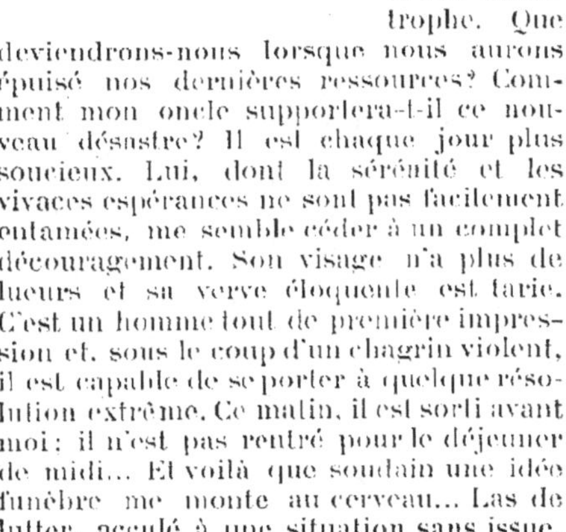

Scipion Mouginot aurait-il eu la pensée d'en finir avec la vie? Mon imagination de dix-huit ans travaille là-dessus; plus j'y

JE DÉCHIFFRE A GRAND'PEINE...

réfléchis, plus l'hypothèse d'un suicide me paraît possible. Une inexprimable terreur m'empoigne... Je me peins déjà mon oncle tout sanglant, la tête trouée par une balle; et, dégringolant quatre à quatre les escaliers des terrasses, je cours effrayé jusqu'à la rue Saint-François-de-Paule. Je franchis en frissonnant le seuil des *Jardins d'Armide*, où notre unique garçon de magasin sommeille, désœuvré, dans une encoignure. Un silence mortel règne dans l'appartement. Je grimpe à l'entresol, je gagne la chambre de mon oncle et, la première chose qui me frappe dans cette pièce vide et en désordre, c'est une lettre posée ostensiblement sur la basane noire d'une table de travail. Je m'approche et je lis la suscription : « Pour remettre à mon neveu Jacques Mouginot. » Plus de doute; mes pressentiments ne me trompaient pas et mon malheureux oncle a attenté à ses jours! D'une main tremblante, je fais sauter le cachet: je déchiffre à grand'peine les caractères qui dansent devant mes yeux, et, la lecture achevée, je m'assieds ahuri, les lèvres crispées par un amer sourire...

Voici ce que contient la lettre de Scipion Mouginot :

« Mon cher enfant,

» Tu me rendras cette justice que j'ai lutté avec la dernière énergie contre le guignon qui depuis quelque temps s'attache à mes entreprises. Un moment, je me suis cru à la veille de gagner la bataille, mais la fatalité ne l'a point voulu. Tant que ma présence ici a été nécessaire aux autres, je n'ai pas déserté mon poste. Aujourd'hui, notre chère Alice est au ciel, madame Clémence a son pain assuré, toi-même, grâce à ton seigneur russe, tu es en passe de te créer un honorable avenir ; rien ne me retient donc plus dans ce vieux monde de la routine et du préjugé, et je puis sans remords suivre le penchant qui m'entraîne vers un continent plus jeune et plus riche. — Le fonds des *Jardins d'Armide* est vendu, et mon successeur entrera demain en possession. Quant à moi, j'ai résolu de changer mon fusil d'épaule et, secouant la poussière de mes pieds, je vais cingler vers l'Amérique, vers la terre de la liberté et de la grande industrie. Quand tu liras cette lettre, le paquebot de Marseille m'emportera vers un navire en partance pour New-York. Là, j'en ai la conviction, je réédifierai ma fortune, et plus tard je reviendrai les poches pleines, le front triomphant. En attendant les ivresses du retour, travaille, mon ami ; tu es jeune..., à toi « les longs espoirs et les vastes pensées! » Souviens-toi de ma vieille devise : *Laboremus!* et dis-toi, mon cher Jacques, que, de loin comme de près, t'accompagneront les vœux et l'affection de ton oncle fidèlement dévoué.

» SCIPION MOUGINOT. »

Je suis à la fois abasourdi et révolté par cette lecture. — Ainsi, pendant que je m'attendrissais sur le sort de mon oncle, tandis que je me le peignais désespéré et méditant des projets de suicide, tandis que je m'enfiévrais, lui prenait prosaïquement et vulgairement la poudre d'escampette, sans souci de laisser un neveu de dix-huit ans abandonné à lui-même dans une ville étrangère! J'étais déjà, depuis un an, revenu de bien des illusions sur le compte de Scipion Mouginot, mais ce dernier coup m'achève. Les écailles me tombent toutes à la fois des yeux, à la pensée d'une aussi égoïste insouciance. Je me souviens des préventions de la bonne maman Péchoin et je les trouve justifiées.

Oui, la brave femme avait raison : les sottises que commet Scipion sont plus préjudiciables à autrui qu'à lui-même, et il s'arrange toujours pour s'en tirer les chausses nettes...

— Enfin, dis-je en faisant un brusque retour sur moi-même, quand je récriminerai jusqu'à demain, je ne changerai pas l'état des choses... Maintenant que me voilà livré à mes propres ressources, il faut que je prenne un parti. Premièrement, je dois déménager d'ici, puisque mon oncle a tout vendu et qu'un nouveau possesseur occupera demain l'appartement.

Je descends, je secoue le garçon ensommeillé, je l'interroge, et il me confirme la cession des *Jardins d'Armide* à un industriel de Marseille qui compte y installer un commerce d'huile et de fruits du Midi.

Je cours immédiatement louer une très modeste chambre dans un hôtel de la rue des Ponchettes, puis je procède au déménagement des quelques objets mobiliers qui m'appartiennent. J'entasse mes hardes et mes livres dans une malle, je dis un dernier adieu à la chambrette où Alice est morte, j'emporte comme souvenir un petit miroir ovale dont elle se servait et où je m'imagine ressaisir encore un reflet de son pâle visage; puis, hissant ma valise sur mon épaule, j'arrive à la nuit tombante dans mon nouveau domicile.

Cette pièce basse, donnant sur le quai, a le misérable et inhospitalier aspect des chambres d'hôtel garni. J'entends, de l'autre côté de la chaussée, la mer qui déferle sur la grève déserte. Cette rumeur berceuse de la vague, qui s'épand sur les galets avec une plainte traînante, n'apaise point les angoisses de mon cœur gonflé. Je sens en moi, comme dirait Oscar Feucherot, un frisson nostalgique. Je voudrais m'en aller loin de cette ville de plaisir où je suis dépaysé et où je n'ai plus de « chez moi ». Mais où me réfugier? Où retrouver ce foyer domestique qui me manque, cette consolante intimité dont j'aurais tant besoin? Paris, où je n'ai connu que des bohèmes comme les Cornevin, des égoïstes comme Scipion ou des victimes comme madame Clémence, Paris ne m'attire plus; il m'inspire, au contraire, une sorte de répugnance.. Alors je repense, avec un regret au cœur, à mon petit pays de Villotte, où tout m'était si amicalement connu Dans l'obscurité profonde, le bercement de la mer soulève doucement mon âme et l'emporte comme dans un rêve vers les humbles vallées de Barrois — où les vignobles tapissent le revers des coteaux, où les bois du Petit-Juré verdoient, où la papeterie de Jeand'heurs repose sous les grands arbres du parc. Je me sens empoigné d'un véhément désir de me retrouver dans le milieu natal, dans ce pays de brumes et de verdures mouillées, si différent de cette Provence ensoleillée, dont la joie lumineuse contraste trop maintenant avec l'endolorissement de tout mon être. Je ne me demande pas ce que je ferai, une fois là-bas, ni à quelle porte je frapperai, ni comment j'y serai reçu : je ne pense qu'à la délicieuse satisfaction de me retremper aux sources d'autrefois, de contempler de nouveau les physionomies familières des choses et des gens; je cède à cet impérieux instinct qui pousse le gibier traqué à revenir mourir au gîte, et je décide dans ma tête que je retournerai le plus tôt possible à Villotte.

Mais avant d'exécuter ce projet de rapatriement, il me faut gagner l'argent du voyage, car les frais de la sépulture d'Alice ont mis ma bourse à sec. Je me résous donc à continuer mes fonctions de secrétaire chez M. Nogaroff jusqu'à ce que j'aie amassé un pécule suffisant. Six semaines se passent ainsi en stations quotidiennes à la villa de mon gentilhomme russe. Pendant ce temps je ne dépense presque rien, car M. Nogaroff, afin de m'avoir plus complètement à sa discrétion, me donne le déjeuner et le dîner. Je ne m'accorde que le strict nécessaire, j'entasse comme un avare sou sur sou, et vers la fin de mai je me trouve suffisamment lesté pour songer à mes préparatifs de voyage. Aussi bien, il n'est que temps de prendre une détermination, car la saison est finie et les étrangers partent comme des volées d'hirondelles. Mon Russe, il est vrai, s'est engoué de moi et m'offre de m'emmener avec lui à Moscou; mais je décline cette flatteuse proposition. Il règle mes appointements et nous nous quittons satisfaits l'un de l'autre. Toutes dépenses payées, il me reste en caisse trois cents francs. Je vais faire une dernière visite au cimetière, je m'arrange avec le jardinier pour l'entretien de la tombe d'Alice; puis, après y avoir déposé un bouquet de roses, je redescends mélancoliquement la rue du Château.

Le lendemain, je grimpe sur l'impériale de la diligence. Le conducteur rassemble ses guides, fouette ses quatre chevaux et, dans un nuage de poussière, me voilà roulant sur la route de France...

Le chemin est long de Nice à Villotte!... Je ne vous conterai pas les incidents du voyage, les nuits passées en chemin de fer ou en patache, les étapes forcées à Marseille, à Dijon et à Langres, ni mes calculs ingénieux pour voyager le plus économiquement possible. Pendant tout le trajet je songe, non sans un frisson d'inquiétude, à ce que je ferai lorsque j'arriverai dans ma petite ville. Me rendrai-je directement à Jeaud'heurs, ou bien me présenterai-je avec ma courte honte à la pharmacie Mouginot-Péchoin? La respiration haletante de la locomotive ou le sautillement des grelots des chevaux accompagnent de leur monotone refrain l'obsédante question qui danse continuellement dans mon cerveau : irai-je ou n'irai-je pas chez mon oncle Victor? La perspective de cette visite n'a rien de séduisant. Pourtant, puisque je reviens au pays, il me semble assez logique que je voie mon tuteur, quand ce ne serait que pour lui raconter la dernière fugue de son frère et lui apprendre que, désormais, il peut se dispenser d'envoyer à Scipion les subsides destinés à mon entretien. Je ne sais où buter, et lorsqu'un soir de juin, entre sept et huit heures, un train omnibus me dépose enfin à la station de Villotte, je n'ai pris encore aucune résolution.

La ville me semble déjà s'être considérablement modifiée depuis que je l'ai quittée. A la place des terrains vagues qui entouraient la gare, des maisons neuves ont été construites et, parmi elles, un hôtel pompeusement intitulé : *Hôtel de l'Univers*. Je m'y rends tout droit au sortir de la station, je demande une chambre et, après avoir trempé dans l'eau ma figure noire de poussière, je redescends dans la rue. Le crépuscule tombe; les quais, où l'on commence à allumer les becs de gaz, sont plongés dans une demi-obscurité. Je traverse le nouveau pont qui relie la gare à la ville, et, une fois arrivé au quai des Gravières, je me dirige, encore à moitié hésitant, vers la maison des Mouginot-Péchoin. J'écoute comme une voix amie le lointain bouillonnement de la rivière sous les arches du pont Notre-Dame et la fraîche palpitation du feuillage des peupliers, je traverse le noir et nauséabond passage du Corps-de-l'Huis. Me voici rue du Bourg. Presque tous les magasins sont fermés; le quartier semble sommeiller dans la pénombre. Seule, l'officine de mon oncle Victor jette sur l'obscurité du trottoir le flamboiement de son gaz et la lumière colorée de ses bocaux bleus et jaunes.

Près de la porte, mes hésitations augmentent. — « Rien ne presse », me dis-je... Et, pour gagner du temps, je m'objecte à moi-même que les Mouginot-Péchoin sont sans doute à table, et qu'il est plus convenable d'attendre qu'ils aient fini de manger. En tombant chez eux au milieu de leur souper, j'aurais trop l'air d'un meurt-de-faim qui a précisément choisi l'heure du repas pour se montrer. Je me décide donc à me promener devant la pharmacie, en me contentant d'y jeter de furtifs coups d'œil. La rue est quasi déserte, et, d'ailleurs, peu m'importe l'attention des voisins; j'ai pris du corps depuis mon départ de Villotte et me sens suffisamment transformé pour ne pas craindre d'être reconnu. Tout en flânant devant l'officine, je puis à mon aise épier ce qui se passe dans l'intérieur.

Oui, ils sont à table. Comme l'air est très chaud, on a ouvert la glace du vasistas qui donne sur la pharmacie, et, par cette ouverture, je vois distinctement tout un coin de la salle à manger, éclairée par une lampe à abat-jour vert. J'aperçois le profil sec de madame Mouginot-Péchoin, le gros nez d'Aristide et les bras gesticulants de l'avocat Jacobi, qui pérore sans doute comme d'habitude. La physionomie des choses et des gens est restée la même. On dirait que c'est hier que j'ai quitté Villotte avec Arsène Camus et que nous sommes allés ensemble à Trémont. La pharmacie a toujours son aspect froidement méthodique : les substances médicamenteuses occupent les mêmes travées, où elles sont rangées suivant leur nature. Je reconnais le rayon des alcoolatures, celui des fleurs séchées et celui des fruits secs, où j'allais parfois chiper des dattes et des jujubes; je retrouve les bocaux de faïence aux formes d'urnes funéraires, où l'on met les pommades et les onguents. Les hôtes de la maison non plus n'ont pas changé. Il me semble que si j'entrais en ce moment dans la salle, j'y serais accueilli par les mêmes sarcasmes de madame Mouginot-Péchoin, les mêmes méchants rires d'Aristide, les

êmes prétentieux sermons de M. Jacobi
› serait pis encore, probablement, car
façon dont je me suis sauvé de Jean-
heurs, le fait de m'être inféodé à Sci-
on Mouginot, l'annonce des nouvelles
cades de mon oncle, n'ont pas dû prédis-
oser les gens de la pharmacie en ma
veur. A peine puis-je compter sur
ndulgence de la vieille madame Péchoin?
n supposant qu'on daigne me rendre ma
lace au feu et à la table, on ne tuera
rtes pas le veau gras pour moi et on me
ra payer cher mon pardon. Je pressens
s coups de boutoir de l'oncle Victor,
s ricanements d'Aristide, les enfilades
e proverbes de l'avocat Jacobi. Je me
onnais : je ne supporterai pas avec rési-
nation leurs reproches ironiques, la
ile me montera au nez, je répliquerai et
out sera à recommencer. Franchement,
our en arriver à un pareil dénouement,
st-ce bien la peine de franchir le seuil de
ette maison inhospitalière! Mon intrai-
able amour-propre dit non, et je reste
ır le trottoir, ballotté entre le pour et le
ontre. A ce moment, un client entre
ans l'officine et mon oncle Mouginot-
échoin sort pour le servir. Son visage
st encore plus flegmatique, sa bouche
lus chagrine et son œil plus dur. Il
ette un froid regard du côté de la porte.
n croirait qu'il me flaire et qu'il s'apprête à me crier : « Tu ne seras jamais
u'un cancre! »

L'idée d'aborder ce terrible oncle Victor
ait décidément pencher la balance vers
a négative.

— Non, je n'entrerai pas!

Brusquement je tourne les talons, et
ressant le pas, comme si j'avais peur
'être poursuivi, je me hâte de quitter
a rue du Bourg et de regagner mon
ôtel.

En rentrant, je me fais servir un
nodeste souper, et, tout en mangeant
non veau froid, je réfléchis au parti que
e dois prendre. — Puisque je suis revenu
u pays et que je répugne à réintégrer le
omicile de mon oncle Victor, il ne me
este plus qu'un refuge : Jeand'heurs. Là,
u moins, je trouverai de bons amis.
i j'ai à souffrir dans ma vanité en
ecourant à eux après avoir dédaigneuse-
nent repoussé leurs avances, je suis sûr
e leur indulgente affection, et de ce côté
e n'aurai pas de mortifications à subir.

— Oui, demain, dès l'aube, j'irai de
non pied léger à Jeand'heurs.

Séance tenante, je règle ma dépense avec le patron de l'hôtel; je le prie de conserver ma malle en dépôt pendant quelques jours et, après avoir dormi six heures d'affilée, le lendemain au fin matin je gravis la route qui mène au bois de la ville haute.

Jusque-là l'enfièvrement de l'arrivée, les préoccupations de ma rentrée chez les Mouginot-Péchoin m'ont gâté les joies du retour. Mais maintenant je goûte à plein cœur le plaisir « de tout revoir et de tout reconnaître ». J'écoute d'une oreille charmée les cloches sonnant l'angélus avec leurs voix d'autrefois; je salue d'un regard ami les antiques façades sculptées des logis de la haute ville. Quand je pénètre dans les bois, où les oiseaux printaniers n'ont pas encore cessé leurs chansons, la musique des rossignols et des fauvettes de chez nous me donne un renouveau de gaieté et d'entrain.

La forêt sent bon; l'odeur des chèvrefeuilles sauvages s'y mêle à la pénétrante haleine des aspérules, et ces aromes du terroir natal me semblent cent fois plus cordiaux que tous les parfums des bouquets de Nice. Les hêtres et les charmes aux fraîches et jeunes verdures ont une physionomie fraternelle et tendre que je n'ai jamais trouvée au dur feuillage persistant des chênes verts et des caroubiers de la Corniche. Ici, je me sens foncièrement chez moi. — Parvenu à la lisière du taillis, j'aperçois tout à coup la plaine de Combles et de Véel, onduleuse au lever du soleil, étalant sous une lumière blonde ses cultures multicolores. Les seigles frissonnant sont des houles d'un vert argenté; les trèfles incarnats se déroulent comme un tapis de pourpre; les luzernes bordent d'une bande foncée l'or éblouissant des colzas. Au dessus de cette mer de plantes céréales ou fourragères, dans le ciel couleur de perle où elles demeurent invisibles, les alouettes par centaines chantent, et, de même que la rosée matinale rafraîchit les végétations éparses, une rosée de larmes mouille mes yeux et me rafraîchit le cœur.

Voici Trémont qui s'éveille au susurrement de ses eaux courantes. Voici Renesson avec sa filature, résonnante du bruit des bobines, et voici le chemin noir de crasses de fer qui mène aux forges de Jeand'heurs. Je traverse le parc du château où tout repose, où les marronniers touffus entre-croisent leurs ramures au-dessus de la Saulx somnolente. Plus qu'une centaine de pas et je rencontrerai le sentier qui

C'EST MA COUSINE ZÉLIE.

franchit le porche de la papeterie. Mon cœur saute dans ma poitrine, tandis qu'une sourde honte me prend à la pensée d'être obligé d'avouer mes humiliants déboires.

J'entends le bouillonnement des écluses et le chant des coqs de la basse-cour. De nouveau, une fièvre d'impatience m'empoigne, et je cours jusqu'à l'entrée du porche, où l'aboiement des chiens du cousin Delorme m'accueille comme un intrus

Attirée par le tapage de la meute, une claire forme féminine s'avance sur le perron. — Il n'y a pas à s'y tromper : c'est ma cousine Zélie. — Ses mains semblent serrer avec force la balustrade d'appui, comme si elle avait un éblouissement; puis elle demeure immobile et paraît se demander quel est cet étranger qui entre dans la cour Pourtant elle a de bons yeux et doit m'avoir reconnu de même que je l'ai reconnue. Cette impassibilité de Zélie me déconcerte, et je m'arrête hésitant... Alors elle se retourne vers le vestibule de la maison et je l'entends crier d'une voix étranglée par l'émotion :

— Papa, venez vite!... C'est Jacques!

Un instant après, je serre les mains du cousin Delorme, qui a dégringolé précipitamment les marches. Il m'entraîne vers le perron où madame Delorme, en camisole, est accourue à côté de sa fille.

— Te voilà donc, vagabond, s'exclame gaiement le cousin; allons, embrasse tes cousines!

J'obéis, encore tout ému; je baise les joues de madame Delorme, puis celles de Zélie, qui est devenue pâle et qui murmure :

— C'est toi, enfin!... Oh! que je suis contente!

— Tu arrives à point, reprend M. Delorme, nous sommes en train de casser une croûte et tu vas prendre un acompte sur le dîner...

Il me pousse dans la salle à manger, mais avant de m'attabler je veux en deux mots l'instruire de ma situation, et je murmure d'une voix embarrassée :

— Cousin, vous aviez raison il y a deux ans... Les choses ont mal tourné, et je vous reviens comme l'enfant prodigue...

— C'est bon, interrompit-il, je m'en doute!... Mets-toi à table d'abord et mange... Nous causerons ensuite.

XVI

Après déjeuner, nous avons longuement causé, M. Delorme et moi, en arpentant, dans le jardin, l'allée de groseilliers que borde la Saulx. Je lui ai conté le voyage à Nice, la prospérité et la décadence des *Jardins d'Armide*, la mort de ma petite amie et la fuite de Scipion Mouginot. Il m'a écouté sans m'interrompre; puis quand j'ai eu fini :

— Rien de tout cela ne m'étonne, a-t-il dit en haussant les épaules; lorsque je vous ai visités rue de Condé, j'avais déjà prévu que les magnifiques entreprises de ton oncle tourneraient en eau de boudin. C'est pourquoi je voulais te ramener avec nous, mais tu avais encore les yeux pleins de la poudre qu'y avait jetée cet embobelineur de Scipion et tu en étais éberlué. En somme, il n'est pas mauvais que les événements se soient chargés de te désaveugler. Pour nous éclaircir la vue, notre propre expérience vaut mieux que les sermons et les avertissements d'autrui. Tu as fait de bonne heure une école qui te rendra moins prompt à lâcher désormais la proie pour l'ombre. Le gagne-pain que j'ai à t'offrir est des plus modestes... Ton emploi à la papeterie consistera à surveiller le triage des chiffons, et de temps en temps tu m'aideras dans ma correspondance. Ça n'est pas brillant, mais tu mettras ainsi peu à peu la main à la pâte, et, comme tu es intelligent tu deviendras au bout de quelques années un bon contremaître... Cela te va-t-il?

Je m'empresse de remercier le cousin Delorme, en l'assurant que je suis revenu de mes idées de gloriole et tout disposé à gagner honnêtement ma vie.

— Affaire entendue, reprend-il; ce soir j'écrirai à M. Mouginot-Péchoin afin de lui annoncer le départ de Scipion et ton installation à la papeterie. Puis, comme tu as dix-huit ans, sonnés, nous adresserons une requête au juge de paix de Villotte pour obtenir ton émancipation. . Dès demain tu débuteras à l'atelier, mais avant de faire peau neuve et de commencer ton nouveau métier, retiens ceci pour ta gouverne. Primo, dans la vie il n'y a pas de bonne ou de mauvaise chance, et la déveine n'est qu'un mot dont on se sert pour déguiser ses propres malfaçons. Ce n'est pas la destinée qui fait l'homme, mais l'homme qui fait sa destinée, comme l'araignée tisse sa toile. Deuxièmement, ce qu'on gagne en vitesse on le perd en force, et ceux qui, à l'exemple de ton oncle Scipion, rêvent de gros succès arrivant comme par miracle, sont des dupes ou des farceurs. On ne réussit que par de patients efforts répétés chaque jour. Mets-toi bien dans la tête que les fortunes qui poussent en une matinée, ainsi que des champignons, ne sont pas de durée... A présent, va retrouver tes cousines, et repose-toi bien aujourd'hui pour travailler demain de meilleur cœur...

En quittant ce brave homme, je me sens tout ragaillardi et réconforté. Je rentre au logis et je me réinstalle dans ma chambrette d'autrefois, qui a été aérée et aménagée comme par enchantement. Devant la fenêtre ouverte, les ramures des grands arbres du parc se balancent pour me souhaiter la bienvenue; sur la table, un gros bouquet de roses paysannes, apporté par Zélie, trempe dans un vase de grès et emplit la pièce d'un réjouissant parfum d'été. En descendant pour le dîner de midi, je suis rejoint par ma cousine, qui a quitté sa camisole du matin pour revêtir une robe de toile, et je suis étonné de lui trouver une grâce et un éclat auxquels je ne m'attendais guère. L'adolescente à l'allure gauche, aux toilettes démodées et criardes, a fait place à une robuste jeune fille se mouvant avec aisance dans un vêtement simple qui met en valeur la souplesse de la taille, le ferme modelé des épaules. Ses cheveux châtains, arrangés sans prétention, frisent en mèches rebelles sur son front et accompagnent harmonieusement sa physionomie ouverte, son teint légèrement semé de rousseur et ses yeux bleus très purs.

Elle se place à côté de moi, me sert les meilleurs morceaux et s'évertue à force de bonne humeur à me dérider et à me mettre à l'aise. Sitôt qu'on a pris le café, elle coiffe un chapeau de paille cousue et, se tournant vers moi :

— Si tu n'es pas trop fatigué, dit-elle avec un sourire, nous irons revoir nos promenades d'autrefois.

J'accepte avec grand plaisir, et, après avoir traversé le petit village de Lisle-en-Rigault, nous remontons la rivière jusqu'à Ville-sur-Saulx. Nous suivons d'abord un chemin de halage entre des berges fleuries de salicaires roses et des champs de blé bruissants d'insectes. Çà et là des aulnes et des *bouillées* de saules versent un peu d'ombre sur le sentier; à travers leur léger feuillage, que retrousse le moindre coup de vent, nous voyons reluire la rivière, qui coule lentement sur un fond d'herbes vertes. Une éblouissante lumière argentée s'épand sur la plaine semée de villages, où l'on voit briller de loin en loin les ardoises d'un clocher. Des vols de pigeons ramiers passent en tournoyant au-dessus des cultures et vont s'abattre sur le coteau d'en face, où un bois taillis tache d'un bleu noir tout un pli de la vallée ensoleillée. J'embrasse d'un regard ému ce modeste paysage de chez nous, et il me semble retrouver de vieux amis.

— N'est-ce pas, s'exclame Zélie qui m'examine à la dérobée, n'est-ce pas que rien n'est changé?... On dirait que c'est hier que tu as quitté Jeand'heurs...

— Le pays est resté le même, cousine, mais il y a néanmoins du changement ici... Depuis mon départ, tu as joliment grandi et embelli.

— Tais-toi, flatteur!... Je me connais, et je ne suis pas assez sotte pour me croire belle... Je ne vais pas à la cheville de ta petite amie Alice!

Je regarde Zélie avec une expression de surprise attristée; son père n'a pas encore eu le temps de lui apprendre mes dernières aventures et le funèbre événement qui a clos mon séjour dans le Midi. Je baisse la tête et je réponds d'une voix assourdie :

— Tu n'avais été que trop clairvoyante, cousine... Alice avait une maladie de poitrine, et elle est morte.

— Ah! mon Dieu... Pardon, si je t'ai fait de la peine, Jacques.

Je la regarde de nouveau, pour chercher dans ses yeux cette compatissante sympathie qui est la consolation des affligés; je suis étonné, presque choqué de n'y pas trouver l'apitoiement sur lequel je comptais. Certes, Zélie est trop bonne pour accueillir ma communication par une froide indifférence; mais, d'un autre côté, elle est trop franche pour feindre un sentiment qu'elle n'éprouve pas; et à travers les efforts qu'elle tente pour prendre une figure condoléante, je crois entrevoir une rapide lueur de satisfaction. — Je n'y comprends rien; j'imagine que si elle n'est pas suffisamment émue, c'est que je lui ai annoncé trop sèchement cette perte dont mon cœur saigne encore, et alors je lui conte les plus touchants détails de la maladie et de la mort d'Alice. Je lui parle d'abord de nos espérances de guérison, je lui explique comment mademoiselle Saintot s'était reprise à aimer la vie, et quels succès avaient eus dans le monde de Nice la beauté et les bouquets de « la petite madone ». Je fais un tableau navrant des derniers jours de cette pauvre enfant qui ne voulait pas mourir; je n'ai garde d'omettre l'épisode de la branche de pêcher, ni mes visites quotidiennes au cimetière du Château. Je ne taris plus; je ne m'aperçois pas que Zélie m'écoute avec impatience, et que, pendant ma narration, ses doigts déchirent nerveusement une tige de blé arrachée à un champ voisin.

Elle a brusquement rebroussé chemin, et lorsque enfin j'ai achevé mon histoire, ma cousine conclut en soupirant :

— Assurément, c'est triste de partir si jeune; mais en mourant, elle a eu du moins la consolation d'être bien aimée jusqu'au bout.

— Oh! oui, bien aimée! m'écriai-je avec conviction.

Puis j'ajoute, comme si je n'en avais pas dit assez :

— Et je l'aime bien encore!

Zélie tourne obstinément la tête du côté de la rivière. Elle ne répond rien, et nous rentrons silencieusement à la maison.

En avouant ingénument à ma cousine que la chère petite morte occupe toujours ma pensée, je n'ai pas exagéré. La perte d'Alice m'endeuille le cœur comme au premier jour; je vois constamment sa pâle figure amaigrie et ses yeux bruns agrandis par la fièvre; je l'entends m'exprimer d'une voix angoissée son ardent désir de vivre, et je ne puis m'accoutumer à l'idée que nous ne nous retrouverons plus en ce monde. Ma tendresse posthume pour la petite fée envolée distrait mon attention pendant les premières journées de mon apprentissage à la papeterie, et m'expose à d'affectueuses remontrances de la part du cousin Delorme. Peu à peu, cependant, mon amour-propre triomphe de mes dégoûts. Je ne veux pas paraître inférieur à ma tâche; j'ai à cœur de gagner consciencieusement le salaire qu'on me donne, et j'impose silence aux regrets qui m'empêchent de me consacrer tout entier à ma besogne. — Ce n'est pas une mince affaire de surveiller le triage des matières destinées à la pâte du papier; il faut tenir la main à ce que les trieuses, par négligence ou dans une intention de fraude, n'additionnent pas de chiffons de coton les chiffons de toile réservés à la confection du papier de fil, et ce n'est pas trop d'une constante attention pour prévenir les erreurs ou les abus.

Au bout de quelques semaines, l'acharnement avec lequel je remplis ma tâche détourne forcément mon esprit de ses préoccupations funèbres. Le travail est le plus puissant des consolateurs; je n'ai pas oublié la petite Alice, mais mon chagrin s'est insensiblement assoupi; lorsque je pense à elle maintenant, ma tristesse est remplacée par une rêverie mélancolique, pareille à celle que nous met dans l'âme la sonnerie des cloches, le soir à la campagne...

Avec le travail, ce qui contribue le plus efficacement à l'apaisement de mon chagrin, c'est le voisinage de ma cousine Zélie. La grâce robuste et la bonne humeur de mademoiselle Delorme agissent sur moi comme l'air salubre des montagnes sur un convalescent anémié par un trop long séjour dans sa chambre de malade. Plus je vis assidûment auprès de Zélie, plus je suis pris par la vivacité de son esprit, par la franchise de son caractère et le charme tout particulier de ses traits expressifs. Elle n'est pas belle dans le sens conventionnel du mot; mais si son visage est irrégulier, il se dégage de ses yeux bleus une lueur spirituelle qui séduit sans troubler. Elle a la beauté de tout ce qui est sain et intelligent. La loyauté de son âme, la verdeur de son esprit se manifestent dans le rayonnement de son regard et l'éblouissant sourire de ses lèvres. — Il se produit alors un singulier phénomène : à mesure que l'image d'Alice s'atténue, la vivante personnalité de Zélie prend une place plus importante dans mes préoccupations.

Six mois ne se sont point écoulés depuis mon installation à Jeand'heurs, et je m'aperçois tout à coup que mon amitié d'enfant pour ma cousine s'est transformée en une affection plus tendre et plus sérieuse. En même temps que je constate cette progressive transformation, je suis pris d'un anxieux scrupule. Je sens que je deviens amoureux de Zélie, et je me demande si cet amour ne va pas m'exposer à de douloureux déboires. Orphelin, simple ouvrier de fabrique, recueilli par bonté chez les Delorme, ai-je le droit de jeter les yeux sur la fille de la maison? Je suis pauvre et trop jeune pour songer à m'établir; en supposant que je parvienne plus tard à une position moins modeste et plus lucrative, il se passera des années, et d'ici là ma cousine sera certainement mariée. Dans ces conditions, je m'estime presque coupable de me mettre de pareilles idées en tête. Je me reproche amèrement ma folie, qui ne peut aboutir qu'à me causer de nouveaux chagrins et à me faire congédier, si M. Delorme vient à s'en apercevoir... Mais, quand on a dix-neuf ans, les plus solides arguments de la raison ne peuvent rien pour comprimer l'éclosion de ces sentiments tendres qui nous montent au cœur, comme la sève dans les arbres au mois d'avril. Tout ce que je puis obtenir de moi-même, à force de volonté, c'est de me contraindre, afin que Zélie ne devine pas mon secret.

Hélas! je pourrais me dispenser de cette contrainte, car elle ne paraît se douter de rien. Elle se montre toujours cordiale et affectueuse, mais avec une nuance de réserve que je ne lui connaissais point. Dans les rares promenades que nous nous permettons, le dimanche, nous n'avons plus ces épanchements intimes ni ces franches familiarités qui caractérisaient nos tête-à-tête avant mon départ pour Paris, et même, depuis, nos causeries chez Scipion Mouginot. — Si j'étais plus perspicace, je comprendrais que c'est peut-être le maladroit aveu de mon culte rétrospectif pour Alice qui a refroidi Zélie. Je me demanderais si cette subite réserve n'a pas précisément pour cause le dépit qu'ont fait naître mes préférences posthumes pour cette petite fée défunte, dont ma cousine a toujours été jalouse. — Mais je ne vois rien, je ne comprends rien, offusqué que je suis par mes scrupules, mes timidités et mes chimères.

Un matin de mai, le hasard d'une promenade nous a conduits dans le taillis arrosé par une source où jadis, aux vacances, j'ai été pincé par un oiseau que j'avais enlevé de la raquette, et où Zélie est venue si gentiment à mon aide. — Justement des pinsons sifflent dans le fourré, les feuilles des noisetiers commencent à se déplier, et une verte odeur de printemps parfume l'air. Je reconnais l'endroit, et, me tournant vers ma cousine, qui se penche distraitement au-dessus de la source :

— Nous sommes déjà venus ici, cousine, dis-je. Vous en souvenez-vous?

(Depuis que je suis employé à la papeterie, et surtout depuis que je me suis aperçu de la transformation de mes sentiments, j'ai cessé de tutoyer Zélie, sans me douter que cette brusque altération de nos anciennes habitudes a encore contribué à la blesser.)

— Il se peut, répond-elle en rougissant; nous sommes allés un peu partout, pendant les vacances que vous avez passées à Jeand'heurs, et cet endroit-ci ne me rappelle rien de particulier.

— C'est pourtant ici que nous avons pris un geai à la raquette et qu'il m'a coupé le doigt d'un coup de bec... Je n'ai pas oublié la façon dont vous avez pansé ma blessure.

— Je ne vous croyais pas si bonne mémoire, réplique-t-elle avec une certaine âpreté; à présent nous ne tendons plus aux petits oiseaux, et vous ne serez plus exposé à ce que cet accident se renouvelle...

En même temps elle a tourné les talons et quitté le taillis d'un air boudeur.

NOUS SOMMES DÉJA VENUS ICI, COUSINE.

Tout en la suivant sans souffler mot, je cherche à commenter le sens de sa réponse, et naturellement je l'interprète de la façon qui peut m'être le plus défavorable. — Assurément elle a voulu me faire comprendre que l'intimité d'autrefois est bien finie, et que je dois oublier notre ancienne camaraderie pour ne plus penser qu'à la distance qui nous sépare actuellement. Ces réflexions enracinent encore davantage ma résolution de dissimuler soigneusement ce que j'éprouve. Et ainsi, elle s'enfermant dans sa réserve affectée, moi me mettant l'esprit à la torture pour paraître autre que je ne suis, nous aggravons comme à plaisir le malentendu qui met un mur de glace entre nous.

Pendant ce temps, les semaines, les mois, les années s'écoulent avec une tranquille monotonie, sans amener de notables changements dans notre patriarcale existence. Pour me distraire de mes peines de cœur, je travaille avec une sorte de rage, et, à force de ténacité, j'arrive à me mettre complètement au courant de la manutention de l'usine. M. Delorme est content de moi, et, le soir où j'atteins ma vingt et unième année, tandis que nous célébrons ma majorité en vidant, à dîner, une bouteille de vin vieux, le cousin m'annonce que l'un des contremaîtres devant quitter la fabrique, il m'a choisi pour le remplacer.

A partir de demain, me dit-il, tu toucheras quinze cents francs par an; ce n'est pas le Pérou, et tu avais des appointements plus élevés aux Galions de Castro, mais ici, du moins, tu seras payé autrement qu'en paroles... Et maintenant, Jacques, buvons à tes vingt et un ans et à ton avenir!

Nous trinquons tous, et, pour la première fois depuis longtemps, lorsque mon verre choque celui de Zélie, je surprends dans les yeux de ma cousine une lueur attendrie qui pénètre doucement en moi et me réchauffe plus encore que le vieux bourgogne du cousin.

Zélie touche à sa dix-neuvième année. Elle devient de plus en plus aimable et avenante, sans le moindre grain de coquetterie. Aussi, comme elle est la fille unique, comme elle est renommée pour sa bonne mine, sa bonne tenue et ses qualités sérieuses, les partis ne tardent pas à se montrer à la papeterie. A ma grande surprise et à ma non moins grande satisfaction, elle les refuse tous, l'un après l'autre, sous de spécieux prétextes.

Celui-ci est gauche, ridicule, et ne sait que faire de ses mains; celui-là a l'air suffisant et s'est permis de l'embrasser dès la première visite; un troisième est capitaine, et elle a juré de ne jamais épouser un militaire. — Ce qui m'étonne surtout, c'est que le cousin Delorme, loin de paraître pressé d'établir sa fille, ne la contrecarre nullement et rit tout le premier du sans-façon avec lequel elle se débarrasse de tous ces prétendants. A chaque refus, je respire plus à l'aise; je me dis que c'est autant de gagné, et un faible espoir, frêle comme un germe de plante, commence à verdoyer dans mon cœur.

Un matin d'hiver, au moment où nous nous attablons pour le repas de midi, le piéton entre et remet à M. Delorme son courrier. Parmi les lettres et les circulaires, une enveloppe bordée de noir attire tout d'abord l'attention du régisseur. Il la décachète, la lit rapidement, puis me la passant :

— Diantre! s'écrie-t-il, voilà une triste nouvelle qui nous arrive au moment de manger la soupe... Jacques, ton oncle Mouginot-Tupin est mort d'une fluxion de poitrine. Tu le connaissais peu, et son décès ne creusera pas un grand vide; mais enfin c'était ton oncle, et il faut observer les convenances. Les obsèques sont pour demain; on attellera la voiture dès le matin, et nous irons à Villotte lui rendre les derniers devoirs.

En effet, la nouvelle de la disparition de cet oncle à peine entrevu ne me cause qu'une médiocre émotion. Du plus loin que je me le rappelle, je le vois toujours mâchant des pâtes de jujube et ne s'interrompant que pour me rabrouer. Aussi est-ce avec une stoïque tranquillité que nous continuons notre dîner.

— Au fait, reprend le cousin en servant le bouilli à la ronde, Palamède Mouginot n'a point d'enfants et tu hériteras peut-être, Jacques!

— Je ne crois pas, cousin Delorme; mon oncle aura certainement testé en faveur de sa veuve.

— Madame Mouginot, née Tupin des Anglecourts!... Une maîtresse femme, qui porte la culotte, comme on dit chez nous.

— Oui, il n'avait d'yeux que pour elle, et elle lui avait fait prendre les Mouginot en grippe... Aussi je ne me leurre pas de ce côté, et franchement, mon cousin, je me trouve suffisamment heureux comme je suis.

— Tant mieux, mon camarade!... D'ailleurs, tu as peut-être raison... Il ne faut pas chausser trop tôt les souliers d'un mort.

Le lendemain, au coup de dix heures, nous arrivons à la ville haute, devant la maison mortuaire, fastueusement drapée de noir, et nous entrons dans un salon très sombre où s'entassent les parents et amis du défunt. Ma tante Mouginot-Tupin, enveloppée de longs crêpes de deuil, se lève avec lenteur pour accueillir les personnages de marque, puis retombe en sanglotant sur son fauteuil. Le cousin Delorme et moi, nous devons nous contenter d'un cérémonieux signe de tête à peine perceptible. A côté de sa belle-sœur, mais sans manifester un chagrin excessif, ma tante Mouginot-Péchoin se tient rigide et austère dans sa robe de mérinos noir. Là encore, nous récoltons un salut glacial, et nous nous rangeons, non sans un certain embarras, près de l'oncle Victor, dont la face marmoréenne ne bouge pas, et qui feint d'être trop absorbé par ses réflexions pour nous apercevoir. Décidément on nous bat froid. L'annonce de l'arrivée du clergé vient à propos nous tirer de cette situation gênante. Nous descendons à la suite du cercueil et nous plaçons derrière l'oncle Victor, en tête du cortège qui se rend à l'église.

Madame Mouginot, née Tupin des Anglecourts, a bien fait les choses : les trois paroisses assistent au service; les enfants de l'hospice, ensoutanés, et cierge en main, défilent en haie; la nef est tout étoilée de luminaires, et l'orgue accompagne en sourdine la psalmodie des chantres. On sent que la veuve, ayant la certitude d'hériter de tout, a résolu de ne lésiner sur rien pour les obsèques de son mari. Pourtant, à la sortie du cimetière, après un discours interminable de l'avocat Jacobi, je vois Me Lespaillandel, le notaire de la ville haute, s'approcher de l'oncle Victor d'un air confidentiel. Un mystérieux colloque a lieu entre eux; ils appellent le cousin Delorme et confèrent gravement ensemble.

— Il paraît qu'il y a du nouveau, chuchote M. Delorme en me rejoignant; ton oncle Palamède a laissé un testament, et nous sommes convoqués pour deux heures au domicile mortuaire.

A l'heure indiquée nous rentrons dans le salon tendu de verdures et dont on a légèrement entrebâillé les volets. Nous y trouvons le notaire et mon oncle Victor en tête à tête avec la veuve. Celle-ci a rejeté ses voiles en arrière, et sa figure hautaine exprime une désagréable déception. Elle se plaint aigrement du manque de confiance de « son pauvre Palamède », et nous apprenons que M. Mouginot-Tupin a fait, à l'insu de sa femme, un testament mystique déposé en l'étude de Me Lespaillandel, mais que, d'après les volontés du défunt, ce testament ne pourra être ouvert qu'en présence de ses frères ou de leurs représentants. Bref, on décide que Scipion-Mouginot étant absent et son adresse inconnue, on se mettra en quête de sa résidence actuelle, et que les choses devront rester en l'état jusqu'à son arrivée.

En effet, quelques jours après, on peut lire à la quatrième page de tous les grands journaux l'insertion suivante :

« M. Scipion Mouginot, domicilié en dernier lieu à Nice, rue Saint-François-de-Paule, est prié de se présenter dans le plus bref délai, soit en personne, soit

UN ÉTRANGER BARBU.

par un mandataire régulier, en l'étude de Me Lespaillandel, notaire à Villotte, pour assister à l'ouverture du testament de feu Palamède Mouginot-Tupin, son frère, décédé le 12 janvier 1862. »

— Hé! hé! me dit le cousin Delorme en lisant cette annonce, qui eût cru ce sournois de Palamède capable d'un pareil tour?... La veuve est dans ses petits souliers et se demande ce que signifie une pareille cachotterie... La succession monte, à ce qu'il paraît, à près de deux cent mille francs... Si tu avais là dedans ton tiers, sais-tu, Jacques, que ce serait une fameuse aubaine?

Deux mois se passent sans que mon oncle Scipion donne signe de vie, et nous avons grand'peur que le malheureux ne soit mort lui-même obscurément au fond de quelque cité du Nouveau-Monde. Un soir de mars, par un temps fort pluvieux, tandis que nous attendons le souper en nous chauffant autour du poêle, un coup de cloche retentit, les chiens aboient rageusement, et l'on prévient M. Delorme qu'un homme est là qui demande à lui parler.

— Fais-le entrer, dit le cousin à Zélie,

La porte se rouvre et livre passage à un étranger barbu et assez mal accoutré, autant que nous en pouvons juger dans la pénombre de la salle insuffisamment éclairée.

— Mes chers amis, crie une voix dont le timbre me fait tressauter, c'est moi!... Jacques, mon enfant, dans mes bras, sur mon cœur!

— Mon oncle Scipion!...

Il tend vers nous ses mains agitées. M. Delorme reste froid, et moi-même je réponds sans grand empressement à l'étreinte avunculaire.

Je ne sais pas s'il a trouvé le filon aux États-Unis, mais il n'a pas du tout la mine d'un oncle d'Amérique. Son veston couleur d'amadou est usé jusqu'à la corde, son feutre recroquevillé ressemble à une loque et ses bottes ont des empeignes piteuses. Il remarque le médiocre enthousiasme de notre accueil, mais il ne se déconcerte pas trop. S'il n'a pas trouvé la fortune dans le Nouveau-Monde, du moins il n'a pas perdu son bel aplomb. Il s'avance dignement vers le poêle, salue galamment madame Delorme et Zélie; puis, s'adressant au cousin, il lui dit de sa voix melliflue :

— Monsieur Delorme, je viens chez vous comme Thémistocle chez Artaxerxès, roi des Perses... J'ai traversé deux fois l'Atlantique, j'ai essuyé les tempêtes de l'adversité et les bourrasques de l'Océan, mais rien n'a ébranlé mon courage ni abattu mon espérance. Je serais encore là-bas, sur la brèche, si je n'avais appris que ma présence était utile à ma famille... J'ai laissé en suspens de magnifiques projets; j'accours, pauvre mais sans reproche comme toujours, et ma première visite est pour vous.

— J'en suis fort honoré, réplique brièvement M. Delorme, mais pourquoi ne vous êtes-vous pas arrêté tout d'abord à Villotte?... N'avez-vous pas reçu avis du décès de votre frère Palamède?

— Si fait, j'ai lu dans le *New-York Herald* l'annonce du notaire Lespaillandel, et j'ai pris immédiatement le paquebot... Mais je tenais à vous remercier de l'hospitalité provisoirement accordée à mon neveu... J'ai voulu serrer dans mes bras ce cher enfant!...

Nouvelle accolade, nouvelle pression contre le veston amadou; puis mon oncle, sans se démonter, s'assied et applique contre le poêle ses semelles fumantes.

— Puisque vous voici à Jeand'heurs monsieur Scipion Mouginot, reprend froidement M. Delorme, nous ferons en sorte de vous y donner un gîte... Vous arrivez juste au moment où nous allions souper, et ma femme mettra un couvert de plus, voilà tout... Sait-on du moins à Villotte que vous êtes de retour?

— Oui, repart négligemment Scipion, j'ai prévenu, en passant, Me Lespaillandel, et l'ouverture du testament est fixée à après-demain.

— Tant mieux; nous serons enfin fixés sur les dispositions de feu Palamède... Hé! hé! monsieur Scipion, si vous alliez hériter, tout de même, cela vaudrait mieux que les galions de Castro et vous ne seriez plus obligé de chercher un nouveau filon!...

— Le nouveau filon, je l'ai trouvé! s'exclame Scipion en se redressant, et, si j'hérite, l'argent de la succession me servira à l'exploiter... Je ne mourrai pas sans avoir donné ma mesure... J'ai une idée qui vaut de l'or, et c'est pour en causer avec Jacques que je suis venu tout droit à Jeand'heurs...

Oh! le regard à la fois effrayé et féroce que Zélie lance à Scipion Mouginot!... Si les yeux bleus de ma cousine possédaient la vertu d'une pile de Volta, l'oncle Scipion n'aurait plus la peine d'exploiter son filon : il tomberait foudroyé.

EN PRÉSENCE DU NOTAIRE.

XVII

Le lendemain matin, mon oncle Scipion a désiré visiter la papeterie.

Nous l'avons donc promené à travers l'usine, lui montrant nos cuves, nos cylindres et la nouvelle machine, achetée à l'Exposition de 1855 et dont M. Delorme est si fier. — Scipion a examiné notre outillage avec une complaisance un peu dédaigneuse. Quand nous sommes entrés dans les magasins, il a poussé du bout de sa botte un ballot de chiffons et a demandé négligemment :

— Qu'est-ce qu'il y a là dedans?

— Mais, a répondu le cousin, ce sont les chiffons destinés à la mise en pâte.

Scipion Mouginot nous a regardés avec un air de douce pitié :

— Comment! s'est-il écrié, vous fabriquez encore votre papier avec des chiffons?

— Mon Dieu, oui, monsieur Mouginot; c'est le seul moyen que je connaisse d'obtenir des produits de bonne qualité.

— Mais vous êtes en arrière de cinquante ans!... Le papier de chiffon, c'est l'enfance de l'art!... Si vous le voulez, monsieur Delorme, je vous donnerai, moi, un procédé pour fabriquer un papier admirable avec des matières d'un bon marché inouï. Et alors, en modifiant légèrement votre outillage, vous réaliserez des bénéfices énormes...

— Non, grand merci, a répliqué sèchement le cousin; nous aimons mieux gagner moins et fabriquer des produits qui nous font honneur.

Scipion avait bonne envie, néanmoins, de poursuivre sa démonstration; mais en observant l'énergique fermeté du front têtu de M. Delorme, il a compris sans doute qu'il perdrait son temps. Il s'est contenté de hausser les épaules, et nous avons quitté l'usine.

L'après-midi a été employé à remédier à la toilette négligée du voyageur et à le mettre en état de se présenter dignement dans le salon de madame Mouginot-Tupin. Je l'ai conduit à Trémont, où le perruquier du village a donné de vigoureux coups de ciseaux dans sa barbe américaine; on lui a rasé le menton et les lèvres, rafraîchi les cheveux; M. Delorme lui a prêté un veston, un gilet et un pantalon noirs, que l'industrieuse cousine Delorme s'est chargée de mettre au point, et le jour d'après, nous sommes partis en carriole pour Villotte.

Quand nous avons pénétré dans le luxueux salon des Mouginot-Tupin, nous nous sommes trouvés en présence du notaire, de l'oncle Victor et de la veuve, cérémonieusement assis autour de la cheminée. L'accueil de M. Mouginot-Péchoin a été glacial. Le pharmacien n'a pas pardonné à son frère d'avoir encouragé mes idées de révolte, et lorsqu'il l'a vu entrer comme un héros de théâtre, une main passée dans les boutonnières de son veston, l'autre posée sur mon épaule d'un air de protection, il n'a pas bougé plus qu'un terme et s'est borné à ébaucher un sourire sardonique. Quant à madame Mouginot-Tupin, qui a toujours eu un faible pour les belles manières de Scipion, elle s'est laissé baiser le bout des doigts par son courtois beau-frère et a daigné

IL COMMENCE A LIRE.

lui offrir un fauteuil. — Elle est un peu pâle et a grand'peine à déguiser l'émotion avec laquelle elle attend l'ouverture du testament.

— Puisque voici tous les ayants droit réunis, dit Me Lespaillandel en tirant de sa serviette une large enveloppe scellée de cinq cachets rouges, rien ne s'oppose plus, il me semble, à ce que nous prenions connaissance des dernières volontés de mon regretté client...

En même temps, il saisit l'enveloppe entre le pouce et l'index, et la promène un moment sous les yeux des assistants, pour bien leur montrer qu'elle est intacte, puis il rompt minutieusement les cachets.

Un solennel silence règne dans le salon, on n'entend plus que le balancier de la pendule et le pétillement des bûches. Tous les yeux sont fixés sur la feuille de papier timbré que le notaire déplie avec lenteur.

Il commence à lire d'une voix bredouillante, et alors j'assiste à une scène comiquement dramatique dont je me souviendrai longtemps.

Le petit Palamède Mouginot, ce bonhomme insignifiant et malingre qui passait sa vie à trembler devant sa femme, se révèle tout à coup sous son vrai jour. Comme toutes les natures faibles et timorées, il était au fond rancunier et vindicatif. S'il avait subi sans souffler mot le joug humiliant de madame Mouginot née Tupin, il n'en avait pas moins amassé dans son par-dedans d'implacables colères, et il s'est vengé de l'écrasant despotisme de sa femme en rédigeant en catimini le testament suivant :

« Je soussigné Palamède Mouginot, sain de corps et d'esprit, ai consigné ici mes dernières dispositions. — N'ayant guère eu dans ma vie la permission d'exercer ma volonté, je désire du moins me dédommager après ma mort. En conséquence je lègue à ma femme Nathalie Tupin (des Anglecourts), en souvenir de notre longue association :

» 1° Une somme de mille francs qu'elle emploiera à faire dire des messes pour le repos dont mon âme a grand besoin;

» 2° Tous les bijoux, dentelles et objets précieux qu'elle m'a contraint à lui acheter de mon vivant;

» 3° L'armorial nobiliaire de la Lorraine et du Barrois, dont elle faisait sa lecture favorite et qu'on trouvera sur l'un des rayons de ma bibliothèque.

» Le surplus de ma succession reviendra à mes héritiers naturels : Scipion, Victor et Jacques Mouginot, à chacun pour un tiers.

« Je prie Me Lespaillandel, notaire à Villotte, de veiller à l'exécution de ce testament et d'accepter pour sa peine un diamant de cinq cents francs. »

Au début de la lecture, la figure chevaline de ma tante exprime une curiosité indulgente, tandis que les visages de mes oncles deviennent manifestement inquiets; mais, dès que le notaire est arrivé aux derniers paragraphes, une joie mal contenue épanouit les traits de Victor et de Scipion. — M. Mouginot-Péchoin ne peut même réprimer un hochement de tête approbateur : il reconnaît ses propres

ET D'UN AIR DE REINE OFFENSÉE...

idées dans la mise à exécution de cette vengeance posthume; il se dit qu'il aurait agi de même s'il avait été victime par une femme aussi insupportable que madame Mouginot-Tupin. — Quant à cette dernière, elle est suffoquée de stupéfaction, d'humiliation et de colère :

— C'est une mystification! murmure-t-elle en se levant tout d'une pièce; le pauvre homme n'avait plus son bon sens.

— Je ne partage pas votre avis, madame, riposte l'oncle Victor; je trouve, au contraire, que mon frère a agi d'une façon très sensée...

VOUS VOYEZ DEVANT VOUS UN CAPITALISTE.

— Vous avez vos raisons pour penser ainsi, réplique-t-elle, puisque vous profitez de l'aberration de votre frère... Ce testament est injurieux pour moi, je l'attaquerai, je plaiderai...

— Ne plaidez pas, madame, vous perdriez! interrompt le notaire.

— Chère dame, croit devoir ajouter Scipion en arrondissant sa bouche enjôleuse, soyez persuadée que je regrette sincèrement ce qui arrive...

— Assez, monsieur! Je n'ai que faire de vos regrets... Je vous salue bien!

Et d'un air de reine offensée elle quitte

le salon, en balayant le parquet de sa longue robe de deuil.

Nous reconduisons le notaire jusqu'à son étude, où Scipion reste en conférence avec lui, tandis que M. Delorme et moi nous nous hâtons de reprendre le chemin de Jeand'heurs.

— Mesdames, s'écrie triomphalement le cousin en entrant dans la salle à manger où madame Delorme et Zélie sont occupées à repriser du linge, mesdames, vous voyez devant vous un capitaliste!... Jacques hérite de son oncle, et le voilà à la tête d'une soixantaine de mille francs... Vous pouvez lui adresser vos félicitations.

L'excellente cousine Delorme m'embrasse de tout cœur. Zélie, au contraire, me paraît manquer d'élan. Elle me regarde à peine et ne me complimente que du bout des lèvres. On la croirait presque fâchée de cette fortune qui me tombe du ciel. Sa froideur me gâte toute ma joie. Ma première pensée, en apprenant que j'héritais, avait été pour elle. Je songeais que cette aubaine diminuerait la distance qui nous sépare, et je m'étais repris à espérer. L'idée de pouvoir me présenter comme un prétendant sérieux m'avait réchauffé pendant tout le trajet de Villotte à Jeand'heurs, mais, maintenant, l'indifférence de ma cousine me jette un froid. Je me figure que non seulement elle ne pense pas à m'aimer, mais que, pour je ne sais quelle raison mystérieuse, je lui suis devenu antipathique.

Scipion Mouginot ne rentre que le surlendemain. Il a mis à profit son séjour à Villotte pour changer de peau et redevenir le Scipion brillant, irrésistible et plein d'assurance que j'ai connu jadis à Paris. Le notaire Lespaillandel lui a probablement avancé des fonds, car il est habillé à neuf de pied en cap : redingote et pantalon noirs, pardessus gris foncé et chapeau haut de forme, entouré d'un large crêpe. Même il a trouvé moyen de se munir d'une somptueuse serviette de maroquin à fermoir d'acier; il la porte avec ostentation et la dépose bien en vue sur un guéridon.

Pendant le dîner, il est charmant avec tout le monde, mais c'est à moi surtout qu'il prodigue ses câlineries et ses attentions. Il a tout à fait l'air attendri d'un père qui retrouve son enfant unique après de longues années d'absence. A chaque instant il s'arrête entre deux bouchées, pose doucement sa main sur ma tête, s'extasie sur ma bonne mine, l'élégance de ma tournure, la grâce de mes moustaches brunissantes...

— Hein! s'exclame-t-il, est-il devenu beau garçon?... En voilà un, au moins, qui fera honneur au nom des Mouginot!

Bien que je connaisse à fond mon oncle Scipion, néanmoins ces éloges, auxquels on ne m'a guère habitué, chatouillent agréablement mon amour-propre. Tous les Mouginot sont vaniteux, c'est dans le sang, et sous ce rapport je n'ai pas dégénéré. Mon faible pour la gloriole se réveille à la caressante influence des louanges de mon oncle. Je ne suis pas fâché qu'en présence de Zélie on me complimente sur mes avantages extérieurs, et je sais gré à Scipion Mouginot de me faire mousser devant ma cousine. J'espère encore que son cœur s'attendrira en m'entendant louer et qu'elle reviendra de sa cruelle indifférence. — Les phrases hyperboliques et les câlines attentions de mon oncle produiront-elles l'effet sur lequel je compte? Je l'ignore, mais du moins elles ne passent pas inaperçues. Zélie a relevé la tête et elle suit avec une sollicitude inquiète le manège de Scipion.

Au moment où l'on se lève de table, ce dernier se tourne vers M. Delorme, qui s'apprête à rentrer avec moi à l'usine, et lui décochant son plus enjôlant sourire :

— Mon cher hôte, dit-il, permettez-moi de vous enlever un instant ce bon Jacques. Je désire l'entretenir de nos affaires de famille, et si vous n'y voyez pas d'inconvénient, je vais descendre avec lui au jardin... Je vous le rendrai dans une heure.

M. Delorme s'incline en signe d'assentiment et se dirige seul vers la papeterie, tandis que Scipion, passant son bras sous le mien, enfile la porte du potager. Je le suis, sans m'apercevoir que Zélie s'est levée en même temps et s'est glissée derrière nous dans une allée parallèle à celle où nous cheminons lentement.

Nous longeons côte à côte cette allée, bordée d'ifs taillés carrément comme une épaisse muraille de verdure, puis Scipion s'arrête et, me posant la main sur l'épaule :

— Mon enfant, commence-t-il, maintenant que nous sommes seuls, parlons peu et parlons bien... Lorsque, sous la pression des événements, j'ai été forcé de m'expatrier, je t'ai averti que je reviendrais te chercher dès que la fortune m'aurait souri... Ce moment est arrivé, et j'accours pour te faire partager la gloire et les bénéfices d'une splendide affaire...

En écoutant ce début, je sens toutes mes défiances se réveiller, et regardant mon oncle de l'air d'un homme qui se tient sur ses gardes, je lui demande froidement :

— De quoi s'agit-il?

— D'une idée géniale qui s'est épanouie l'autre matin dans mon cerveau, tandis que je visitais votre papeterie... Je n'ai pas voulu en parler devant Delorme, qui est enfoncé jusqu'au cou dans les ornières de la routine... Mais, toi, tu as l'esprit ouvert, tu es jeune, et tu me comprendras... Écoute bien : fabriquer du papier avec du coton ou de la toile, c'est le pont aux ânes et, au prix où sont les chiffons, ça ne donne pas de l'eau à boire. Pour opérer sur une grande échelle et gagner de l'argent, il faut chercher une matière première qui soit abondante, qui ne coûte presque rien et qui nous permette de vendre nos produits à un prix inférieur à celui de tous les fabricants... Or, cette matière, je l'ai trouvée... Elle est répandue partout; on n'a qu'à se baisser pour la récolter... C'est l'ortie, la vulgaire ortie!... Mes essais m'ont amené à constater qu'elle est une plante textile de première qualité. Tu comprends, maintenant!... Nous montons par actions une usine admirablement outillée, nous l'alimentons avec des orties ramassées par monceaux en France et dans les pays circonvoisins... Du coup nous remplissons nos magasins et nous rendons service à l'agriculture. Non seulement la matière première ne nous coûtera rien, mais les paysans nous payeront pour enlever ce parasite qui stérilise la terre... Qu'en dis-tu?... Est-ce un trait de génie?... Est-ce une fortune assurée?...

Cet homme me stupéfie toujours par la rapidité et la variété des idées qui se remuent en son cerveau comme dans un kaléidoscope. Pourtant je ne me laisse pas embobeliner, et je réponds prudemment :

— Votre projet est fort beau, mon oncle, mais je préfère un bon tiens à deux tu l'auras.. D'ailleurs il m'est impossible de quitter la papeterie de monsieur Delorme.

Scipion Mouginot paraît choqué de mon refus; mais on ne le démonte pas pour si peu. Il reprend de sa voix insinuante :

— Je n'ignore pas combien tu es attaché aux Delorme, et j'hésiterais à te séparer d'eux provisoirement si ton con-

TU PRÉFÈRES TE MONTRER INGRAT ENVERS MOI!

cours ne m'était impérieusement nécessaire. Il me faut au début un homme sûr, parfaitement initié à la manutention d'une papeterie. Et seul, Jacques, tu as qualité pour être mon auxiliaire... Plus tard, quand mon affaire sera lancée, tu pourras, si tu le désires, rentrer à Jeandheurs.

— Vous n'y pensez pas, mon oncle!... monsieur Delorme... un brave homme qui m'a hébergé quand j'étais délaissé de tous... qui m'a appris mon métier!... Vous voulez que je le quitte et que j'aille vous aider à lui faire concurrence?... Mais je serais le dernier des ingrats!...

— Tu préfères te montrer ingrat envers moi! réplique mon oncle en croisant les bras d'un air consterné. Tu dis que Delorme t'a donné l'hospitalité... Et moi, qu'ai-je donc fait quand tu es venu frapper à ma porte?... Ne t'ai-je pas ouvert mon cœur et ma bourse?... Ne t'ai-je pas donné une instruction brillante et appris la pratique des affaires?... Je sais bien qu'il est de mauvais goût de reprocher aux gens les services qu'on leur a rendus... Mais, enfin, mets un peu en regard les bienfaits de Delorme et les miens, et tu verras de quel côté penche la balance! Pendant cinq ans j'ai été pour toi, non pas un tuteur, mais un ami, un père!... Et quand je te demande une simple marque d'amitié et de confiance, tu me réponds par un « non » tout sec .. Ah! ajoute-t-il d'une voix mouillée, en levant vers le ciel ses mains qui s'agitent comme si elles tremblaient, je n'ai pas de chance!... Je reviens d'exil avec une idée sublime, je crois voir la fortune me sourire; je me dis : Voici le port..., j'y touche!... Puis un coup brutal me repousse en pleine tempête, en plein désastre... Et ce coup, par quelle main m'est-il asséné? Par la main de mon neveu, par un enfant que j'ai élevé, choyé, adoré... Quel crève-cœur!...

Le fait est qu'il a l'air navré, et peut-être son chagrin est-il sincère? Ce diable d'homme est si compliqué, la faculté imaginative s'est si bien substituée en lui à la sensibilité, qu'on ne sait jamais s'il verse de vraies larmes ou s'il joue la comédie.

A ce moment, je me demande si ces reproches ne sont pas en partie fondés. En somme, quand je suis arrivé à Paris, Scipion est venu à mon aide. J'étais sans le sou et sans asile; que serait-il advenu de moi s'il s'était montré aussi impitoyable que je le suis à cette heure? Il est peu sûr, léger, changeant et naïvement égoïste, d'accord; mais cela m'autorise-t-il à oublier le bien qu'il m'a fait et à refuser crûment de lui rendre service?... Certainement ses projets ne m'inspirent aucune confiance, et je n'ai nulle envie de m'associer à ses nouvelles entreprises; cependant je voudrais adoucir la cruauté de mon refus au moyen de quelques paroles affectueuses. Je lui prends la main, et d'une voix émue je balbutie :

— Pardonnez-moi, mon cher oncle, et soyez bien persuadé...

Je ne sais s'il a lu au fond de moi, s'il a pressenti mes scrupules et s'il me suppose plus ébranlé que je ne le suis, mais il m'interrompt par un geste très digne et me ferme littéralement la bouche :

— Non, dit-il, ne me réponds pas encore... Je ne veux pas arracher à ta sensibilité une décision qui doit être prise de sang-froid. Donne-toi le temps de réfléchir, consulte ton cœur... Ce soir, tu me feras connaître si tu persistes dans ta résolution.

Là-dessus il s'éloigne, et je reste un peu étourdi au beau milieu de l'allée... Je ne lui ai rien promis, et cependant il a l'air de croire qu'il m'a déjà convaincu à moitié. J'ai bonne envie de courir après lui et de le désabuser tout à fait, mais il a disparu, et derrière moi j'entends une voix féminine qui murmure :

— Jacques!

Je me retourne, et j'aperçois ma cousine Zélie qui débouche d'un arceau pratiqué dans la muraille verdoyante des ifs.

— Vous étiez là, cousine?

— Oui, avoue-t-elle en venant à moi; j'ai tout entendu... Jacques, je vous en prie, n'écoutez pas votre oncle... Ne vous laissez pas de nouveau séduire par cet aventurier!

— Comment, Zélie, vous avez pu croire que j'hésitais?...

— Oui, je l'ai cru, et monsieur Mouginot le croit aussi... Je vous ai vu sur le point de céder, et si vous saviez le mal que cela m'a fait!

Je la regarde, étonné... Effectivement, ses traits sont altérés; le tour de ses lèvres est tout pâle, et ses yeux sont gros de larmes. — Tandis que je l'observe, une soudaine réflexion m'illumine et je sens mon cœur battre à larges coups.

« Si Zélie est descendue au jardin pour épier mon entretien avec Scipion, si la peur de m'entendre accepter la proposition de mon oncle lui a causé un tel émoi, c'est donc que je ne lui suis pas indifférent?... Elle tient donc à moi comme je tiens à elle? »

La joie que me cause cette découverte est si intense, qu'elle me coupe la parole et que je demeure bouche béante.

— Jacques, poursuit ma cousine en me saisissant les mains, ne quittez pas Jeand'heurs, restez avec nous... Faites-le pour papa et aussi un peu pour moi!

— Ainsi, Zélie, vous auriez été peinée de me voir partir?

Elle ne répond pas, mais ses yeux se mouillent de nouveau, et je devine que des sanglots lui montent à la gorge.

— Je n'ai jamais eu l'intention de vous quitter, Zélie... Je serais trop malheureux loin de vous, parce que... parce que je vous aime!

Ses bleus regards s'éclairent, un sourire y brille, et elle me serre fortement les mains.

— Bien vrai? s'écrie-t-elle. Et moi aussi, Jacques, je vous aime de tout mon cœur!

— Eh bien, en ce cas, embrassez-vous donc!

Nous nous retournons effarés, et nous nous trouvons face à face avec M. Delorme. Il a quitté la papeterie pour venir me relancer au jardin, et nous étions si affairés que nous ne l'avons pas entendu s'approcher. — En nous voyant tous deux rouges et embarrassés, il part d'un éclat de rire :

— Vous vous aimez, continue-t-il; il y a longtemps que je m'en doutais.. et ma femme aussi. Je lui disais toujours: « Patience, un jour viendra où ils se mettront d'accord. » Le jour est venu et, ma foi, je n'en suis pas fâché. Je sais bien que vous êtes encore très jeunes, mais je n'étais pas plus âgé que Jacques quand j'ai épousé notre Catherine, et nous ne nous en sommes pas mal trouvés... Vous resterez fiancés pendant un an, et au printemps prochain vous vous marierez...

Scipion Mouginot demeure absent toute la journée. Vers six heures, au moment où nous sommes tous rassemblés dans la salle, nous entendons devant le perron le roulement d'une voiture, et nous voyons mon oncle en descendre. Un instant après, il entre dans le vestibule :

— Mon cher enfant, s'exclame-t-il avec ce bel aplomb qui ne l'abandonne jamais je pense que tu as réfléchi à mes propositions de tantôt?... La voiture qui doit m'emmener tantôt est là, et je viens chercher ta réponse.

— Répondez vous-même, cousin Delorme, dis-je en me tournant vers mon futur beau-père.

MOI AUSSI, JACQUES, JE VOUS AIME

— Monsieur Scipion Mouginot, réplique le cousin, Jacques vous sait gré d'avoir songé à lui, mais il ne peut quitter Jeand'heurs pour une raison qui vous paraîtra, je n'en doute pas, suffisamment sérieuse... J'ai le plaisir de vous annoncer les fiançailles de votre neveu avec ma fille Zélie... Dans un an, nous marierons ces deux enfants, et si vous êtes au pays, j'espère bien que vous nous ferez l'honneur d'assister à la noce.

— Ah! ah! murmure mon oncle ébaubi, pendant que je saute au cou de maman Delorme.

Scipion n'avait nullement prévu cette solution? mais il n'est pas à homme à rester longtemps désarçonné, et reprenant son aimable sourire :

— Tous mes compliments! ajoute-t-il en saluant galamment ces dames; je n'ai jamais voulu que le bonheur du cher enfant, et du moment qu'il préfère l'amour à la fortune, je n'ai rien à objecter... Merci, monsieur Delorme, pour votre hospitalité... Tous mes hommages, mesdames!... Adieu, Jacques, je trouverai le filon sans toi, et peut-être un jour t'en mordras-tu les doigts!

Nous l'accompagnons jusque sur le perron. Il monte lestement dans la carriole, nous envoie un dernier signe de la main, tandis que le conducteur fouette son cheval, et bientôt voiture et voyageur disparaissent sous le porche de la cour...

En dépit de ses assurances, mon oncle n'a pas encore trouvé le filon. Six mois après son départ, le fameux projet du papier d'orties a avorté faute d'actionnaires, et Scipion Mouginot a dû de nouveau changer son fusil d'épaule. — Vers la même époque, nous avons appris un événement qui a mis sens dessus dessous la pharmacie Mouginot-Péchoin. Mon cousin Aristide, ce modèle des enfants sages, n'a pas tenu toutes ses promesses; il n'a pas achevé ses études, il a refusé de mordre aux sciences pharmaceutiques et n'a montré de réelles dispositions que pour l'équitation. Après avoir étonné Villotte par ses toilettes excentriques, ses cavalcades et ses prouesses dans les bals champêtres, il s'est enfui avec une des écuyères d'un cirque ambulant, et l'avocat Jacobi est parti à la recherche de ce fils prodigue.

Ainsi que l'avait annoncé le cousin Delorme, Zélie et moi nous sommes restés fiancés pendant un an. Je vous assure que je n'ai pas trouvé le temps long. J'ai vérifié la justesse de ce que dit un écrivain allemand (Jean-Paul Richter, je crois) : « Se fiancer de bonne heure et se marier tard, c'est entendre chanter, le matin, une alouette dans le ciel et la manger rôtie, le soir, à son dîner. » — Seulement, bien que nous soyons mariés maintenant, nous n'avons pas tué l'alouette et elle chante toujours pour nous.

764-07. — Coulommiers. Imp. PAUL BRODARD. — 9-07.

NOUVELLE COLLEC...

L'ouvrage complet, **95** centimes.

Relié, **1** fr. **50**.

Déjà parus :

N° 6.

Donatienne

PAR

RENÉ BAZIN

de l'Académie Française

Illustrations de Henri RUDAUX.

N° 7.

La Dame aux Camélias

PAR

ALEXANDRE DUMAS Fils

de l'Académie Française

Illustrations de JORDIC.

N° 8.

Boubouroche

PAR

GEORGES COURTELINE

Illustrations de F. GOTTLOB.

N° 9.

Une Passade

PAR

P. VEBER & WILLY

Illustrations de L. BARBUT-DAVRAY.

N° 10.

Les Rois

PAR

JULES LEMAITRE

de l'Académie Française

Illustrations de Paul DESTEZ.

Pour paraître le 1er Novembre, le N° 12 :

NOUVELLE COLLECTION ILLUSTRÉE

L'ouvrage complet, **95** centimes.

Relié, **1** fr. **50**.

L'Immortel

PAR

ALPHONSE DAUDET

Illustrations de Paul THIRIAT